KB199278

더러운 책상

박 범 신

장 편 소 설

더러운
책상

문학동네

1. 열여섯 살의 책상

열   여   섯   실   ,

어 두 운   자 의 식 의   골 방 에   엎 드 린   그 에 게

기 차 는   떠 나 는   것 보 다   오 히 려   갇 히 는   것 이 고 ,

섯 이 는   것 보 다   오 히 려   홀 로   되 는   것 .

내 달 리 는   감 옥 에 서   그 의   존 재 는

완 전 무 결 한   단 독 자 가   마 침 내   되 는   셈 인 데 ,

그 럴   때   그 는   안 정 감 을   느 낀 다 .

그 것 은   열 여 섯   실 이   되 기   전 에

그 가   걸 었 던   둘 길 과 는   전 혀   다 른   공 간 이 다 .

둘 길 은   멎 어 지 고   엇 갈 리 며

천 지 사 방 으 로   열 리 어   떠 나 지 만 ,

기 차 를   타 면   떠 날   수   없 다 .

광기 새벽이다. 무엇이 그리운지 알지 못하면서, 그러나 무엇인가 지독하게 그리워서 나날이 흐릿하게 흘러가던, 그런 날의 어느 새벽이었을 것이다. 맞여닫이 문살을 어머니가 문밖에서 툭툭 치며 말하고 있다.

아가, 고만 눈떠라잉.

어머니의 목소리는 기차 소리 같다.

늦지 않고 통학기차를 타려면 어쨌든 눈을 떠야 할 것이다. 새벽 운무를 파죽지세로 헤치면서 먼 들녘을 씩씩하게 달려올 기차가 보이는 듯하다. 일어나야지. 그렇지만 눈은 떠지지 않고 이몽가몽, 각성(覺醒)의 성긴 빛 사이로 후닥닥, 라디오 소리가 들려온다. 케네디……라고, 존 에프 케네디……라고 남자 아나운서가 말하고 있다. 잘 갈린 단검 같은 섬광이 그의 내부로 들어와 새벽 어스름을 단번에 쪼갠다. 오, 노우……라고 아나운서는 비장하게 덧붙인다.

오, 노우.

용수철처럼 그의 상반신이 튕겨오른다.

방안은 아직 어둡지만 책상 위의 커튼 없는 서쪽 창은 벌써 희다. 책꽂이 장살에 붙어 있는 존 에프 케네디 대통령의 사진이 눈에 박혀온다. 시원하게 쳐올린 짧은 머리와 영특해 보이는 눈빛과 또렷한 턱선이 아름답다. 아마도 흑백인종차별의 완전 철폐를 선언할 때 찍힌 사진일 것이다. 누군가의 사진을 책꽂이 장살에 오려 붙인 것은 케네디가 처음이다. 미국 대통령이어서가 아니라, 뉴 프런티어의 기수라고 불리어서가 아니라, 아름다운…… 청년이기 때문이다. 별이라고, 그는 느낀다. 별은 늙지도 죽지도 않을 것이다. 젊은 아나운서는 계속해서 케네디라는 별이 땅에 떨어졌다고 말하고 있다. 댈러스 시에서 무개차를 타고 행진하다가 저격자의 총에 맞아 즉사했다고 말할 때, 아나운서의 어조는 고조된다. 오 노우……라고 부르짖으면서, 아름다운 영부인 재클린 여사가 피에 젖은 케네디 대통령의 머리를 쓸어안는 모습이 뵈는 듯하다.

미쳤어……라고 그는 중얼거린다.

아직 세계의 새벽에도 이르지 못한 열여섯 살의 그가 부르르 몸을 떤다. 미쳤어…… 모두 미칠 거야……라고, 그는 이내 덧붙인다. 야생동물 같은 예감이다. 예감의 촉수는 순결한 그의 어떤 중심으로부터 뻗어나와 단숨에 세계를 뒤덮는다. 아주 즉물적이고 또 선험적이다. 그는 미국이 얼만큼 멀리 있는지, 케네디와 박정희 국가재건최고회의 의장이 어떤 관계인지 모른다. 박정희 의장이 케네디의 장례식에 참석할 것이라고 아나운서가 말하고 있다. 그러나 열여섯 살의 그는, 자신이 박정희 의장보다 세계를 더 잘 알고 있다고, 그 순간 느낀다. 호수 수면의 파장처럼, 암살자의 광기는 재빨리 퍼져나가 세계를 뒤덮을 것이다. 하나의 거대한, 미친 그물망이 우주로부터 내려와 지구를 절망적으로 가둬버리는 삽화가 생생히 떠오른다.

아버지의 밭은 기침 소리가 들린다.

아버지도 광기의 예감을 느낀 것일까. 라디오 볼륨이 한 겹 낮아진다. 이불 속을 빠져나와 천천히 수직선으로 뻗어 머리맡의 오래된 라디오 스위치를 힘겹게 돌렸을 아버지의 손과 팔이 떠오른다. 살은 쏙 빠져나간 깡마른 손가락들, 지렁이처럼 뻗어 있는 정맥들의 그물망, 그리고 흰 뼈. 흰 뼈……라고, 그는 단정짓는다. 아버지의 뼈를 사실적으로 본 적은 물론 없지만, 팥죽색의 피부와, 정맥들의 그물망을 일시에 걷어내고 나면 환히 보인다. 아버지의 흰 뼈들은 박속처럼 희고 정결하다.

　물 데워놨다. 세수하고 밥 먹어.

　어머니가 또 한번 문살을 두드린다.

　통학기차를 타려면 서둘러야 할 시간이다. 광기의 파장이 세계로부터 그의 내부로 여전히 수신되고 있지만, 그는 일어나 밥을 먹어야 한다. 마흔한 살, 생산력의 마지막 한 자락을 필사적으로 붙들고서 피폐한 육신으로 품어 낳은 당신의 외아들에게, 밥이 유일한 명줄인 것을 어머니는 언제나 믿고 있다. 그가 씹어 삼키는 밥은 아직껏 다 끊어지지 않은 탯줄을 통해 어머니에게로 갈 것이다. 그는 그렇다고 느낀다. 장독대 어귀의 펌프 샘가에서 어머니가 양은대야에 담아다 준 세숫물에 손 담글 때, 무엇인가, 반투명한 것이 언뜻언뜻 대야 속으로 투신하는데, 눈이다. 그것이 그해의 첫눈이었는지 아닌지는 분명하지 않다. 어머니 눈이 와요……라고 말하려 하지만 성대를 따라 올라오는 문장은 그것과 딴판이다.

　어머니, 케네디 대통령이 죽었어요.

　뭐야, 이승만 대통령이 죽었어?

　케네디요, 어머니. 뉴 프런티어 케네디.

　갑자기 핏물이 뚝, 대야 한가운데 떨어져, 그 어떤 광기처럼, 재빨리 퍼져나간다. 코피다. 1963년 동짓달 하순, 이미 세계를 다 알고 있던 열여섯 살의 그가 피를 흘리고 있다.

선홍빛이다.

오, 노우……라고 피 젖은 정인(情人)의 머리를 쓸어안는 재클린처럼, 그가 중얼거린다. 그 자신의 젊은 날도 선홍빛 피에 젖을 것을 그는 알아차린다. 장미처럼 어둡고 붉을 것이다. 설편들이 고개를 젖힌 그의 감은 눈 속으로 가열차게 파고든다.

검은 휘장이 덮인 것처럼 하늘은 아직도 어둡다.

함석대문　내가 끔찍하게 사랑하는, 그러나 동시에 끔찍하게 죽이고 싶던, 그가 거기 있다. 너무 오래되어 모든 것들이 위태롭게 내려앉는 것 같아 보이는 낡은 소읍, 강경읍 채산동, 문밖 마을 분토골. 기차에서 내리면, 하행선 철로를 따라 둘러쳐진 철조망 옆으로 걷는 게 빠른 길이다.

역광장 오른편의 새로 지은 파출소를 표지로 삼는 게 좋다.

파출소와 역 구내 배전반 사무소 사이로 그 작은 길이 뚫려 있다. 파출소엔 늘 태극기가 걸려 있고, 광장으로부터 배전반 사무소 쪽 작은 길로 돌아들 때, 먼지 낀 파출소 유리창 너머로 흔히 박정희 최고회의 의장 초상이 눈에 들어온다. 군복 차림인 박정희 의장의 표정은 그물코처럼 단단하다. 여름엔 철조망을 따라 닭벼슬 같은 맨드라미가 피어 있고 가을엔 코스모스가 무리져 한들거린다.

　기차가 오지 않으면 철조망의 이쪽과 저쪽은 다 고요하다.

　호남선 전라선이 이리(裡里)에서 합쳐 외길로 뻗어온 철로 끝엔 매양 햇빛이 반짝거린다. 정거장 너머에서 완만히 치켜올라 번듯한 팔각정 기와지붕으로 아퀴를 짓고 있는 어여쁘고 정다운 산의 이름은 무늬 채(彩) 구름 운(雲) 채운산이다. 지붕이 낮은 집들이 채운산 발치를 남북으로 휘감아 돌아들고 있지만 사시사철 빈 동네처럼 적막할 뿐이다. 이따금 심심한 개 몇 마리가 반대편 철조망 앞까지 내려와 이쪽편의 행인을 향해 두어 번 짖다가 이내 그만둔다. 철조망을 따라가는 길은 넓지 않은 채마밭의 한켠을 반듯하게 가르고 나가는데, 행인이 많지 않은 길이라서 여름엔 잡초가 발끝에 차인다. 걷는 방향으로 섰을 때 읍내는 오른편 어깨 너머에 있다. 시선을 조금 돌리면 강경읍이 내륙 항구도시로서 삼남과 영남과 기호지방의 문물까지 드나들던 영화롭던 시절에 건축된 몇몇 건물들이 채마밭 너머에 서 있는 게 보인다. 전매소와 부여여관 건물은 용마루가 창끝처럼 뾰족하게 솟아오른 왜식이다.

그는 그러나 그 길을 따라 끝까지 걷는 법이 없다.

여기저기 뚫린 철조망 개구멍으로 머리를 들이밀고 나면 곧 철도이다. 이리까지 기차통학을 시작한 이후 그는 철길을 따라 걷는 걸 좋아한다. 가끔 철로 위에 못이나 다른 쇠붙이를 올려놓고 기차가 그 위를 지나가면서 못과 쇠붙이를 납작하게 만들기를 기다린 적도 있고, 철로에 귀를 바싹 대고 먼 곳으로부터 다가오는 기차 소리를 가슴 설레는 느낌으로 들어볼 때도 있다. 한번은 맨드라미 붉은 꽃을 철로 위에 잔뜩 올려놓아본 적도 있는데, 기차가 지나가고 나자 맨드라미는 형체도 없고, 침목과 자갈밭 군데군데, 맨드라미 살점들만 흩어져 붉은 피로 젖어 있는 걸 보고 운 적도 있다.

열여섯 살, 그는 가끔 햇빛 때문에 울기도 한다.

침목 하나하나를 헤아리듯 걷다가 어떤 순간, 햇빛이 너무도 투명하고 날카로워, 주름진 큰골 작은골과, 금관악기 소리통 같은 성대와, 끈끈한 점액질로 한덩어리 포개진 저희를 서로서로 나누고 있는, 위장 간 쓸개 지라 염통 창자 십이지장 오줌통까지 꿰뚫고 흐른다고 느낄 때, 그는 무섭고 더러워서 울고 만다.

진짜 무섭고 더러운 것은 물론 그 자신이다.

어머니가 명줄이라고 믿어 의심하지 않는 쌀밥과, 명태국과, 김치와, 쑥갓 시금치나물과, 등 푸른 고등어자반이, 아침마다 똥이 되어 나오는, 그 더러운 길을 따라 샘물보다 맑은 햇빛이 흐르는 것이다. 햇빛을 따라 때로는 금강둑을 넘어온 청량한 바람도 그를 관통한다. 그의 눈물은 그러므로 관통되는 자의 수치이다. 열여섯 살의 그는 맷돌이라도 등에 진 것처럼 무섭고, 더럽고, 수치스러워, 어깨를 숙이고 고개를 내려뜨린 채 걷는다.

정거장 구내를 완전히 빠져나오면 곧 건널목이다.

읍내에서 여산 금마 삼례 전주로 빠져나가는 비포장 국도가 철길과 엇갈려 만나고 있다. 철길은 그곳에서부터 왼쪽으로 활대같이 휘어져 돌아나가고, 그 호선(弧線) 안쪽켠에 우뚝 선 공장 굴뚝이 올려다보인다. 왜정 때는 장공장이었다지만 지금은 석재공장으로 몇몇 인부가 황등쑥돌을 받아다가 상석이나 막돌주추나 문지방돌을 다듬고 있다. 공장 굴뚝은 사철 연기가 나지 않으므로 이미 굴뚝이 아니다. 삼남에서 가장 으뜸가는 장공장이던 시절, 굴뚝 꼭대기에 올라가 굴뚝 안으로 뛰어내려 자진한 사람이 더러 있었다는데, 이제는 아마 그 신산한 삶을 살았던 혼백들만이 그곳에 똬리 틀고 있을지도 모른다고, 그는 이따금 생각한다. 밤이 깊으면 금강둑을 넘어온 서풍이 굴뚝 꼭대기에 목매달며 내는 소리가 영락없이 소복하고 산발한 여인의 울음소리 같은 때가 있기 때문이다.

건널목에서 왼쪽으로 돌면 이제 집은 지척이다.

포장되지 않은 신작로라서 차라도 한 대 지나가면 먼지 속에 뿌옇게 갇히고 만다. 그는 더욱더 어깨를 오그리고 장공장의 긴 외벽을 따라 걷는다. 장공장의 긴 외벽이 끝나고 키 작은 초가를 한 채 지나고 나면, 그의 집, 함석대문이다. 불과 석 자가 될까 말까 한 넓이의 대문은 닫혀 있을 뿐 잠겨 있지는 않다. 기역자를 거꾸로 놓은 형태의 기와집 한켠과 담벼락 사이로 뚫려 있는 대문은 열리면서 요란한 소리를 낸다.

그는 손으로 함석대문을 여는 법이 없다.

오른발의 앞부리를 들어 직각을 이루고 있는 바닥과 함석대문에 사선으로 갖다댄 뒤 지그시 힘을 주어 문을 여는 게 그의 버릇이다. 함석대문은 까불까불 상체를 흔들면서 천천히 밀려나다가, 어떤 순간 제풀에 넘어지듯 뒤로 재빨리 물러나 담벼락에 탕 하고 부딪힌다. 그는 닫을 때 또한 손을 문에 대지 않고 발과 등을 사용해 닫는다. 마지막으로 보이는 것은 함석대문을 닫으려고 뒤로 밀고 있는 그의 등 한켠이다.

함석대문은 아귀가 딱 들어맞는다.

대문이 닫히고 나면 신작로는 일시에 텅 빈다.

그가 무섭고, 더럽고, 수치스럽게 걸어온 젊은 날의 흔적은

어디에도 남지 않는다. 내가 평생 가장 사랑했고, 또 가장 미
워했던 열여섯 살의 그가 사용한 관뚜껑은, 말하자면 녹슨 함
석이다.

관뚜껑을 닫으면 그가 없다.

그의 젊은 한시절이 모두 그럴 것이다.

이 이야기는 바로 존재하지만 없는, 없지만 존재하는 그의
젊은 한시절에 대한 기록이다. 사랑했으므로 때론 눈물겹고
미워했으므로 때론 가열찰는지도 모른다. 그러나 나는 이 기
록 속에 그의 어떤 한 순간, 그의 어떤 한 빛깔도 가두지 못할
게 확실하다.

그가 너무도 자주 그 함석대문을 닫기 때문이다.

아니 함석대문을 활짝 열어준들, 내가 투명한 햇빛 청량한
바람이 아닐진대, 어떻게 그의 살과 뼈를 관통해 지나갈 것인
가. 고백하건대, 이 기록은 그러므로 그를 가장 사랑하고 그
를 가장 미워해온 내 분열이 가져다준 죄업의 산물이다. 나는
그에 대해 열심히 말할 터이지만, 그것은 겨우 나의 어느 한
켠을 흐릿하게 비추는 결과에 불과할 것이다.

가령 그가 열여섯에 보았던 밤열차의 경우처럼.

밤기차　　그의 집에선 담장 너머로 호선을 그리고 도는 기차가 손바닥처럼 내다보인다. 철길 뒤로 키 큰 미루나무에 둘러싸인 그가 졸업한 강경중학교가 있고, 중학교 앞쪽으로 역시 활대처럼 휘돌아 빠지는 금강 제방이 놓여 있다. 기차를 보려고 굳이 마당으로 나올 필요는 없다. 그의 작은 방 서쪽 바람벽 상단에 쑥 올라붙은 창 한가운데로 기차가 지나가기 때문이다. 그는 기차가 보일 리 없는 거리에서도 기차를 본다. 특히 밤기차의 경우, 그는 심지어 수킬로미터 밖의 다른 정거장에서 막 출발하는 기차의 동력을 느낄 수 있다.

여기까지 한 칠 분쯤 걸릴걸.

그는 때로 웅크리고 앉아 혼잣말을 한다.

오 분쯤 지나고 나면 어둠 속의 철로를 따라 울리는 기차의 바퀴 소리를 들을 수 있고, 육 분쯤 지나고 나면 그가 앉은 방 구들에서 진동을 느낀다. 밤기차 칸칸의 불빛들은 조도와 빛깔이 균일하지 않다. 어떤 창은 밝고 어떤 창은 흐릿하다. 몸통은 어둠 속에 묻혀 있으므로 밤을 가르고 지나가는 것은 밝고 흐릿한 수많은 창의 연속체와 사람들의 갖가지 그림자들이다. 장공장 높은 지붕과 마당의 서남간에 나앉은 헛간 사이를 연속체로서 밤기차 불빛이 꽉 채우는 순간, 그것은 정지된 듯이 보인다. 머문 듯이 흐르고 흐르는 듯 머문다. 멀고 먼 남녘 바다의 물빛과, 물빛을 사철 바라보고 사는 사람들의 젖은 꿈과, 젖은 꿈 사이에 박힌 한숨도 열여섯의 그는 볼 수 있다. 그는 턱을 받치거나 제 가슴을 엑스자(字)로 껴안거나 기도하는 것처럼 합장하거나 하고, 그것들이 먼 곳으로 유장하게 흐르는 것을 본다. 마치 별빛이 줄지어 흐르는 것 같다.

밤기차는 공간을 흐르는 것이 아니다.

아무도 일러주지 않았지만 그는 그것을 알아차린다.

흐르는 건 기차가 아니라 시간이며, 시간은 언제나 먼 시간에서 와 먼 시간으로 흘러갔고, 그는 가뭇없이 시간의 유속(流速)에 자신의 영혼을 실어보낸다. 시간의 끝에서 만나야 할 것들을 그는 느끼고 만진다. 그 순간의 그는 열여섯이라는 사실성의 눈금으로부터 비어져나와 있다. 그는 진저리를 치면서 이윽고 불 꺼진 어둠 속에 어린 짐승처럼 몸을 웅크리고 앉는다.

광대한 시간의 유속 안에 들어 있으면 나이가 없다.

그는 오직 하나의 존재로 거기 있을 뿐이므로, 1963년이라든가, 강경읍 채산동이라든가 하는 것들은 허깨비 같은 추상일 뿐이다. 불과 열여섯에 생의 끝을 확연히 보고 느끼는 잔인한 경험이 그를 찍어누른다. 신산한 꿈속에서 돌아눕는 어머니의 기척과 상실된 시간들의 배설물 같은 아버지의 밭은 기침 소리도 그는 듣는다.

아버지가 가는 길을 그도 갈 것이다.

어둠은 시간처럼, 흐르지 않는 듯 흐르고, 고등학교 일학년
짜리 상고머리 그가 그곳에 있다. 그는 오래 움직이지 않는다.

신문지로 된 산의(産衣)　함석대문이 안으로부터 열리
는데 때맞추어 트럭 한 대가 부르르릉 그 앞을 지나간다. 새
벽안개와 뒤섞인 흙먼지가 이내 기와집 추녀와 함석대문을
잡아먹는다.

먼동이 트기 시작한 시각이다.

뽀얀 흙먼지가 어느 정도 가라앉고 났을 때 벌써 도로를 횡
단해 맞은편 주택가 골목으로 접어든 그가 보인다. 검은 교복
차림에 역시 고등학교 교표가 달린 검은 교모를 쓰고 있다.
언제나 그렇듯이 잔뜩 고개를 숙이고 땅만 보며 걷기 때문에
그의 키는 한결 작은 듯하다. 집에서 정거장까지는 가까운 거
리지만 여러 코스가 있다. 신작로를 횡단해 낮은 지붕들이 옹
기종기 이마를 맞대고 있는 채운산 자락의 주택가 골목으로
들어선 것을 보면 그는 오늘도 채운산을 반원으로 돌아서 올
랐다가 정거장으로 내려갈 모양이다.

장공장의 긴 외벽 대신 탱자나무 울타리를 그는 따라간다.

채운산 팔각정으로 이어진 길은 산의 서쪽편을 휘돌아가기 때문에 경사가 완만하고 어둡다. 상수리나무와 소나무와 아카시아 등이 잡다하게 섞인 겨울숲에서 몇몇 어린 겨울새들이 그의 발소리에 놀라 날아간다. 통학기차의 출발시각은 여섯시 사십오분이다. 존 에프 케네디가 암살당했다는 라디오 뉴스를 듣던 바로 그날이었을까. 고개를 숙이고 어깨까지 꾸부정했지만 그의 걸음걸이는 빠른 편이다. 오른손에 들고 있는 책가방이 그의 속보를 당하지 못하고 자꾸 뒤로 처지는 폼이 조금 우습다. 산이라고 해봤자 정상의 팔각정까지 불과 십오 분에서 이십 분 거리니 산이라기보다 언덕이다. 그래도 조금 일찍 집을 나와 자주 채운산을 우회해 정거장으로 가는 것은 그곳에서 시선이 가장 멀리 가기 때문이다.

아아, 금강.

산정에 오르면 곧잘 그는 중얼거린다.

백제의 고도 공주 부여를 지나온 황톳물이 성동벌판의 북쪽 끝을 돌아와 ㄹ자(字)로 휘돌며 강경포구를 쓰다듬고 흐른다. 강은 드넓은 갈대밭을 거느린 채, 김대건 신부가 남몰래 조국에 돌아올 때 처음 배를 내렸다는 나바위 성지의 솔숲을 건드리듯이 흘러가 돌아오지 않는다. 지평선이 보일 듯이 광활한 성동벌판도 손금처럼 내려다볼 수 있다. 동학군 십만 명이 공주로 올라가기 전 여러 날 진을 쳤다는 성동벌판을 내려다보면 절로 가슴이 뜨겁다. 강과 벌판은 너무도 잘 어울린다. 북쪽으로 쑥 물러나 성동벌판을 싸안듯이 둘러쳐나가 멀리, 운무 속에서 계룡산과 합류하고 있는 산들의 연접도 보기 좋다. 그가 태어나서 중학교 이학년 때까지 살던 두화마을은 성동벌판의 남쪽 끝에 있다. 두화마을에서 강의 지류를 따라 제방이 흘러내려오고, 읍내 동편의 강경상고 붉은 벽돌 교사 뒤편을 지나면 곧 금강 본류의 다른 제방과 만난다. 채운산보다 낮은 바위언덕 옥녀봉이 본류의 허리를 자른 채 채운산과 마주 보고 있다. 강안의 갈대밭에서 날아오른 갖가지 새떼들이 연신 옥녀봉 꼭대기를 타고 넘는다. 안개 긴 날의 새벽강은 너무 넓어서 때로 바다처럼 보이기도 한다.

　예전엔,

　아버지는 곧잘 말한다.

　굉장했지. 배가 만주에서도 오고, 일본에서도 오고.

　요컨대, 불과 수십 년 전만 해도 내륙 항구도시로서 강경포구엔 선착장으로부터 강의 하류 쪽으로 하역을 기다리는 배들이 무려 이 킬로미터 이상 파시를 이루고 늘어서 있었다는 것이다. 정거장 앞의 명월관에선 사철 가야금 소리와 청 좋은 기생들의 닐니리맘보 가락이 그칠 새 없었다고 말할 때, 아버지는 실눈을 뜬다. 쇠락해가고 있는 이 읍내의 나이 든 어른들이 예전에……라고, 추억의 보따리를 풀어내는 순간마다 으레 짓게 마련인 그 표정이다. 그들은 오직 예전에…… 때문에 산다. 그렇지만 예전이 아닌 오늘, 탱자나무 울타리 안의, 녹슨 함석지붕을 해얹은 낮은 집들은 사람이 살지 않는 것처럼 고요하다. 어떤 집 마당엔 잡초가 마른 채 쓰러져 있고 또 어떤 집 마당엔 누군가 버리고 간 이불 따위가 썩어가고 있다. 떠나지 못하는 사람은 실패한 인생이다. 산허리를 반쯤 돌아가자 함석지붕의 낮은 집들은 사라지고 긴 철조망 울타리가 다가온다.

고아원이다.

고아원의 녹슨 함석지붕 역시 길보다 훨씬 낮은 자리에서 잔뜩 퇴락한 모습으로 엎드려 있다. 눈인지 서리인지, 그늘진 곳에 희끗희끗한 것들이 보인다. 하늘은 잔뜩 흐리지만 눈은 내리지 않고 바람도 없다. 그는 손이 시려워 가방을 왼손으로 옮겨쥐면서 고아원의 철대문 앞으로 다가든다. 새 몇 마리가 고아원 지붕 위에서 날카롭게 운다.

한순간 그는 뚝 걸음을 멈춘다.

아마 날카롭게 우짖는 새떼들의 비명이 없었다면 그냥 지나쳐 갔을는지도 모른다. 그의 오관을 쪼개려는 듯이 새떼가 날카롭게 우짖은 것은 우연이었을까. 걸음만을 멈춘 것이 아니라 그는 숨쉬기도 멈춘다. 오관의 바늘들이 낱낱이 들려 있는 그 틈으로 새떼들이 예리한 비명을 박아넣는다.

순간적인 폭풍처럼, 전율이 휩쓸고 가는 걸 그는 느낀다.

야행동물의 그것 같은 직관의 안테나가 가파르게 움직이고 있다. 파장의 발신지는 그에게서 한두 걸음 뒤로 처진 철조망 옆의 풀섶이다. 푸르스름한 체크무늬의 개성베 한 자락이 말라붙은 풀섶 사이로 보인다. 피 묻은 신문지가 아닌 게 천만다행이다. 간밤에 그는 일본작가 미시마 유키오의 짧은 소설 「신문지」를 읽었던 것이다. 그는 이윽고 철조망 옆으로 조심조심 다가간다. 그리고 개성베 한 자락을 돌아본 순간, 그는 곧 그 체크무늬 개성베로 포장된 게 무엇인지 확실히 알아차린다. 미시마 유키오의 「신문지」엔 이제 막 태어난 아이가 피에 젖은 채 더러운 신문지에 싸여 찬 마루방에 놓여 있는 삽화가 나온다. 케네디 대통령의 붉은 피가 재클린 여사의 우아한 드레스를 횡포하게 적실 무렵, 그는 자신이 그것을 읽고 있었다고 생각한다. 온 세상을 벚꽃의 흰빛이 충만되게 뒤덮고 있는 환상적인 도쿄의 사월 어느 날 일이다. 쇠고깃간에서 고기를 싸주는 것 같은…… 신문지로 된 산의(産衣)……

라고 미시마 유키오는 쓰고 있다. 도쿄로부터 텍사스의 댈러스 시로 이어진 광기의 연속성은 그러나 개성베로 만든 포대기 안쪽까지 이어지지 않는다.

그는 무릎 꿇고 앉는다.

책가방이 길바닥에 떨어져 있지만 그것조차 알아차릴 겨를이 없다. 낳은 지 이틀이나 사흘쯤 됐을까. 포대기에 잘 싸여져 겨우 코끝까지만 보이는 갓난아이는 잠들어 있다. 인중에 딱 박힌 보라빛 점이 인상적이다. 살빛은 조금 붉고 이마는 주름져 있는데, 그가 조심조심 안아올리자 콧잔등을 쫑긋쫑긋한다.

어머니.

그는 어머니를 부른다.

고아원에서 키워주리라 생각하며 아이를 버렸을 갓난아기의 생모를 부르는 게 아니라, 자신의 어머니를 그는 부른다. 그는 왔던 길을 허겁지겁 되돌아간다. 어머니, 아기예요, 아기라구요……라고 그는 속으로 부르짖는다. 케네디도, 미시마 유키오도 생각나지 않는다. 잠든 아기는 조금도 부족함이 없어 보인다.

계집애구나.

포대기를 열어본 어머니의 첫마디다.

쉰일곱의 어머니는 여든일곱 살처럼 합죽한 볼을 갖고 있다. 그는 그가 갓난아기였을 때 이미 축 늘어지고 내용물은 전혀 없던 어머니의 젖을 생각한다. 어머니의 젖은 오래 전부터 빈 젖이다. 젖꼭지만 터무니없이 크고 검어서 늘어진 살가죽 끝에 추처럼 매달린 어머니의 빈 젖 속엔 신산했던 어머니의 지난 시간들이 담겨 있을 뿐이다.

이애를…… 우리가 키워요, 어머니.

키워? 누가?

내가 키울게요. 키울 수 있어요.

중의(中衣) 바람으로 툇마루 끝에 걸터앉은 깡마른 아버지가 픽 하고 바람 빠지는 소리를 내곤 돌아앉는다. 그때 기차가 들이닥친다. 길고 긴, 새카만 화물열차다. 창틀이 다르르륵 떨리는 소리를 내고, 기차 소리에 놀라 깨어난 갓난아기가 맹렬하게 울기 시작한다.

아기 이름을 재클린이라고 지으면 어떨까.

그는 두서없이 상상하면서, 얼결에 어머니 품으로부터 아기를 낚아채듯 받아안는다. 요새, 가발공장 다니는 어린 처녀애들이 걸핏하면 애를 밴다더라만……이라고 말하면서 어머니가 마당 쪽으로 코를 팽 풀어제친다. 미국으로 가발을 수출한다는 가발공장이 여기저기 생겨난 것은 최근의 일이다.

아기는 여간해서 울음소리를 그치지 않는다.

그러나 열여섯 살 상고머리 소년인 그에겐 우는 아기에게 물려줄 젖이 없다. 젖이 없다……라고 그는 절실하게 인식한다. 태생적이면서 치명적인 자신의 결핍을 명징하게 인식하는 순간이다.

흰 뼈 너무 사랑하기 때문일까. 아직도 시시때때 살의를 느끼게 하는 그는 나보다 무려 마흔 살이 적다. 나는 올해 쉰여섯 살이다.

시간은 쌓이지 않지만 기억들은 축적된다.

쉰여섯 살의 나이만큼 축적된 기억들은 무시로 나를 교묘하게 조종하거나 안정되게 가라앉힌다. 기억의 어떤 서랍엔 실패라고 씌어 있고 어떤 서랍엔 성공이라고 씌어 있다. 사랑 또는 헤어짐이라는 표찰이 붙은 서랍도 보인다. 그러나 표찰에 써넣은 것들은 대부분 삶의 본질과 관계 맺지 못한다. 그것들은 그저 세상이 지어붙인 상투적인 이름에 불과하다. 가령 지혜라든가, 덕성이라든가, 인식이라든가 하는 말들도 그렇다. 나는 열여섯 살의 그보다 나이만큼 더 지혜로워졌는가. 덕성은 두꺼워지고 인식은 깊어졌는가.

천만에⋯⋯라고 나는 말하고 싶다.

삶을 알고 이해한다는 점에서 시간이 내갈겨놓고 달아난 배설물 같은 기억이나 경험이란 아무런 도움도 되지 않는다. 도움이 되기는커녕 훼방꾼이 된다. 기억은 쌓이면서 갖가지 거짓말 신념으로서의 미신을 만들어내고 그 미신 때문에 이해는 오히려 방해받는 게 고작이다. 심지어 죽음조차 쉰여섯 살의 나보다 열여섯 살의 그가 더 깊이 알고 있다고 나는 느낀다. 그는 살과 거죽에 묻혀 있는 아버지의 흰 뼈⋯⋯를 보고 나는 내 육신을 떠받들고 있는 그 어떤 뼈도 보지 못한다. 그가, 자신에게 젖이 없다⋯⋯라는 사실을 인식했을 때 그는 이미 세계를 모두 인식한 것이다. 인식의 깊이에는 기억도 정보도 필요 없다.

필요한 건 섬광이다.

인(燐)처럼 바람과 만나 빛나는. 그도 혹시 기억하고 있을지 모르지만 예컨대, 내겐 이런 그림이 간직되어 있다.

섬광 밥이 담긴 양재기를 나는 들고 있다.

아마 초등학교에 갓 입학한 어느 봄날이었을 것이다. 양재기를 든 채 툇마루에 앉아 올려다보던 멀고 먼 하늘빛이 기억난다. 역마살을 타고났다는 아버지는 늘 그렇듯이 부재중이고 제각각 중뿔난 성질머리 때문에 날마다 쌈박질 일삼는 누나들도 집에 없다. 얼마나 고요한지 햇빛이 치치치 하고 미끄럼 타며 내려박히는 소리를 들을 수 있을 정도이다.

양재기엔 콩고물에 버무린 밥이 들어 있다.

인절미 하려고 비축해둔 노란 콩고물에 버무리면 밥알들은 제각각 논다. 반찬은 필요 없다. 공 굴리듯이 밥알을 가지고 놀면서 손으로 주워먹어야 고소한 제맛이 난다. 학교에서 막 돌아온 후였을 것이다. 골이 쏟아지려고 한다……라면서 어머니의 이마를 동이고 있던 대님끈이 그날은 반짇고리에 떨어져 있다. 대님끈을 동이지 않고 있는 것은 모처럼 어머니의 골이 제 그릇 속에 반듯하게 들어앉아 있다는 뜻이 된다. 학교에서 돌아온 나를 와락 품에 안을 때 어머니가 하는 말은 어이구, 내 새깽이. 그날처럼 대님끈으로 머리를 동여매지 않은 날의 어머니 목소리는 더욱 괄괄하다. 어이구, 내 새깽이…… 다음엔 탁, 탁, 탁 엉덩이를 두들기고, 엉덩이를 두들겨오면 내 사타구니엔 매번 소름이 쫙 돋는다. 엉덩이를 두들긴 손이 곧 사타구니로 들어올 걸 알기 때문이다.

어디 좀 보자잉.

갈퀴 같은 어머니의 손은 걸씬하고 잽싸다.

우리 새깽이 고추, 누가 안 따갔네.

어머니가 웃으면 팥죽색 볼이 합죽하게 파이고 얼굴 사방으로 골이 퍼진다. 내 사타구니에 소름이 돋는 걸 어머니는 알지 못한다. 나는 자라처럼 목을 쇄골 사이로 한 번 밀어넣었다가 쑥 뽑아내며 짐짓 겁기 어린 표정을 짓는다. 어머니의 손이 아니라면 그 누구도 절대 내 고추를 따갈 수 없다. 딸만 내리닫이로 낳다가 마흔이 넘어서, 이번에도 딸을 낳으면 엎어놓아 질식사시키겠다는 독한 살기까지 보태, 이 사려물고 나를 낳은 어머니의 서슬 푸른 기개를 모두 알기 때문이다. 고추는 내 명줄이다. 고추가 있어서 오직 나만이 원할 때마다 콩고물에 버무린 밥을 먹을 수 있다. 표독한 막내누나가 콩고물 버무린 내 밥을 시기해서 채뜨려 빼앗아 똥간에 쏟았다가 어머니에게 머리칼을 한움큼이나 뽑힌 얼마 전 일도, 알고 보면 누나에게 고추가 없는 탓이다. 콩고물 버무린 밥은 내 고추에게 주는 어머니의 포상이며 성물이다.

나는 툇마루에 걸터앉아 성물을 먹는다.

발끝으로는 해맑은 봄 햇빛을 건들건들 차올리며 가지고 놀고 손끝으로는 콩고물 버무린 밥알을 살근살근 내굴리며 논다. 어머니는 툇마루에 걸레질을 하고 있는 중이다. 대님끈을 동여매지 않았으니 고개를 푹 숙이고 걸레질을 해도 어머니의 머리에서 골이 쏟아져나올 리 만무하다. 그러니 여직껏, 걸레질을 하고 있을 때, 어머니의 어느 곳에서 무슨 끔찍한 일이 일어났는지 나는 알 수 있다.

먼저 쇳소리 같은 게 날카롭게 난다.

입 안에 잔뜩 밥알을 집어넣다가 내가 고개를 돌리며 먼저 본 것은 거무튀튀한 걸레이다. 이미 너덜너덜해진 걸레인데도 제 몸이 생살로 찢길 때는 쇳소리를 낸다. 가닥가닥 찢겨나가는 걸레의 생살은 뜻밖에 희다.

걸레가 흰 피를 주르르 흘린다.

얼마나 힘을 모아쥐고 있는지 검붉은 핏줄이 어머니의 손등 위로 터질 듯이 부풀어오르고, 핏줄을 싸고돌며 번질번질 생땀이 솟고 있다.

이놈의 것…… 발기발기…… 찢었으면.

이놈의 것이 걸레인지, 다른 무엇인지는 알 수 없다. 발기발기……라고 어머니가 혼잣말을 하는 순간, 시선이 마주친다. 어머니의 골진 이마를 미끄러져내려온 땀방울이 눈썹에 맺혔다가 툭, 투둑, 떨어질 때 나는 그만 양재기를 토방 쪽으로 떨어뜨리고 만다. 어머니의 눈에서 내쏘아지는 푸르스름한 인광(燐光) 때문이다. 무섭다. 앙 하고 강그라지는 울음소리와 함께 입 안에 들어 있던 밥알들이 사방으로 뿜어져나온다. 놀란 어머니가 표정을 누그러뜨리고 양팔을 벌린 채 다가온다. 나는 울면서 어머니를 피해 토방으로, 마당 가운데로, 마당귀의 헛간으로 도망친다.

오지 마. 오지 마, 엄마.

비명은 그러나 단단히 입 안에 갇혀 있다.

들길에서 철길까지　열여섯이 되기 전까지 그가 걸었던 길은 대부분 들길이다. 들이란 길의 연속성이 구획해놓은 어떤 기하학적인 공간이다. 두 칸짜리 작은 초가를 나와 고샅을 돌아나가면 미로처럼 맺어지고 갈라지는 들길과 만난다. 그가 생애 최초로 진지하게 학습했던 것도 그 맺어지고 갈라지는 들길에 대한 반복적인 정보의 입력이다. 중학교 이학년 때까지 살았던 두화마을에서 그가 졸업한 황북초등학교까지는 그물망 같은 수킬로미터의 들길이 깔려 있다. 어머니는 처음에 가장 빠른 길을 학습시켰지만, 초등학교 입학하고 한 학기를 보낸 뒤에 그는 자주 길을 바꾸어 다니게 된다. 마음먹기에 따라서 두화마을과 황북초등학교는 오 리가 되기도 하고 십 리, 이십 리가 되기도 한다. 꼭 빨리 가야 한다는 사실이 깊이 입력되기 전까지 길은 줄었다 늘었다 하는 고무줄과 같다.

들길엔 다채로운 시행착오와 아울러 상상력이 깃들여 있다.

그리고 다음엔 신작로.

두화마을에서 강경읍까지 장장 이십 리 둑길은 광활한 성동벌판을 하나로 통합하는 아름다운 카리스마를 갖는다. 강경 장날이 오면 오가는 장꾼들과 달구지 행렬이 하얗게 띠를 이룬다. 와자지껄하고 파릇파릇하고 울근불근하다. 벼가 누렇게 익을 때 그 둑길은 또한 황금빛 바다의 빛나는 테두리가 되고 만다. 죽은 자가 가고 떠난 자는 돌아온다. 수양어머니를 삼았던 무녀 길순 할머니가 눈보다 희고 보드라운 상여 앙장(仰帳)을 이마 위에 펴널고 떠난 길도 그 둑길, 셋째누나가 시집갔다가 삼 일 만에 재행 올 때 타고 온 시발택시가 굴러온 길도 그 둑길이다. 들길은 맺어지고 갈라지며 통합되어 세상으로 나아간다. 돌아볼 것도 없이, 두화마을에서 강경중학교까지 이십 리 둑길을 자전거로 오가던 이 년여를 떠올리면 언제나 가슴에 명주바람이 지나간다.

이제 그 앞에 철길이 놓여 있다.

강경에서 이리까지는 통학기차로 오십여 분 거리이다.

그는 새벽 여섯시 사십오분 기차를 타고서 고등학교가 있는 이리로 떠나고, 이리에서 오후 다섯시 반에 출발하는 통학기차로 돌아온다. 통학하는 학생들에게 이용할 권리가 보장된 기차는 이 두 편뿐이다. 그것은 일반 객차와 다르다. 통학 기차는 화물칸을 개조해 만든 것으로 일반 객차보다 작고 새카맣다. 조악하게 만들어 붙인 철제 승강구가 있고, 한 칸에 좌우 두 개씩 뚫려 있을 뿐인 창은 허리보다 높은 지점에 정사각형으로 자리잡았으며, 의자는 딱딱한 나무벤치로서 기차의 긴 방향대로 고정되어 있다. 밖에서 보나 안에서 보나 석탄 빛깔의 철제 화물칸이니 벽 자체가 컴컴하다. 의자에 앉으면 들과 마을 풍경은 철제 어둔 벽에 가려 보이지 않는다.

기차는 그러므로 마치 철제 감옥 같다.

앉은키보다 더 높은 창으로 올려다뵈는 것은 매양 하늘, 구름, 철로변의 키 큰 나무들 상단뿐이다. 통학생들의 대부분은 황등역, 함열역에서 하차하고, 전라북도 마지막 정거장인 용안역까지 통과하고 나면 기차 속이 텅 빈다. 일반인은 불편한 통학기차를 이용하지 않고, 도(道) 경계가 바뀌는 논산, 채운, 강경에서 이리로 통학하는 통학생은 극소수이기 때문이다. 통학기차는 논산을 지나 대전에 가까워져야 대전권 통학생들로 다시 찬다. 어떤 날의 그는 그래서 함열역부터 강경까지 이십오 분여 동안 덜렁 혼자 타고 오기도 한다. 그는 벤치에 눕거나 웅크리고 앉아 창 밖의 하늘, 구름, 미루나무 끝 가지들을 홀로 보는 그 시간이 좋다. 철로변을 따라 심어진 키가 훌쩍 큰 미루나무 끝 가지들은 기차가 속력을 낼 때, 사각의 창 안에 들어와 모노크롬 화면처럼 빛과 색이 섞인다. 그것은 흐르는 추상으로 보인다.

창 안의 이편은 어둡고, 햇빛 좋은 창 밖의 추상은 밝다.

어두운 자의식과 밝은 추상의 세상 사이에 그가 놓여 있다. 그 사이는 죽음과 삶보다 멀고 영원과 찰나보다 멀다. 그래도 그는 밝은 추상의 광채를 놓치지 않으려고 곧잘 미간을 모으곤 한다. 기차란 그런 것이다. 열여섯 살, 어두운 자의식의 골방에 엎드린 그에게 기차는 떠나는 것보다 오히려 갇히는 것이고, 섞이는 것보다 오히려 홀로 되는 것. 내달리는 감옥에서 그의 존재는 완전무결한 단독자가 마침내 되는 셈인데, 그럴 때 그는 안정감을 느낀다. 그것은 열여섯 살이 되기 전에 그가 걸었던 들길과는 전혀 다른 공간이다. 들길은 맺어지고 엇갈리며 천지사방으로 열리어 떠나지만, 기차를 타면 떠날 수 없다.

나는 평생 기차를 탔구나.

아버지의 말을 그는 기억한다.

젊을 땐 왜 그리 멀리멀리 떠나고만 싶었던지……라고 말할 때의 아버지 눈은 아물아물 아지랑이에 잠겨 있다. 그는 그러나 고개를 젓는다. 떠나고 싶어 기차를 탔다는 건 아버지의 상투적인 착각이라고 그는 생각한다. 파죽지세로 나가는 기차의 직진 안에 들면 안과 밖의 경계가 더 철옹성이 된다는 것을 아버지는 모르고 있다.

어디로 떠날 수 있겠는가.

그가 기차에서 내릴 때, 그리고 자동차 자전거 사람들의 거친 발걸음이 피워올리는 뿌연 먼지 속의 역광장을 지날 때, 목숨들이 맹목적으로 빚어내고 있는 터무니없는 욕망들과 부딪칠 때, 그는 자신이 안으로부터 밖으로 나왔다고 느끼지 않는다. 홀로 웅크리고 앉은 어두운 통학기차 안이야말로 더 넓은 밖이라고 느낄 때가 그에겐 자주 있다. 그런 날은 기차에서 내리는 것이 밖에서 안으로 드는 셈이 된다.

제 스스로 걸어서 세상이라는 감옥에 수감되는 것이다.

관계 그가 열여섯 살의 마지막 한 자락을 지날 무렵, 그 쓸쓸한 십일월과 냉정한 십이월에, 통학기차를 타러 가는 신새벽이나 별도 없는 한밤중, 그의 모습이 자주 채운산 중턱 고아원 철문 앞에서 목격된다. 철조망을 따라 마른 개나리 가지들이 저희들끼리조차 몸 섞지 못하고 쓰러져 있다.

바람이 불고 눈이 오고 자주 흐리다.

싸락눈이라도 내리고 나면 철조망 아래의 마른 풀 사이에서 어린 새가 고즈넉이 얼어죽어 누워 있는 걸 보기도 한다. 고아원은 언제나 비어 있는 것처럼 조용하다. 그가 그곳에 서 있는 시간이 신새벽이거나 한밤중이기 때문에 그럴 것이다. 아니 고아원만 그런 것이 아니다. 고아원 너머의 마을도 그렇고 읍내도 그렇다. 겨울이 깊어질수록 모든 건 조금씩 낮아진다. 지붕들도 낮아지고 사람들도 낮아지고 집짐승들도 낮아진다. 키가 땅에 붙은 사람들과 개 고양이 소가, 역시 추녀가 땅에 붙은 집과 헛간에서 혼령처럼 소리없이 움직인다고, 그는 느낀다. 대문이 있는 길보다 훨씬 낮게 자리잡은 고아원 건물은 더욱 땅바닥에 붙어 있다.

철제 대문에서 고아원 마당까진 경사가 급하다.

마당엔 부서진 그네와 철봉대가 있고, 철봉대 동편 산기슭을 따라 함석지붕을 해얹은 본채가 있으며, 본채 너머엔 마른 풀이 군데군데 자라나 찬바람에 나부끼는 기와지붕이 하나 보인다. 녹슨 함석지붕은 이음새가 여기저기 벌어져 있어 빗물이 새들어갈 것만 같다. 닳아빠진 창틀과 얼룩진 벽지가 보이고 밤새 찍찍거리는 쥐떼들의 소리가 들린다. 그곳에 여기저기 터져서 속엣것이 비어져나와 있는 이불을 덮고 서른 명, 혹은 마흔 명쯤 되는 어린 짐승들이 잠들어 있다고 그는 상상한다.

재클린……

그가 불현듯 가만히 불러볼 때도 있다.

재클린……이라니, 말도 안 되는 이름이지만 재클린……이라고, 그는 부른다. 그 아이와 처음 조우한 일이 불과 얼마 전인데도 이상하게 그 아이의 얼굴 전체가 도무지 떠오르지 않는다. 떠오르는 것은 개성베 포대기가 콧잔등의 반쯤까지 덮인, 처음 발견했던 그 얼굴이다. 주름진 이마, 붉은 살빛, 인중에 박힌 보랏빛 점, 그리고 콧잔등이 쫑긋쫑긋하고 있다. 이제 막 낳은 갓난아기에게 점이 있다는 게 신기하다.

파출소에 맡겼지.

포대기로 싸인 그 아이를 주워온 날 저녁, 학교에서 부리나케 돌아온 그에게 던진 어머니의 무심한 한마디가 생생하다. 고아원 문 앞에서 그의 집으로, 그의 집에서 파출소로, 파출소에서 다시 고아원으로 갓난아이는 불필요한 유랑의 길을 한 바퀴 돈 셈이다. 그 사이 아이는 계속 울었고 아무것도 먹지 않았다고 한다. 세상에, 그렇게 숨넘어갈 만큼 울어대는 애는 첨 봤다……라고 덧붙이는 어머니의 말. 하지만 벌써 여러 날이 지났으니 지금쯤 아이는 신생아의 핏기가 쏘옥 빠졌을 것이다. 살색은 뽀얗고 눈은 또릿또릿한 한 어린아이의

모습이 떠오른다. 손가락과 발가락이 자라듯이 인중의 보랏
빛 점도 자랄까.

　고아원에선 여전히 아무런 인기척이 없다.

　원장이 혹시 수십 명의 아이들을 마술 같은 신통력으로 일
제히 잠재워놓았는지도 모른다. 아니면 아이들이 마시는 커
다란 물주전자에 수면제를 한움큼이나 타놓았을지도.

　가만히 열리는 문소리가 난다.

　그는 철조망 옆을 떠나 어두운 소나무 그늘로 숨는다.

　분토골 쪽으로 다가드는 상행열차의 헤드라이트 잔광이
고아원 함석지붕을 낮은 포복으로 핥고 지나간다. 키 작은 그
림자 하나가 마당으로 나온다. 윤곽을 통해 어림짐작해보면
열두세 살쯤 되는 소녀이다. 내려다보는 시선이라 키가 작아
보여서 그렇지 여중학생이나, 아니면 그 자신처럼 고등학교
일학년인지도 알 수 없다. 얼마 전 새벽길에 마주친 어떤 여
학생의 모습이 불쑥 떠오른다. 쌍갈래로 땋아내린 머리를 이
리저리 흔들면서 뛸 듯이 내려오다가 탱자나무 울타리 사이
로 불쑥 나타난 그와 마주치자 침을 탁 뱉고 지나치던.

　그림자는 발판이 떨어져나간 그네에 앉는다.

　그넷줄이 가볍게 흔들리고, 그네가 보다 앞으로 나올 때,
턱을 좀 치켜올린 듯한 소녀의 얼굴이 원사(院舍) 창에서 흘

러나오는 잔광과 부딪친다. 잔광 속으로 숨바꼭질하듯 나왔다 들어갔다 하기 때문에 겨우 윤곽만 보이는 소녀의 얼굴은 회칠이라도 한 것 같다. 시선은 정면을 향하고 있다. 소녀 쪽에서는 어두운 소나무 그늘에 앉아 있는 그의 모습이 뵐 리가 없지만, 소녀의 시선이 자꾸 자신에게 쏘아져오는 듯해, 그는 괜히 목을 움찔한다. 그래도 속으로는, 혹시 얼마 전에 들어온 인중에 보라빛 점이 박힌 아이를 아느냐, 고 묻고 싶다. 소녀는 틀림없이 재클린……을 알 것이다. 어쩌면 재클린에게 우유를 먹이고 재클린의 기저귀를 갈고 재클린의 엉덩이를 씻겼을는지도 모른다. 그애는 언젠가 영부인이 될 거야…… 라고, 그네 위의 소녀에게 그는 입 속으로 말해본다. 그애한테 미리미리 점수를 따놓으면 훗날 사는 일이 확 피게 될 것이라고도 말하고 싶다.

그네가 불현듯 멈춘다.

쌍갈래로 머리를 땋은 소녀는 잠시 사이를 두었다가 갑자기 격렬하게 철근으로 얼기설기 엮어 만든 고아원의 철제 정문을 향해 걸어온다. 탁, 탁, 탁 하고 짐짓 죽어라 땅바닥을 밟는 발소리가 난다. 뛰는 것은 아니지만 뛰는 것보다 더 격렬하다. 철제 정문을 단번에 쓰러뜨리고 세상의 중심으로 단호히 박혀들 기세이다. 그로서는 도망칠 겨를도 없다. 소녀는 웅크리고 앉은 그의 머리를 밟고 지나갈 터이다.

　그러나 그런 일은 일어나지 않는다.

　소녀가 어떤 순간 걸어오던 그 격렬한 기세로 탁 앉아버렸기 때문이다. 두 무릎을 곧추세운 자세로 앉아서 무릎 사이로 양팔과 머리를 박아넣는 동작 또한 격렬하고 단호하다. 정문에서 마당으로 이어지는 경사진 길 바로 아래쯤이다. 소녀와 그의 거리는 육, 칠 미터쯤으로 아주 가깝다. 집중하면 숨소리까지 들릴 만하다. 그는 소나무 그늘에 있고 소녀는 원사창의 흐릿한 불빛을 역광으로 등지고 있는데, 그 사이 철조망의 호위를 받은 철제 정문이 컴컴하게 솟아 있다.

　정거장 쪽에서 짧고 굵은 기적 소리가 몇 차례 들려온다.

　상행열차와 하행열차가 교행하는 모양이다. 이제 하행열차는 장공장 옆구리를 느릿느릿 지나와 분토골을 힘껏 밀어내며 다음의 용안역까지 쾌도난마 직진할 것이다. 가만가만 불지만 얼어붙은 성동벌판을 막힘 없이 지나온 바람에 뼈가 저린다. 울고 있는지, 소녀의 어깨와 양 무릎 사이로 박아넣은 머리가 몇 번 들썩이다가 멈춘다.

　재클린의 안부는…… 더이상 물을 수 없다.

　구름에 가려 있지만 별빛은 구름을 뚫고 내려온다고 그는 상상한다. 아주 먼 별의 광채는 쉬지 않고 달려와도 지구에 이르는 데 오랜 시간이 걸린다. 우주에서 내려온 불멸의 빛이 어린 짐승처럼 웅크린 채 정지된 그와 소녀의 몸을 차갑게 적신다. 그녀는 안에 있고 그는 밖에 있다. 그것은 별과 별 사이만큼 먼 거리이다. 그녀가 밖에 있고 그가 안에 있다고 하더라도 그럴 것이다. 신문지…… 피에 젖은 신문지로 된 산의(産衣)……라고, 미시마 유키오가 말하는 소리를 그는 불현듯 듣는다. 안에 있든 밖에 있든 마찬가지다. 탄생은 누구나, 그런 것이라는 사실을 그는 알고 있다.

　그들은 그렇게…… 오래 움직이지 않는다.

미시마 유키오　신문지…… 피에 젖은 신문지로 된 산의(産衣)……라고, 누가 말하는 소리를 그는 불현듯 듣는다. 안에 있든 밖에 있든 마찬가지다. 탄생이란 누구에게나 그런 것이다. 피 젖은 신문지에 싸여 버려지는.

늙지 않는 짐승이 그에게 깃들여 있네　이미 개구기(開口期)……라고 나는 이윽고 쓴다. 핏물을 찍어 쓰는 것처럼 느껴진다. 엽기적이다.

엽기적이다.

열여섯 살의 그는 아직 자신의 내부에 어떤 짐승들이 숨어 있는지 또렷이 인식하진 못하고 있다. 모르는 것은 아니다. 그는 알고 있지만, 체계화의 과정을 거치려면 오랜 시간을 고통스럽게 견뎌야 할 것이다. 단언하거니와, 그는 내 나이가 돼도, 그리하여 더이상 가난하지도 않고 더이상 혼자 버려져 있지 않아도, 가령 좋은 차를 타고 정숙한 부인의 훌륭한 내조를 받으면서 삼세끼, 고기반찬에 기름이 쫙 흐르는 아끼바리 쌀밥을 고봉으로 퍼먹고 살아도, 열여섯 살의 그가 지금 지닌 몸무게보다 더 무거워지진 않을 것이라고 나는 확신한다. 그의 인식체계와 관계 없이, 그의 내부에서 하나의 숙주로 자리잡은 짐승들은 결코 나이를 먹지 않을 것이기 때문이다. 피에 젖은 신문지로 된 산의(産衣)……라고, 그 짐승들이, 그의 내장들을 시시때때 찢으면서 노래할 것이기 때문이다. 피에 젖은 신문지로 된 산의……를 잊는 자만이 비만을 겪는다.

물론,

그럼에도 불구하고,

사십 년 후, 지금의 내 나이쯤 되면 그 또한 체계화된 인식에 도달할 것이다. 나처럼 용인의 외진 산방에 앉아, 내부의 신열을 감당할 길 없어 옷이란 옷은 홀랑 벗고, 어둠 속을 야행동물처럼 질주하거나 논 가운데로 들어가 진흙탕에 머리를 턱턱 박거나 할는지도 모른다. 내 안의 실존적 광기를 누구에게 들키면 안 된다는 것은 얼마나 잔인한 일인가. 가령 나는 몇 년 전「골방」이라는 제목의 글에서 그의 탄생설화를 극적인 문장으로 형상화해본 적이 있다. 그의 몸 속에 깃들여 있는, 평생 동안 때론 그를 쓰러뜨리고 그를 일으켜세우던, 그래서 죽을 자유도 없이 피 흘리며 달려가게 하던 그것, 그 짐승들의 격렬한 심지에 대해.

이미 개구기(開口期)⋯⋯

나는「골방」에서 이렇게 쓴다.

열여섯 살의 그보다 쉰여섯 살의 내가 그의 탄생을 더 잘 인식하고 있다고 느낀다. 거두절미, 그를 세상 속으로 내쫓기 위하여 자궁문이 열리기 시작한 기점으로부터 인용하자면 이렇다.

자궁문이 열린다.

양수는 곧 터져나갈 것이고 자궁 벽에 붙어 있는 그를 싸고 있는 보자기, 난막(卵膜)도 곧 떨어져나갈 채비를 끝내고 있다. 그는 아직 자궁 속에 있지만 세계가 곧 깨어져나갈 것이라는 사실을 본능적으로 느낀다. 마흔한 살, 생애의 마지막 희망을 낳고자 하는 열망 때문에 살의로써 무장하고 있는 그의 어머니가 선택한 시각은 칠흑 같은 한밤이다. 그의 오관들은 그의 탄생보다 더 빠르고 예민하게 열려 있다. 계집애가 나오면 엎어놓아버릴 것인즉……이라고 어머니는 말한다. 바로 그 대목부터이다. 이미 개구기……라는. 아래의 이 인용에서 등장하는 나는, 이 글을 쓰는 쉰여섯 살의 내가 아니라 열여섯 살의 그, 라는 사실을 염두에 두기 바란다.

화자인 그는 자궁 속에 아직 있다.

부러진 가위   이미 개구기이다.

시시각각 다급해지고 있는 심장 박동 소리를 나는 자궁 속에서 듣는다. 발작은 더욱더 빈번해지고, 내가 열 달이나 살았던 골방 안의 내압(內壓)은 초를 다투어 높아지고 있다. 어머니는 그렇지만 비명 한 번 지르는 법 없이 고통을 견딘다. 끽소리도 내지 마라들. 뽀드득 하고 이빨을 갈면서 말하는 낮고 앙칼진 어머니의 목소리가 분명 내 귀에 들린다.

끽소리도 내지 마라들. 계집애면 엎어놔버릴 것인즉.

어린 두 누나는 윗방에, 열여덟 열여섯의 큰누나 둘째누나는 아랫방 어머니의 벌린 사타구니 앞에 있다. 심야이고, 달빛도 별빛도 없다. 황량한 늦가을의 벌판을 달려온 바람이 간헐적으로 문풍지에 목매달며 파르르르 떨 때마다 그을음이 많이 나는 등잔불이 자지러질 듯 너울거린다. 어머니는 문고리에 묶인 삼신끈을 양손으로 앙세게 잡고 있다. 내 어린 영혼이 어머니의 자궁 속, 그 골방과 골방 밖을 자유로이 드나들고 있었던 것일까. 오그린 몸은 아직 골방 안에 있는데, 너울대는 등잔 불빛의 명암에 따라 모든 것이 똑똑히 보인다.

끽소리도 내지 마라들.

누나들은 물론 끽소리도 내지 않는다. 유난히 심약했던 셋째누나가 막내누나를 부둥켜안고서 공포감을 참지 못해 짧은 비명 소리를 한번 냈을 뿐이다.

어떤 찢어죽일 년이 소리를 내냐, 소리를.

어머니가 즉각 오금을 박는다. 불탄 쇠가죽처럼 검고 질긴 피부, 퉁겨져나올 듯 곤두선 핏줄, 솟은 광대뼈, 산발한 머리, 등잔 불빛을 받아 섬뜩한 광채로 흐르는 눈, 눈빛. 어머니의 모습은 사람의 형상보다 악귀에 가깝다. 자궁 속의 골방에서도 나는 어머니의 귀기 어린 살의를 알고 있다. 골방 밖으로 내 작은 몸이 내던져져 나오는 순간 넝마 같은 피 젖은 이불에 엎어놓아져 살해될 것이라는 사실은 아주 명확하다. 자궁 내압은 높아지고, 그 충격으로 나의 외피를 싸고 있던 난막이 자궁 벽으로부터 떨어져나오는 걸 나는 느낀다. 그럴수록 나는 밖으로 밀려나가지 않으려고 필사적으로 용을 쓴다.

엄마, 살려주세요.

나는 소리친다.

그럴수록 발작은 더욱 가속되고 어머니의 심장 소리는 천군만마처럼 나를 짓쳐들어오고 있다. 제발, 절 죽이지 마세요, 엄마. 어디에서 검은 개가 짖고 있는가. 컹컹컹컹. 나는 필사적으로, 본능적으로, 안쪽, 자궁 안쪽으로 숨기 위해 버둥거린다. 컹컹컹컹. 개들은 끈질기게 짖고 있다. 계집애면 엎어놓아버릴 것인즉. 어머니가 또 부르짖는다. 어머니로선 그것이 진통을 견디는 비명인 셈이다. 오랫동안 나를 부드럽게 안아뉘던 양수가, 나의 먹이이고 숨(命)이었던 양수가 격류로 요동치며 한순간 내 머리를 이미 열린 골방의 문지방에 탁 박는다. 이제 절망이다. 난막을 움켜잡아보지만 소용없다. 난막도 양수도 더이상 내 편이 아니다.

컹컹컹컹컹.

골방을 포위하듯 둘러싼 어머니의 전신이 심하게 경련한다. 전양수(前羊水)가 터지면서 곧 이어 만출기(晩出期). 폭풍 같은 마지막 단계의 내압이 내 몸을 발작적으로 밀어내고 있다. 둘째누나가 더이상 참을 수 없다는 듯 신음 소리를 낸다.

아가리를 찢어놓을 년.

어머니가 역시 냉큼 비명을 내뱉는다.

불가항력적인 파장에 밀려 나의 머리가 골방 아래쪽의 열린 통로로 내려가고 있다. 머리통은 으깨어질 것 같고 앞으로 밀리는 전신은 불바람 속에 있는 것 같다. 컹컹 하고 개 짖어대는 소리 사이로 뽀드득 뽀드득, 어머니가 이빨을 가는 소리 계속 들린다. 그리고 마침내 살기 가득한 광채가 내 정수리에 달려와 박히는 걸 나는 느낀다. 등잔 불빛에 피 묻은 내 정수리가 드러난 것이다.

엄마, 어, 어떡해.

큰누나의 공포에 찬 낮은 울부짖음.

세상의 광채는 표독스럽기 그지없다. 문고리에 묶은 삼신 끈과 삼신끈을 잡은 어머니의 손목에서 핏줄이 한순간 팽팽히 곤두선다. 낡은 삼베 개짐에 아들에의 원념(怨念)을 실어 이미 몇 달 전부터 여러 번 어머니가 황소 오줌을 묻혀놓은 그 삼신끈이다. 어머니는 눈조차 감지 않는다. 충혈된 두 눈 더욱 부릅뜨고서 읍, 어머니가 악써 어금니를 물었을 때, 자궁 안쪽의 내압이 나를 던지듯 밀어낸다. 머리가 음렬(陰裂) 사이를 완전히 빠져나오고부터는 모든 게 재빨리 진행된다. 나의 완벽한 절망이 내 사지의 힘을 모조리 뽑아내 몸통의 만출을 도운 결과이다.

뭐, 뭣이냐.

숨을 몰아쉬며 어머니가 묻는다.

큰누나가 벌벌 떨면서 피투성이 연약한 내 몸을 잡는다. 내 몸은 상한 쥐처럼 작고 더럽다. 아, 뭐 하고 있어, 이 썩을 년아. 어머니가 기다리지 못하고 악써 상반신을 일으킨다. 내 팔을 간신히 잡은 큰누나의 손이 떨면서 나의 사타구니 쪽으로 다가온다.

등잔불 좀 가차이 대봐라잉.

어머니의 목소리는 너무 긴장하여 유리조각같이 갈라져 있다. 둘째누나가 등잔을 내 사타구니 쪽으로 옮겨오는데, 갑자기 문풍지가 격정적으로 떨면서 훅 하고 불이 꺼진다. 오살년, 왜 불은 끄고 지랄이랴. 성냥을 찾아 불을 켜는 동안 칠흑같은 어둠 속엔 어머니의 거친 숨소리만 시퍼렇게 살아 있다.

고, 고추예요, 엄마.

큰누나가 먼저 소리친다.

너울거리는 등잔 불빛이 피를 잔뜩 묻히고 웅크려 있는 내 생명줄, 자지 끝에서 타고 있다. 됐다, 라고 어머니가 씹어뱉는다. 잔혹은 싸움 끝에 승리의 월계관을 거머쥔 셈이지만, 어머니는 웃지 않는다. 오히려 어머니 눈빛은 처참하기 이를

데 없다. 됐다, 나가서 솥뚜껑 소리 꽝꽝, 옆집 정순네한테 들
릴 만큼 꽝꽝 내면서 밥하고 미역국 끓여라잉. 작은년, 너는
가위하고 솜 가져오고. 셋째누나, 막내누나가 비로소 울음을
터뜨린다. 어머니는 안전군사령부의 장군처럼 지시하고 명
령한다.

근데 어, 엄마, 애가 왜 안 울어요?

큰누나의 다급한 목소리가 들린다.

뉘었던 어머니의 상반신이 다시 발작적으로 들어올려지
고, 피 젖은 내 몸이 큰누나 품에서 어머니 손으로 간다. 어머
니는 모질게 내 발목을 쥐고 거꾸로 든 채 탁, 엉덩이를 손바
닥으로 친다. 단호하고 매운 매질이다. 내가 얼마나 격심한
공포감에 잠겨 소리조차 내지 못하고 있는지 어머니는 본능
적으로 알아차렸을 것이다. 탁, 탁, 탁. 모진 손매를 견디지
못하고 내가 비명을 내지르기 시작한다. 내 탯줄을 자르기 위
해 둘째누나의 손에 들린 가위는 한쪽 날이 반쯤 부러져 있
다. 부러진 가위가 어른거리는 등잔 불빛에 반사돼 쨍 하고
쇳소리를 낸다.

나는 계속 자지러지게 울고 있다.

위기의 사랑스런 휴식 상태에 있는 대담성 혹은 살인

장 주네는 작가이다. 하교 때에 통학기차를 내려 장공장 앞을
지날 때만 해도, 그가 사로잡혀 있었던 것은 장 주네의 육성
이다. 간밤에 그는 장 주네의 『도둑일기』를 읽었던 것이다.

그는 밤낮을 거꾸로 산다.

수업시간에 자고 수업이 끝나면 밤이 새도록 책에 파묻혀
지내는. 장 주네를 만난 건 『도둑일기』가 처음이다. 감옥, 꽃,
교회, 성기, 역, 국경, 마약, 선원, 항구, 변소, 장례식, 누추한
방……이라고, 장 주네는 쓴다. 우리는 그가 거울 안에서 길
을 잃어버리리라 생각했다……라는 문장이 역에서부터 계
속 그를 따라와, 그와 함께, 장공장 긴 외벽을 걷는다. 거울
안에서의 길……이라고, 그는 말하고, 또 생각한다. 잃어버
린…… 거울 안에서의 길……이라고 중얼거릴 때, 그는 습
관처럼 함석대문을 발끝으로 밀어젖혔는데, 펌프 샘가에서
빨래하던 어머니가 불쑥, 잃어버린…… 거울 안에서의
길……을 밀어내면서, 한마디를 그 앞에 내밀었던 것이다.

글쎄, 걔가 죽었다는구나.

어머니의 말은, 복역수(服役囚)의 의복엔 분홍빛과 흰 줄
이 쳐져 있다……라는 말처럼, 그에게 들린다. 그는 아직도
열여섯 살이다. 복역수의 분홍빛과 흰 줄이 쳐진 의복……

으로부터, 낯익은 한 도형장(徒刑場)의 향연……이라는 『도둑일기』의 끝 문장에 이르는, 폭력과 악(惡)에서, 그는 여전히 벗어나지 못하고 있다.

사흘을 못 넘겼대.

어머니가 빨래를 탁탁 털며 일어선다.

첨부터…… 그러니까 네가 주워올 때부텀 단단히 병에 걸려 있었다나보더라. 그리도 울어쌓더니만, 그게 다 내력이 있었던 것을 고아원 사람들도 몰랐던 게지. 젖병 한 번 변변히 물어보지 못하고 울다가 기진하다가 또 울다가, 꼴까닥, 딸국질하듯이 숨이 끊어졌다지 뭐냐. 썩을 것덜. 가발공장 처녀인지 뭣인지 모르겠다만서도, 퍼질러 낳은 새갱이 풀섶에 버리고 가는 모진 젊은 년들, 앗다, 벼락은 그년들 코중배기에 치지 않고 어디에 숨어 있는지 모르겠네 원. 놀빛만 저리 고우니.

그는 툇마루에 우두커니 앉는다.

어머니의 말은 고아원을 오가면서 일하는 동네 아주머니에게로 슬쩍 넘어간다. 어머니의 정보원이었을 그 아주머니 신랑이 남의 것을 날치기하다가 붙잡혀 옥살이를 하고 있다는 것이다. 우리들은 부르주아를 날치기하고 나서 재빨리 떠나기로 결정했다……라고, 장 주네는 쓴다. 비로소 인중에 박힌 보랏빛 작은 점과 콧잔등을 쫑긋쫑긋하는 갓난아이의 모습이 떠오른다. 새벽이나 한밤중, 어둠 속에서 남몰래 들여다보던 고아원의 낡은 함석지붕이 눈에 환하다. 재클린⋯⋯은 재빨리 자라서 소녀가 되고, 쌍갈래로 머리를 땋은 소녀는 격렬하게 고아원의 철제 정문을 향해 탁, 탁, 탁, 다가온다. 그는 공포에 질려 목을 움츠린다. 별빛은 두꺼운 구름장 뒤에 단단히 수감돼 있다. 분홍빛과 흰 줄이 쳐진 복역수의 옷을 입고 떠나는 사람들의 그림자가 보인다. 장 주네는 나쁜 자식이다. 폭력을⋯⋯ 위기의 사랑스런 휴식 상태에 있는 대담성⋯⋯이라고 불렀기 때문이다.

들어가서 밥 먹자.

빨래를 끝낸 어머니가 부엌으로 들어간다.

놀빛은 홍옥처럼 붉다. 가래 끓는 소리가 들리지 않는 걸로 보아 아버지는 출타중이다. 해골처럼 마른 아버지는 곧 죽을 것이다. 어머니는 언제 죽을 것인가. 거울 속에서 나 자신의 해골을 보는 죽은 사람⋯⋯이라고, 장 주네는 또한 쓴다. 눈을 뜨고 내가 얼굴도 모르는 그 사람의 가장 어두운 부분 속에 살고 있다고 믿는 꿈속의 인물⋯⋯이라고도. 장 주네가 나라고 말하는 그 거울 속의 해골은 이미, 형무소 테두리 안에⋯⋯ 한정되어 있다. 그것은 장 주네가 알듯이, 그도 아는 사실이다. 범죄의 길에 의해 천국으로 인도되는⋯⋯ 어린 영혼을 그는 충분히 느끼고 만진다.

그는 울면서 함석대문을 나선다.

놀빛이 조금씩, 그렇지만 급격하게 썩고 있다.

썩은 만큼 먹물이 번진 놀빛이 허겁지겁 그를 따라온다. 그는 어머니가 부르는 소리를 듣지 않으려고 뛰어서 장공장 외벽을 지나고, 건널목을 지나고, 비석거리를 지난다. 윗강경과 아랫강경을 남북으로 꿰뚫고 있는 길은 침침하게 비어 있다. 그는 어깨를 잔뜩 숙이고 구불구불한 좁은 오르막길을 올라 금강으로 간다. 거울 속에 박힌 해골로 된…… 장 주네가 따라오고 있다고 그는 느낀다. 장 주네의 도형장은 폭력과 남색(男色)과 배반으로 얼룩져 있고, 그의 금강은 강둑 너머에서 부패를 시작한 놀빛의 먹물로 얼룩지고 있다. 인조 때 우암 송시열(宋時烈)이 건립했다는 낡은 팔괘정(八卦亭)은 이미 어둡다. 강은 죽은 구더기떼들이 둥둥 떠 있는 듯 희끄무레한데, 간혹 잔물결 끝에서 놀빛의 마지막 한 자락이 불확실하게 타다 꺼진다. 그는 팔괘정을 등지고 넘어질 것처럼 서둘러 강둑의 경사진 면을 타고 내려간다. 황산나루로 이어지는 강변의 바위꼬쟁이 마을에서 개가 몇 차례 짖다가 만다.

강안은 온통 갈대밭이다.

누렇게 마른 키 큰 갈대들이 저희들끼리 가볍게 몸 섞으며 흔들리는 뻘밭으로 그가 들어간다. 확실성이 그를 인도하고 있었으므로……라고, 거울 속의 장 주네는 계속해서 쓰고 있다. 확실성에 인도받은 그의 발걸음이 갈대밭 아주 깊은 자궁 속에 멈추었을 때, 새 몇 마리, 푸르르륵 어둔 하늘로 날아간다. 범죄의 길에 의해 천국으로 인도되는 어린 영혼……이, 아주, 가깝다.

그는 두 개의 돌멩이를 찾아낸다.

한 개의 돌은 넓적하고 한 개의 돌은 둥글다.

범죄의 길에 의해 천국으로 인도되는 어린 영혼은 강의 하류 쪽으로 날아간다. 강을 거슬러온 반 톤짜리 고깃배가 뻘바닥에 무릎 꿇어 앉은 그의 허리께를 지나가고 있다. 살짝 얼어붙은 강기슭의 한쪽 모서리가 날카롭게 부서지는 소리를 내고, 이어서 어두컴컴한 그림자 하나, 고깃배 위의 어부가 씨발 것……이라고, 혼잣소리를 한다. 어이, 춥다, 씨발 것……이라고. 장 주네는 감옥에 들어가 분홍빛과 흰 줄이 뒤섞인 수의를 입고 있다. 이제 더이상 기다릴 수는 없다고 그는 생각한다. 그는 넓적한 돌 위에 검지손가락을 쪽 펴서 단호하게 올려놓는다.

더이상 울고 있을 수는 없다.

신속히…… 정신을 강화해야 할 때가 왔다고 감옥 속의 장 주네가 타이른다. 중요한 문제는……이라고 서두를 잡고서, 살인에 대해 생각할 때……라고, 그 서두를 보다 긴장된 위치로 올려놓으면서, 장 주네는, 제 눈시울이나 콧구멍에 저 비극적인 주름살이 잡히지 않도록 해야 한다는 것……이라고, 아퀴를 짓고, 그리고, 활짝 열린 눈으로…… 천진스럽게 깜짝 놀랄 때처럼…… 여유만만 태도를 유지하며 살인을 검토해야 한다……라고, 주(註)를 붙인다. 살인이라는 관념을 검토할 때, 애처로워지거나 흔들리거나 어지러우면, 악마적인 고독의 비탄은 결코 만질 수 없기 때문이다.

손가락은 떨고 있지 않다.

놀빛조차 다 스러졌지만 그의 눈엔 당당히 놓여진 정숙한 자신의 검지손가락이 환히 보인다. 꼴까닥, 딸국질하듯 숨이 끊어졌다지 뭐냐. 어머니가 말하고 있다. 손톱은 보다 희고 마디의 주름들은 아주 그로테스크하다. 그는 천진스럽게, 깜짝 놀랄 때처럼…… 눈을 뜨고 또렷하게 자기 목숨의 한 극점을 내려다보며, 천천히, 그렇지만 격렬하게, 둥근 돌을 쥔 손을 거의 수직으로 들어올린다. 살인의 출발점은 윤리적 완전성에 가까운 가장 성스러운 지점……에 두어야 한다는 확신을 그는 느낀다. 더 지체한다면 윤리적 확신에 잔주름이 생길는지 모른다.

주먹 쥔 손이 수직으로 내려와 박힌다.

눈은 끝까지 감지 않는다. 으깨어진 손가락 끝이 분홍색과 흰 줄의 복역수 의복에서 해방되는 것을 똑똑히 봐두어야 하기 때문이다. 폭력은…… 정적(靜寂)이다……라고 그는 생각한다. 두 개의 돌이 피에 젖는다.

그는 그러나 아무 소리도 내지 않는다.

추락　그날 밤 그는 잠의 터널 속으로 조금씩 끌려들어가면서, 그러나 그것에 저항하기 위해 격렬한 동작으로 수음을 한다. 잠은 죽음이 아니라 죽음을 흉내낼 뿐이다. 그의 성기는 돌 위에 올려놓여진 검지손가락처럼 당당하고 정숙하게 직립해 있다. 마치 죽고 싶어 미치겠다는 표정이다. 나를 죽여주세요……라고 그것은 말하고, 나를 유린해주세요……라고 그것은 말한다. 그것을 유린하고 그것을 죽이는 것이 그가 할 일이다. 수음의 과정은 그대로 삶과 죽음의 과정이라고 그는 생각한다. 맹목적인 의지로 무장하고, 추락하기 위해 상승하는 것이다. 맹목적인 의지는 여분에 불과하니, 얼마나 더러운가. 너무도 더러워서 한순간 그는 욕지기를 느낀다. 가파르게 사출된 정액이 그의 아랫배와, 꼿꼿하게 위를 향해 선

자지와, 거무튀튀한 불알과, 성긴 자지털 사이로 추락한다. 그는 그것을 가슴과 얼굴에 문질러 바른다. 토할 것 같지만 그는 참는다. 더러워진다는 것은 그에게 안정감을 준다. 그는 비로소 잠든다.

눈물겨운 내 사랑　물론 그와 나는 다르다. 이유는 간단 명료하다. 그는 열여섯 살이고 나는 쉰여섯 살이기 때문이다. 살아온 날들이 축적해놓은 기억의 총체 속엔 열여섯 살의 그가 미처 예감하지 못했던 많은 편견과 고정관념과 강고해진 이데올로기 따위가 깃들여 있다. 그것들은 물론 상처의 다른 가면이다. 상처는 필연적으로 금기를 만들고, 금기들은 시간의 세례를 받으면서 체계화되며, 체계화된 금기의 총량은 대개 살아온 날들의 축적과 비례한다. 한 가지 중요한 상이점을 말하자면, 모든 사물에 대한 시선의 사실성일 것이다. 열여섯 살의 그보다도 쉰여섯 살의 내 시선이 물론 훨씬 리얼리티를 확보하고 있다.

　가령 어머니 아버지의 경우.

　그가 아닌 나라면, 어머니가 툇마루를 닦다가 걸레를 북북 찢는 대목에서, 왜 걸레를 찢는가……라고 물을 것이다. 왜라는 질문엔 논리성과 필연성의 운명이 깃들여 있다. 그러나 내가 사랑하는 열여섯의 그는 그 필연성에 머물지 않는다. 아버지도 마찬가지다. 아버지는 날이 갈수록 검버섯이 피고 기침을 하고 눈이 쑥 뒤꼭지 쪽으로 붙는다. 나라면 아버지의 병명을 묻고 나선다. 그가 열여섯일 때, 그의 부친은 지금의 내 나이도 채 되지 않았던 시기이다. 곧 죽어야 마땅할 만큼 늙은 것이 아니다. 그런데도 그는 부친의 병명에 관심이 없다. 아버지는 늙었고 병들었고, 그러므로 당연히 죽을 것이라고 그는 상상한다.

그에겐 사실성이 중요하지 않다.

그가 '안다'고 느끼는 것들은 대부분 직관의 섬광을 통해 한순간 이미지로 본 것들이다. 예컨대, 그는 고등학교 일학년 과정이 다 끝나가는 그해 섣달에도 같은 반 친구들의 이름을 반 이상 알지 못한다. 심지어 학교 복도에서 만날 때조차 자신의 반 아이인지 다른 반 아이인지 긴가민가하기 일쑤다. 담임 선생님의 이름을 알고 있는 것만도 그에겐 가상한 일인 셈이다. 이미지는 따로 떨어지지 않고 그의 내면 속에서 재빨리 다른 이미지들과 관계 맺는다. 논리적인 뒷받침을 받으면서 관계 맺는다는 뜻이 아니다. 논리성과 필연성을 등진 어둠침침한 어떤 곳에서, 광합성의 그것처럼, 이미지는 다른 이미지들과 아무렇지도 않게 결합하거나 연접하기 일쑤이고, 그곳에선 어머니의 걸레와 아버지의 기침, 혹은 쫑긋쫑긋하는 갓난아기의 콧잔등과, 재클린 여사의 피 묻은 드레스와, 그가 걸어나온 들길과, 기차와, 추락하는 정액 따위가 분별없이, 그러나 체계적인 논리의 뒷받침을 받는 것보다 더 강고하게, 결합된다. 나이 많은 나에겐 그런 것들이 불합리하고 또 불완전하게 보이지만, 그에겐 오히려 그런 것들이 완전하다. 그는 완전하게 보고 알고 느낀다.

당신은 누구요?

그는 내게 물을 것이다.

상상하건대, 우리는 강경에서 이리로 내려가는 기차 속에서 조우할 수 있다. 나는 서울에 있고, 그는 강경읍 분토골에 살며 이리로 통학하고 있으니, 그가 상경하는 것보다 내가 내려가 그를 만나는 게 자연스럽다.

그는 나를 알아볼까.

나는 그를 단번에 알아보겠지만 그는 결코 나를 알아보지 못할 것이다. 정거장에 앉아서 통학기차를 타려고 오는 그를 기다릴 수도 있고, 그가 자주 들르는 이리의 도서대여점을 앞을 서성거리다가 그와 마주칠 수도 있고, 채운산 팔각정에 앉아 있다가 다가오는 그에게 자연스러움을 가장해 말을 붙여

볼 수도 있다. 그의 동선(動線)은 정해져 있으므로 어색하지 않게 마주쳐 말을 붙여보는 것은 쉬운 일이다. 무슨 말로 그의 주의를 끄느냐가 관건이다. 그는 내성적인데다가 자의식의 두꺼운 외투 속에 자신을 가둬둔 상태니까 그냥 흘러가는 한마디의 허드렛말, 금강이 쫙 내려다뵈네……라든지, 혹은 통학기차가 몇시에 오나……라든지 하는 말로는 그를 내 곁에 머물게 할 수 없기 때문이다.

그는 사교적이지 않다.

이 점 또한 그와 내가 다른 점이다. 나는 기질적으로 사교성이 강하거나 외향적인 것은 아니지만, 의지적으론 때로 사교성이 강하거나 활달해진다. 연습은 충분히 돼 있다. 때로는 노는 곳에서까지 의지에 따라 중심에 이른다. 그는 그러나 그런 짓을 소모적이거나 천박하게 여긴다. 연습한 바도 없어 설령 의지적으로 시도해봐도 되지 않을 것이다. 그러니 그를 멈추게 하려면 그의 자의식을 건드리는 첫마디의 말이 있어야 한다.

금강 빛깔이 수의 같네.

나는 이렇게 첫마디를 건넬 수 있다.

수의라는 말을 수의(壽衣)로 해석하든, 수의(囚衣)로 해석하든, 수의(授衣)로 해석하든, 그런 건 상관없다. 시체가 입

는 옷과, 죄수가 입는 옷과, 겨울옷을 준비하는…… 그 이미
지들은 그의 자의식 속에선 경계가 없을 것이다. 금강은 날씨
에 따라 밝은 회색이기도 하고 누르께한 황토빛이 섞인 회색
이기도 하다. 평생 삼베와 명주장사를 해오고 있는 아버지의
영향 때문에 그는 내 말에서 먼저 염습(殮襲)에 쓰는 노란 삼
베를 떠올릴는지도 모른다.

　수의라니요?

　짐짓 그가 내 발을 걸어올 수도 있다.

　수의(壽衣)는 노랗고 수의(囚衣)는 회색이라는 걸 그는 안
다. 그것이 문제의 사실성이다. 자의식의 한끝이 건드려졌다
는 걸 감추려고 그는 자신에게 익숙하지 않은 사실성의 막대
기를 내 앞에 쳐들어 보여줄 가능성은 충분하다.

　생각해보게, 이 사람.

　나는 그럼 좀더 밀고 들어간다.

　갇혀 있다는 것하고 죽었다는 것에 무슨 차이가 있는가. 갇
힌 자는 회색 옷, 죽은 자는 노란 삼베옷을 입네. 내겐 그러나
차이가 없어. 흐린 날의 저 강빛도 그래.

　왜 갇힌 자와 죽은 자가 같습니까.

　무명옷과 삼베가 틀린 빛깔이라고 생각하는 건 자네가 아
직 어리기 때문이야. 갇히는 것과 땅에 파묻히는 것, 그리고

부패…… 나는 그런 걸 말하고 싶네. 삼베의 노란 빛깔은 삼베의 표지일 뿐 본질과 아무 상관도 없거든.

삼베가 노란 색깔이 아니면 삼베를 어떻게 알아봅니까.

시간이 있는걸. 나이 들면 알게 돼.

나이가 무슨 상관 있는지 모르겠는데요.

계속 대화가 엇나가지만, 그것은 일종의 역할 바꾸어 말하기 같은 수법이다. 그는 내 어법을 차용하고 나는 그의 어법을 잠시 차용해보는 것이다. 그 작위적인 탐색의 끝에서, 마침내 그가 내게 들이대어, 당신은 누구요…… 물어올 가능성은 충분하다. 그때쯤 되면 그는 이미 내 정체성과 인식의 한계를 꿰뚫어본다. 역할 바꾸어 말하는 술수를 피차 계속 부릴 수 없기 때문이다. 그는 내 인식체계에 깃들인 시간의 상처들을 볼 것이고, 상처와의 비굴한 타협을 가리켜 내가 주체, 혹은 인식이라고 부른다는 것을 눈치챌 것이며, 그러므로 최종적으로 나를 마음껏 비웃고 싶어질 것이다.

당신의 사랑……은 필요 없어요.

그는 단도직입적으로 말하고, 당신의 사랑…… 소모적이고 감상적인…… 당신의 관습과, 상처에 따른 사실성…… 과도 전혀 부합되지 않는…… 사랑이라고 부르는, 그 상투적 명명(命名)까지, 구토증이 나는…… 그 연민…… 혹은 살해욕구…… 더럽고, 이중적이고, 지긋지긋해요……라고 덧붙인다. 그는 자리를 박차고 내 곁을 떠날지도 모른다. 그의 푹 패어들어간 눈에서 푸른 인광이 뚝뚝 떨어지는 걸 나는 얼마든 상상할 수 있다. 그는 자신을 죽이는 데 내가 아주 방해될 거라고 판단할 것이다. 열여섯 살의 그가 꿈꾸기 시작한 살인에의 황홀한 음모를 나는 눈치채고 있다.

나는 그를 살리고 싶다.

그가 욕지기를 느낀다는, 더럽고 이중적인, 관습에 따른 나의 사실주의적 세계관과도 전혀 맞지 않는, 바로 그에 대한 나의 사랑…… 때문이다. 그를 살인자가 되도록 내버려둘 수는 없다. 이제 쌓여져온 시간의 퇴적물까지 짊어져 가느라 그로부터 너무 먼 곳에 와 있지만, 서로 상이한 점이 많아졌다지만, 그의 내부에 눈빛 형형한 짐승들이 깃들여 있듯, 나의 내부에도 아직 그것들이 다 죽지 않고 있다고 나는 믿는다. 그 짐승을 통해서 우리가 다시 만날 길이 있진 않을까. 내가 원하는 만남. 앞서 그런 것과 같은 파국으로서의 만남이 아니라.

요컨대, 나는 행복하게…… 그와 만나고 싶다.

너무도 절실한 염원이므로 그 생각만 하면 눈물겨워 잠을 이루지 못한다. 훌륭한 내조의 그릇을 들고 내 곁에 있는 아내나 감추어진 적들, 그렇지만 평생 나와 함께 있어줄 자식,

친구도 그 눈물겨운 염원 앞에선 아무 소용이 없다. 행복하게
내가 그를 만나 껴안는 것이야말로, 열여섯 살의 그를 살리는
방법이고, 동시에 나를 갇힌 곳으로부터 나오게 하는 유일한
수단이기 때문이다. 어린 그가 살의를 품고, 살의를 키워가
며, 검은 모자챙 깊이 눌러내린 채 수의 빛깔 같은 금강둑을
걷고 있는 게 내 눈에 보인다. 만약 그가 나를 알아본다면, 그
는 역할 바꾸어 말하기 따위의 시시껄렁한 과정을 단호히 절
제해버리고, 대뜸 내게 이렇게 단검을 박으려 할 것이다.

당신은 나를 배신했어요.

나는 그의 모멸과 비난을 참아야 한다. 그의 살인을 막지
않으면 죽을 때까지 그를 만날 수 없을 것이기 때문에 그렇
다. 내가 지금 쓰고 있는 그에 대한 이상한 문법으로서의 서
술도, 그런 점에서 하나의 제의적인 성물(聖物)에 불과하다.
그가 꿈꾸는 살인으로는, 나를 나의 감옥으로부터 해방시킬
수 없다.

부부 이해할 수 없다……라고 그는 생각한다.

이해할 수 없는 것……은 어머니와 아버지의 잠자리 구도
이다. 아주 오래 전부터의 관행이어서 언제 그 구도가 시작됐

는지는 알 수 없다. 강경으로 이사오기 전에도 그랬었다고 그는 기억한다. 어머니와 아버지는 머리를 각각 반대방향으로 두고 잔다. 그렇다고 다른 요와 이불을 사용하는 것도 아니다. 한 이부자리에서 자면서, 어머니의 머리는 아버지의 발 옆에, 아버지의 머리는 어머니의 발 옆에 놓인다. 어디서든 본 적도 들어본 바도 없는 구도이다. 각자 발을 만지며 자는 것인지도 모른다.

어머니, 왜 아버지랑 거꾸로 누워 자요?

그냥, 그게 편해서 그런다.

어머니의 대답은 그뿐이다. 물론 어머니와 아버지가 특별히 금실이 좋은 것은 아니다. 어릴 적, 그는 늘 불화의 세계에서 살아왔고, 불화야말로 그가 가졌던 최초의 세계인식이었다고 그는 기억한다. 어머니는 아버지와, 누나들과, 이웃들과, 불화를 통하지 않고선 만나지 못하는 성미이다. 아버지의 부재가 어머니를 그렇게 만들었을 수도 있다. 때로 어머니는 당신의 격정을 이기지 못하여 기절하기도 한다. 그는 이 세계엔 불화가 가득 차 있다고 인식한다. 그러나, 누나들이 모두 집에서 떠나고, 아버지가 원인을 알 수 없는 병에 깊이 붙잡힌 뒤부터, 그는 어머니가 기절해 거품을 물고 쓰러지는 걸 본 적이 없다. 특별히 금실이 좋다곤 할 수 없으나 적어도 겉으로 보기에 어머니와 아버지는 평범한 관계이다. 그런데 왜 한사코 그들은 상대편의 발 쪽에 머리를 두고 눕는 것일까.

어머니, 왜 아버지와 반대로 누워요?

그게 더 편하다니깐.

묻고 대답하는 게 언제나 판박이인데도 그는 간혹 묻고 어머니는 간혹 대답한다. 머리는 지향이다. 사랑이란 나란히 한 방향을 지향하는 것이라고, 그는 어디에선가 읽은 서양 경구를 그때마다 떠올린다. 어머니가 서편을 지향한다면 아버지는 동편을 지향하고 어머니가 사랑을 지향한다면 아버지는 분열을 지향하는 셈이 된다. 지옥과 천국은 머리와 발보다 가까울 것이다. 그는 어머니의 반복되는 대답에 짜증을 내진 않는다.

1963, 열여섯 살 바람은 불지 않고, 그는 기다리고 있다.

발가락이 얼어붙는 것 같아 그는 일부러 길바닥을 탁탁 두들긴다. 눈이 내리기 시작한다. 그가 서 있는 곳은 채운산으로 올라가는 침침한 산허릿길이다. 그곳에서 휘어져나간 허릿길을 돌면 곧장 고아원 철제 정문을 만날 수 있다. 소나무와 측백나무 잔가지들이 길의 상공을 덮고 있으며, 낮은 집들이 시작되는 길의 오른쪽엔 탱자나무 울타리가 곧장 뻗어올라간다. 그곳에서 와서 기다린 지 꽤 오래됐지만 사람은 그림자도 얼씬거리지 않는다.

이제 날이 저물 테니까, 곧 올 거야.

그는 자신에게 혼잣말을 한다.

고아원에 사는 그 소녀가 저물기 전에 그곳을 지나간다는 것을 그는 알고 있다. 며칠 동안이나 숲 그늘에 숨어서 확인했으니 틀림없을 것이다. 그 허릿길을 서성거리다가 소녀와 직접 마주친 일도 두 번이나 된다. 만나면 말을 붙여보리라고 수없이 마음을 다잡아먹었는데도 불구하고 두 번의 기회를 그는 다 놓치고 만다. 소녀는 그와 부딪칠 때마다 침을 찍 하고 뱉는 버릇이 있다.

얼핏, 인기척이 난다.

소녀가 틀림없다. 희끗희끗 내리던 눈발이 어느새 애벌레만큼씩 자라서, 시야가 투명한 건 아니지만, 기척만 느끼고도 그는 소녀인 것을 알아차린다. 한밤중 고아원 철제 정문을 사이에 두고 보았던 소녀이고, 처음 만날 때부터 침을 찍 하고 뱉고 간 소녀이고, 어쩌면 재클린……에게 젖병을 물려주려고 애쓴 적이 있을지도 모르는, 그 소녀이다. 그는 재빨리 소나무숲 그늘로 들어간다.

하나 둘 셋 넷……

소녀의 발걸음을 그는 무의식적으로 센다.

이제 발소리까지 들린다. 그의 심장이 터질 것처럼 박동한다. 언제나 그렇듯이 눈이 내리는데도 소녀는 전혀 서두르는 법 없이 또박또박 걸어오고 있다. 부서진 그네에 앉아 있던 소녀와, 갑자기 고아원 철제 정문을 향해 격렬하게 다가오던 소녀와, 어떤 순간 그 격렬한 몸짓 그대로 탁 앉아버린 소녀의 실루엣이 두서없이 그의 뇌리 속에 스쳐 지난다. 너무 가까워 그냥 앉아 있으면 소녀의 발이 터질 듯 박동하는 그의 심장을 콱 밟고 지나갈 것 같다. 그는 용수철처럼 불가항력적으로 튕겨져나간다. 소녀가 놀라서 한 발 뒤로 물러선다.

노, 노, 놀라지 마.

난데없이 그는 말더듬이가 된다.

아이구, 애 떨어지겠네……라고 말할 때, 소녀의 표정은 가뿐히 여유를 되찾는다. 흰 칼라가 덧대어진 검정 교복 차림이다. 쌍갈래로 땋은 머리가 귀 뒤에서 수직으로 내려와 있고, 쨍쨍한 이마와 곧게 솟아나온 콧날과 도톰한 입술은 단단하면서도 뜻밖에 요염하다. 중학생인지 고등학생인지 알 수 없다. 키만 보면 중학교 이삼학년도 과분한데 표정과 말투는 그보다 훨씬 나이가 많다.

앞길 가로막고, 뭐예요?

소녀의 목소리는 맑고 천연스럽다.

그, 그게 그, 그러니까……라고 말문을 간신히 열었지만 문장은 손쉽게 완성되지 않는다. 소녀가 웃는 듯 마는 듯하면서 침을 찍 하고 그의 발 앞으로 뱉는다. 설편들이 소녀의 어깨에 희끗하게 쌓여 있다. 그의 이미지 속에 가장 강렬하게 남아 있는 소녀의 모습은 탁, 탁, 탁, 땅바닥을 죽어라 힘주어 밟으면서, 철제 정문을 향해 다가오는, 고아원 철제 정문을 단번에 쓰러뜨리고 세상의 중심으로 단호히 박혀들 만한, 그 역동적인 그림이다. 그 역동성은 불멸의 빛을 훔치기 위한 절박한 염원으로부터 나온다고 그는 생각한다. 그러나, 불멸의 빛…… 또는, 자유……라고 말할 수는 없다. 그는 시작한 문장을 완성하려고 안간힘을 쓰면서, 어쩔 수 없이 그, 그러니까……라고 한번 더 반복해 덧붙인다.

그, 그러니까, 앞으로, 치, 침은 뱉지 마.

뜻밖의 생경한 문장이다.

소녀가 이맛살을 와락 찌푸린다. 생경한 문장이지만 잘못 쓴 문장은 아니다. 그는 그러나 당황하여 얼결에 주머니 속으로 손을 집어넣는다. 아버지가 거래처에서 받아다가 간직했을 삼베, 명주값이 그의 바지주머니에서 다발로 집힌다. 기차

소리가 들리고 바람은 여전히 불지 않는다. 그의 충정을 받아들이지 못하겠다는 듯, 소녀가 다시 더 도전적으로 침을 찍 뱉는다. 훔쳐온 돈은 충분하고, 주제는 분명하다. 그는 일시에 모든 걸 만회하려는 전투력에 불타면서 돈다발을 와락 꺼내든다.

마, 만약.

더듬는 것은 거기까지뿐이다.

만약 먼 도시로 가고 싶다면 내가 데려다줄 수 있어.

마음속에 품었던 문장이 더듬지도 않고 단번에 완성된다. 탁, 탁, 탁, 고아원 철제 정문을 쓰러뜨릴 기세로 다가오던 소녀의 걸음걸이를 그는 믿는다. 기차는 수의를 입는 법이 없다. 기차는 언제나 외부와 격리시켜, 먼…… 외부로 그를 데리고 간다. 새카만 통학기차는 지겹고 잔인하다. 돈이 충분하니 통학기차 따위는 타지 않을 것이다.

내, 내가 고아원에 있다고……

이번엔 소녀 쪽에서 말을 더듬는다.

분토골을 호선으로 에워싸며 돌아 빠지는 기차 소리 때문에 소녀의 문장은 완성되지 않는다. 그 다음 말을 했는지 안했는지도 알 수 없다. 고아원에 있다고 해서 네가 날 마음대로 할 수 있다고 생각하느냐, 외쳤는지도 모른다. 다만 소녀의 눈빛에 광채가 서리는 것으로 보아 소녀가 갑자기 말을 더듬는 것은, 분명 어떤 격정 때문이라는 걸 그는 알아차린다. 무시받았다고 느낀 것일까. 무엇인가 잘못됐다고 그가 본능적으로 느낀 순간, 이번엔 소녀의 침이 거의 수평을 그리면서 그의 앞가슴으로 날아온다. 의도와 의지에 따른 독한 화살이다. 소녀의 침이 교복의 두번째 단추에 쩍 달라붙는다.

나머지는, 암전이다.

소녀는 뒤도 돌아보지 않고 단호하게, 그러나 뛰지 않고 탁, 탁, 탁, 설편들이 쌓이기 시작한 땅바닥을 발로 때리면서 채운산 구부러진 허릿길을 돌아간다. 범죄의 길에 의해 천국으로 인도되는 어린 영혼…… 재클린이 최종적으로 갔던 바로 그 길이다.

그는 혼자 남는다.

쇼펜하우어 1788~1860   석탄 캐는 사람들이 간다는 나라가 얼마나 머냐……라고 어머니는 묻고, 노예로 팔려가는 거지…… 아버지는 라디오 스위치를 홱 돌리면서 돌아눕는다. 서독으로 떠나는 광부들의 뉴스를 물고 광산노조와 전매노조의 쟁의 소식이 막 시작되다 뚝 끊어진다. 박정희 국가

재건최고회의 의장은 대통령이 되었고, 제3공화국이 시작될 때, 그는 곧 열일곱을 맞는다. 대통령은 잘살게 될 거라고 외치는데, 왜 노동자들은 그를 반대하는지, 그는 관심이 없다. 인간의 존엄과 가치…… 행복추구권, 이라는 말을 그는 듣는다. 우습다. 경제개발……이라는 말도 우습고 낯설다. 그런 것보다, 열일곱 살이 될 때 비로소 그는 『데미안』을 통해, 새는 알을 깨고 나온다……라는 문장과 만난다. 알은 세계다……라고, 헤르만 헤세는 덧붙인다. 세계는 그럼 죽음인가 삶인가.

어머니, 커튼을 두꺼운 검은 천으로 바꿔주세요.

어머니는 검정물이 든 이불 호청으로 그의 창을 막는다.

알을 깨고 나온 새가 어디로 날아가는지 알 수 없어 답답하다. 긴 겨울 방학, 그는 오직 일 주일에 한 번, 이리의 책대여소로 외출해 열 권씩 빌려온다. 동아출판사의 세계문학전집과 을유문화사의 세계문학전집을 둘쭉날쭉 빌려오고, 가끔 『벌레 먹은 장미』 따위를 섞거나 『철학입문서』 등도 포함한다. 죽음을 제외하고선 아무것도 진정 우리 것이라 할 수 없다……는 셰익스피어 희곡 어느 줄엔 밑줄을 긋고, 죽음에 의하여 우리들은 무엇 하나 잃어버리지 않는다……라는 쇼펜하우어의 말은 노트에 옮겨 쓴다. 쇼펜하우어, 독일철학

자, 1788~1860······이라고, 그는 기록한다. 세계는 나의 표
상······이라고도. 열일곱이라는 숫자는 그러므로 그에게 아
무런 의미도 주지 않는다.

그에게 표상으로서의 세계는 안에 있을 뿐이다.

쌀값이 한 가마니당 사천원이나 된다고 어머니가 울상을
짓는다. 쌀값은 천정부지로 솟고 있다. 사천원이나 하는 쌀을
이유 없이 축내는 것에 대해 그는 진저리를 치며 혐오한다.
살의는 날로 깊어지고 또 단단해진다. 더 먹어라 좀. 어머니
는 밥상머리에서 늘 한숨을 쉬고, 그는 숟가락을 놓으면서 쇼
펜하우어······라고 중얼거린다.

정적 열일곱, 그리고 봄이었을까.

통학기차 높은 창구멍을 샤샤샤샤 스쳐 지나던 미루나무
상단에 푸르스름한 풀물이 들어 있던 것을 그는 기억한다. 많
은 통학생들이 붐비는 함열역까지 그는 창가에 비스듬히 기
대서서 높지도 낮지도 않은 그 풍경들을 본다. 움직이는 기차
속에서 바라보는 풍경은 원근도 명암도 없이 이지러져 있다.

함열역을 지나면 기차는 텅 빈다.

다음의 용안역, 그 다음의 강경역까지 어떤 날은 기차 한

칸을 혼자 타고 가기도 한다. 그는 침침한 기차 속, 텅 빈 나무 벤치에 비스듬히 앉는다. 대여소에서 빌려온 책 중에서 베스트셀러……라고, 대여소 주인이 일부러 넣어준 『흙 속에 저 바람 속에』를 꺼내든다. 청록색 표지엔, 이것이 한국이다……라는 부제가 박혀 있다. 별로 흥미는 끓어오르지 않는다. 그것은 지도에도 없는 시골길……이라는, 첫 문장을 쫓다가 무슨 소리에 고개를 들었는데, 사선으로 앉은 이리공고 교표를 단 학생과 눈이 마주친다. 눈썹은 진하고 이마는 툭 튀어나왔으며 어깨가 넓다. 호크와 교복 윗단추를 두 개씩 열어젖뜨리고 눈썹 진한 그 학생은 담배를 피워물고 있다.

기차 속에서 여러 번 보았던 얼굴이다.

그는 책장을 대강대강 넘긴다.

가방 속엔 앙드레 지드의 『좁은문』이 그를 기다린다. 『좁은문』을 먼저 꺼내들지 않은건 오직 '흙 속에 저 바람 속에' 라는 제목 때문이다. 『좁은문』보다 『흙 속에 저 바람 속에』가 더 쉽고 더 빨리 읽을 수 있는 책이라고 그는 상상했던 것이다. 과연, 누렇게 들뜬 검버섯의 얼굴……이라고, 이어령은 마치 그의 어머니를 본 듯이 너무도 쉬운 문장으로 말하고 있다. 한적한 시골 언덕길, 늙은 부부가 갑자기 등뒤에서 나타난 지프차에 놀라 고무신을 벗어쥐고 죽어라 앞으로 내빼는 모습을 그는 읽는다. 늙은 부부는 앞으로 도망갈 뿐 옆으로 비켜설 줄 모른다. 가축처럼…… 뒤뚱거리며……라고 이어령은 쓰고, 북어대가리가 꿰져나온 남루한 봇짐……이라고 또한 토를 붙인다.

그때 그의 발 앞에 다른 발이 와 멈춘다.

그는 『흙 속에 저 바람 속에』를 든 채 고개를 위로 젖히고서, 어깨선 떡 벌어지고 이마가 튀어나온 공고생을 무심히 본다. 타고 있는 담배가 공고생의 입에서 『흙 속에 저 바람 속에』의 16페이지와 17페이지 사이로 떨어진다. 공고생은 일어서라고 턱짓을 한다. 그는 영문을 몰라 타고 있는 담배를 얼결에 집어든 채 주뼛거리고 일어선다. 『흙 속에 저 바람 속에』의 지프차는, 가축처럼 뒤뚱거리며…… 자동차를 피해 도망치는 늙은 부부보다 빠르다. 이어령이 제시하고 있는 삽화는 이를테면 문명과 상관없이 대를 물려 가난하게 살아온 그 자신의 어머니와 아버지를 선명히 드러내 보이고 있는 셈이다. 공고생은 그러나 이어령을 알지 못할 것이다. 그의 눈에 실밥이 여기저기 터진 채 위태롭게 매달려 있는 공고생의 명찰이 보인다.

폭력엔 양식(樣式)이 없다.

그는 영문을 몰라 더 있었으면 공고생에게 이어령을 아느냐고 물었을지도 모른다. 아니면 공고생이 먼저, 너 같은 새끼는 괜히 패고 싶어, 라고 말했을지도. 그랬으므로, 공고생의 정권이 한순간 아무런 선전포고 없이 그의 턱에 작렬했을 때, 그는 무엇이 어떻게 됐는지도 모르고 왼손으로 나무벤치 바닥을 짚으며 휘청, 한다. 스트레이트 다음엔 발이다. 예고 없이 날아든 발길질은 빠르고 격렬하다. 공고생의 발길에 채여, 그가 기차 바닥으로 태질당한 개구리처럼 곧 뻗어 쓰러진다. 순식간의 일이다. 창자들이 오그라붙는 것 같다.

기차가 용안역으로 들어선다.

그가 간신히 의자를 잡고 일어섰을 때, 공고생은 벌써 기차에서 내려 용안역의 플랫폼을 기운차게 걷고 있다. 끝내 공고생은 아무 말도 하지 않는다. 너무도 삽시간에, 너무도 이유 없이 벌어진 일이어서 전후사정이 어떻게 된 노릇인지 도무지 알 수가 없다. 기차는 곧 속력을 내면서 용안역을 뒤로 밀어낸다. 터진 입술에서 피가 안팎으로 흐르고, 그는 사레들린 것처럼 아랫배를 끌어안고 기침을 하다가 입 안의 피를 카악, 바닥으로 뱉는다. 용안역에서 강경역까지 십 분 미만의 거리이다.

무슨 일이 일어났는가.

그는 피 묻은 입술을 닦으면서 비로소 생각한다.

밑도끝도없이, 걸레질하다 말고 걸레를 죽어라 찢어발기

던 어머니의 모습이 떠오른다. 공고생이 휘두른 폭력은 설명도 없고 이유도 없었기 때문에 어머니의 그것처럼 무섭고 참혹하다. 공고생이 용안역에서 내린 게 정말 다행이라고 그는 생각한다. 깜짝 놀랄 때처럼…… 여유 있는 태도를 유지하며 살인을 검토해야 한다……라고 장 주네는 말하고 있다. 공고생은 장 주네의 아들이나 졸개인지도 모른다고 그는 생각한다. 공고생에 비해 이어령은 얼마나 한가한가.

터진 입술에선 쉽게 피가 마르지 않는다.

그는 손등으로 피를 닦아내며 장 주네 같은 공고생과 이어령 같은 그 자신을 비교해본다. 기차는, 그의 기분은 아랑곳하지 않고 강경역 구내로 서서히 들어선다. 그는 구토증을 느끼며 기차에서 내린다. 두려움은 계속된다.

그는 장공장 외벽을 따라 두려움에 가득 차서 걷는다.

함석대문을 닫고, 검정 이불 호청의 커튼을 치고, 문고리를 잠근다. 공고생이 금방이라도 문을 박차고 쫓아들어올 것 같다. 돌아갔던 턱이 제자리로 돌아오긴 했지만 잘 맞지 않는 느낌이다. 폭력을…… 위기의 사랑스런 휴식 상태에 있는 대담성……이라고 부른 장 주네는, 나쁜 자식이다. 그는『흙 속에 저 바람 속에』대신 앙드레 지드를 꺼내 읽는다. 잘못이 있다면 그가 선택한 앙드레 지드를 가방 속에 가두고 대본소

주인이 권한 이어령을 먼저 펴들었다는 것뿐이다. 공고생은 이어령을 싫어했을는지도 모른다. 지드의 『좁은문』……은 헌신적인 아리사와 함께, 천국에 있다.

도대체 무슨 일이 일어났는가.

저녁밥도 먹지 않고 문을 잠가버린 그에게 무슨 일이 일어났는지, 어머니는 알지 못한다. 그는 밥도 먹지 않고 계속 『좁은문』을 읽는다. 자주 어머니의 한숨 소리가 창호지 너머로 들려오고, 잡음이 심한 라디오에선 폐결핵 환자가 일백만 명이 넘는다는 뉴스가 들린다.

그는 한순간 객혈하고 싶어진다.

살인의 빛깔은 흰빛이거나 붉은빛이다.

그는 어머니와 아버지가 잠들기를 기다린다.

아무 일도 일어나지 않았지만, 그는 자신의 내부에서 격렬한 변화가 일어났다는 걸 어느 순간 재빨리 깨닫는다. 전신이 한 차례 푸르르 경련하고 만다. 그리고…… 더이상 초조하거나 두렵지 않다. 자신이 어떻게 행동해야 할지 이미 정했기 때문이다. 『좁은문』에 들려는 알리사의 갇힌 영혼이 불길처럼 타고 있는 걸 느끼는 순간에 두려움은 단번에 사라지고 행동 규범은 뚜렷이 단번에 결정됐던 것이다. 육체와 영혼이 삽시간에 황홀한 비탄의 불길 속으로 곤두박질하는 걸 그는 충분히 감지한다. 무심한 듯『좁은문』에 여전히 코를 박고 있지만, 이제 그는, 위기의 사랑스런 휴식 상태에 있는 대담성……을 확보하고 있다.

용안역까지는 아마 십 리가 훨씬 더 될 것이다.

그는 밤이 이슥해진 다음『좁은문』을 닫고 나와 헛간 앞에 세워진 아버지의 자전거에서 조심조심 체인을 벗겨낸다. 검은 기름이 손바닥에 묻는다. 거울 속에 들어 있는 해골…… 같은 장 주네가 그의 마음속에 들어와 부동의 신념을 준다. 살인에 대해 생각할 때…… 제 눈시울이나 콧구멍에, 저 비극적인 주름살……이 잡히지 않도록 해야 한다는 것이다. 확실성에 의해 인도받는 그의 발걸음은 흔들림이 없다.

그는 철로를 따라 걷는다.

원하는 건 확실성에 의해 인도되는 폭력의 비탄이다.

가끔 멀고 가까운 마을에서 심심한 개들이 짖고, 또 가끔 기차가 지나간다. 기차가 지나갈 때마다 그는 철로에서 재빨리 내려와 낮게 엎드린 채, 정적의…… 폭력이 불러올 황홀한 비탄을 꿈꾼다. 멀고 가까운 마을들은 전혀 등불이 없다. 그것들은 풍경의 한 변방에 잘못 배치한 군더더기처럼 보인다. 달은…… 만월이다. 달빛이 철로에 부딪혀 부드러운 흰 광채로 흐르듯이, 그는 시간과 공간을 느끼지 않고 그 철길을 따라 걷는다.

　용안역의 늙은 역무원이 졸다가 소스라쳐 그를 본다.

　뭐야.

　친구 좀 찾으려고요. 요 근처 사는 공고생인데요.

　그는 더듬거리지 않는다. 실밥이 터져 떨어진 듯 붙어 있던 공고생의 명찰에서 본 이름이 상기도 생생하다. 먼 길을 걸어 왔나보네……라고 늙은 역무원이 말하면서 역사 바깥을 가리킨다. 약도를 그릴 필요가 없을 만큼 공고생의 집은 가깝고도 명백해 보인다. 함석지붕이야……라고 역무원이 덧붙여 말하고 있다.

　정말 친구가 보고 싶었는데…… 고맙습니다.

　그는 깍듯하게 인사하고 곧 역사를 등진 채 걷는다.

　인적은 전혀 없다. 낮은 집들은 만월의 투명한 흰빛으로 더욱 낮아 보이고, 키 큰 미루나무들은 아직 잎을 다 틔우지 않아 더욱 높아 보인다. 그는 역무원이 친절히 일러준 함석지붕 앞에 멈추어 서서 잠시, 폭력은…… 정적이다……라고 다시 생각한다. 이제 비탄에 가까우니, 달빛은 보다 희어질 것이다. 함석집엔 한 방만 희미하게 불이 켜져 있다.

　그의 목소리는 우렁우렁하다.

　아무개야…… 하고, 명찰 속의 이름을 딱 한 번 불렀을 뿐인데, 공고생은 벌써 툇마루를 내려서는 중이다. 공고생은 키가 크다. 누구야, 씨팔……이라고, 혼잣말처럼 말한 공고생이 좁은 마당을 지나와 사립문을 여는 것을 그는 미동도 하지 않고 지켜본다. 이제 장 주네의 지시는 필요 없다. 그는 자신이 타고난 킬러라는 사실에 매우 안정적인 확신을 느꼈고, 타고난 킬러이기 때문에, 이미…… 천진스런…… 활짝 열린 눈……으로 공고생이 나오기를 기다렸으며, 악마적인 고독의 비탄……이 가깝다는 사실에서, 황홀하게 한번 더 전율한다. 망설일 것은 없다. 공고생은 완전히 방심한 표정으로 이쪽을 확인하려고 얼굴을 쑥 빼고 본다. 그는 킬러답게 찬스가 왔다는 걸 본능적으로 알아차린다. 말은 필요 없다. 찐득하게 기름 묻은 자전거 체인이 순간 공고생의 얼굴을 포악하게 두 쪽으로 쪼갠다.

공고생은 단번에 주저앉는다.

살의는 확실성을 가지고 관념으로부터 자전거 체인으로 놀랍게 전이되어오고 있다. 공고생의 이마로부터 왼쪽 눈과 볼을 수직으로 쪼갠 곳에서, 주르르륵, 검은 피가 솟아나온다. 공고생은 비명조차 지르지 못한다. 움켜쥔 손가락 사이로 흘러떨어지는 피에 달빛이 찐득하게 엉겨붙어 흐르는 것을 그는 천진스런…… 눈으로 본다. 자전거 체인은 아직도 단단히 움켜쥐어져 있다. 이번엔 공고생의 정수리를 수박처럼 두 쪽으로 쪼개야지, 라고 그는 생각한다. 공고생의 큰골 작은골 이 자전거 체인에 묻어나온다고 하더라도 그는 결코, 눈시울…… 혹은 콧구멍에 비극적인 주름을…… 만들지 않을 것이다.

새꺄, 무릎 꿇고 사과해.

그는 씹어뱉고, 공고생은 그 서슬에 당장 무릎 꿇는다.

흙 속에 저 바람 속에…… 깃들여 있는 것은, 이어령의 조국이 아니라, 그의 황홀한 비탄이며 달빛이다. 공고생은 완전히 공포에 질려 숨소리조차 내뱉지 못한다. 공고생은 아직껏 이쪽이 누구인지 알아차리지 못한 눈치이다. 공고생이 아니면 또 어떤가. 그가 움켜쥔 자전거 체인은 이제 맹목적으로 폭력을 요구하고 있다. 아무런 감흥 없이 죽일 수도 있을 것 같다. 더구나, 아, 달빛. 달빛은 그 속이 깊어 끝을 알 수 없다. 자전거 체인이 참지 못하고 이내 한번 더 공고생의 정수리를 모질게 쪼개놓는다.

네가 이어령을 알아?

그의 목소리는 뜻밖에 낮고 부드럽다.

범죄의 길에 인도되는 어린 영혼에게　나는 정확하게 기억하고 있다. 그는 혹 잊었을지라도. 그것은 1964년 4월 28일 오후의 일이다. 그는 열일곱 살이며, 강경에서 이리의 남성고등학교로 기차통학하는 통학생이고, 딸만 내리닫이로 낳던 어머니가 마흔한 살에 마침내 하늘의 점지로 얻었다고 믿는 종갓집 외아들이다.

하지만 그런 게 무슨 상관인가.

그 동안 일관된 신념으로 사모은, 수면제 육십 알을, 열일곱 살의 그는 이리역 광장에서 씹어먹는다. 한일굴욕외교반대투쟁으로 밤낮없이 데모가 들끓고 대통령이 데모의 강력 저지를 천명한 직후의 일인데, 그는 물론 그런 일에도 전혀 흥미를 느끼지 못한다. 그는 확신을 갖고, 그 자신이 꿈꾸는 비탄과 불멸을 향해 가야 한다고 느낀다.

물도 없이 수면제를 씹어먹는다.

쓰디쓴 수면제를 우물우물 삼키고 있는 그의 교복 소매를 잡아끌며, 역사 오른편의 창인동 유곽에서 나온 팸프 아주머니가, 학생, 재미 보고 가……라고 속삭인다. 이쁜 애 불러줄게, 학생. 팸프의 등에 업혀 잠든, 어린아이의 콧물이 얼룩진 인중에, 파리떼가 끓고 있다. 그는 헛구역질을 하면서 간신히 수면제를 다 씹어삼키고, 그러나 눈물겹게, 그 어린아이의 육체 속에 깃들여 있는 작은 죽음의 씨를, 본다. 아주 이상한 위엄을 가지고 고요히 빛나는 죽음의 씨앗을. 그 무서운 범죄를.

영원으로 가려고 나는 한때 화류항으로 흘렀네 화류항으로 흘렀네……라고 나는 쓴다. 내가 사랑하는 그가 맞이했던 열일곱 살의 무르익는 봄날이 지금도 내 피 속에 흐른다. 수면제 육십 알을 물도 없이 씹어삼키고 기차를 탔던.

그가 위 세척을 한 대전시 대흥동의 어느 병원 뒤뜰엔 라일락이 막 피어나고 있다. 바람에 실려온 라일락 향기가 병실의 시트와 베갯머리에 잔뜩 배어 있었을 것이다. 컴컴한 자의식의 골방 같은 통학기차에서 혼수 상태로 발견된 그가 위 세척 과정을 거치고 만 하루 만에 깨어날 때, 그의 오관 중에서 가장 먼저 눈뜨고 일어난 것은 무엇이었을까. 머리맡을 지키고 있던 어머니와 아버지와 담임선생님의 얼굴을 그는…… 본다. 유신아……라고 부르는 어머니와 아버지의 부르짖음을 그는 또한…… 듣는다. 향기는…… 확실하지 않다. 달려드는 어머니를 뿌리치고, 그는 담임선생님 가슴에 이마 내려놓고서 오래오래, 운다.

집이 싫어요. 어머니도 싫어요.

그가 울면서 했던 말이 내 귀에 남아 있다.

라일락 향기를 어느 순간부터 느꼈는지는 확실하지 않다. 내가 그렇듯이, 그도 그 순간을 확실히 집어내진 못할 것이다. 처음엔 라일락꽃 향기인지도 몰랐을 게 틀림없다. 울음자락의 어느 틈새로 스며든 라일락 향기가 그의 코끝을 한 번, 두 번, 세 번쯤 건들 때, 혹은 네 번 다섯 번쯤 건들 때, 향기 때문에, 꽃향기 때문에, 라일락 꽃향기 때문에, 거의 잦아들던 울음밑이 또다시 터지고 만다. 그보다 무려 마흔 살이나 더 나이 먹은, 그를 세상에서 제일 잘 안다고 생각하는 나도 생각이 여기에 이르면, 혼란스럽기 그지없다.

그는 무엇 때문에 그리 오래 울었을까.

아버지와 어머니와 담임선생님 얼굴을 살아서 다시 본 것, 어머니와 담임선생님이 당시에 부르짖듯 부른, 유신아⋯⋯ 라는 이름이 가진 운명성, 혹은 그 라일락 꽃향기. 보고, 듣고, 냄새 맡았던 감각의 어떤 채널이, 그의 눈물샘과 긴밀하게 유대 맺고 있었는지를 아는 것은 쉬운 일이 아니다. 다만 그는 자신이 앞으로 걸어가야 할 먼 길, 어쩌면 구름 낀 날들의 유장한 시간 속으로 흘러가는 화류항을 단번에 보았을 것이다. 그 유랑을.

열일곱.

라일락 꽃향기 바람에 날리는 어느 봄날.

그리고 나는, 젊은 그보다 무려 사십여 년이나 멀리 돌아
와, 지금 내가 사랑하고자 했던 화류항(花柳巷)의 저물녘에,
그에 대한 조사(弔辭)를 한 줄로 줄여 쓰고 있다.

영원으로 가려고 나는 한때 화류항으로 흘렀네……라고.

유랑 사나흘 만에 퇴원한 그는 다시 호남선 하행열차를
서대전에서 타지만 강경역에서 내리진 않는다. 집이 있는 강
경을 기차에서 내리지 않고 지나친 건 그때가 처음이다.

걱정 말고 제게 맡겨주세요.

담임선생님이 어머니에게 말하고 있다.

하숙집도 제가 아는 집으로 정해놨으니 아무 불편함이 없
을 거예요. 유신이, 쟤 마음 가라앉을 때까지 쟤가 하고 싶은
대로 두시는 게 상책이라고 봐요.

담임선생님에게 떠밀리듯 강경역 플랫폼으로 내려선 어머
니 아버지는 차마 발걸음을 떼지 못하지만, 그는 고개를 푹
숙인 채 기차가 강경역을 떠난 후까지 시선을 들지 않는다.
강경역 플랫폼에 쓰러지듯 주저앉는 어머니의 모습은 눈 감
고 고개를 한껏 숙여도 보인다. 철로가의 코스모스 어린 싹들

과 장공장의 긴 외벽과 블록으로 쌓은 자기 집의 담장도 그는 보지 않으면서 본다. 기차는 그의 집 담장과 강경중학교 울타리 사이의 논 가운데를 호선으로 돌면서 차츰 속력을 높이고 있다. 담임선생님이 부랴부랴 구해놓았다는 이리 시내의 하숙집 따위엔 관심이 없다. 그는 계속 고개를 숙인 채, 쇼펜하우어, 1788년, 1860년……이라고 속으로 중얼거린다.

너무도 오래 산 쇼펜하우어.

수면제를 계획적으로 사모을 때에도 생각나지 않았던 쇼펜하우어의 탄생과 사멸 연도가 왜 하필 이런 순간 정확히 떠오르는 것일까.

하숙집은 삼남극장 부근이야.

담임선생님이 말하고 있다.

2. 열일곱, 열여덟 살의 책상

그   의   내   면   엔
분 노 하 는 , 절 망 하 는 , 슬 픈 , 연 민 의 ,
수 많 은   다 른   젊 은   그 가   함 께   있 다 .
내 적 분 열 은   열 일 곱   살 의   그 에 게   하 나 의   천 형 이 다 .
분   열   된   수   많   은   그   들   은   ,
그   의   웅 크 린   내 부 애 서   서 로   격 렬 히   충 돌 하 고
황 홀 하 게   교 접 하 고 ,   그 리 고   파 애   젖 는 다 .
카   오   스   다 .   그   자   신   이   널   아   다   나   는
유 리 파 편 의   우 박 에   싸 인   도 시 처 럼   보 인 다 .
나 는   차 마   갈 가 리   찢 어 지 는   그 의   생 살 을   바 로   보 지   못 하 고
고 개 를   돌 리 다 가   천   개 가   넘 는   눈 동 자 와   극 적 으 로   마 주 친 다 .

회색 혹은 언덕 위의 집 미국의 러스크 국무장관이 한일회담 촉구를 위해 내한한 것이 불과 몇 달 전의 일이다. 1964년 6월은 비상계엄령에 묶여 있다. 한일회담은 단순히 한국과 일본의 문제가 아니다. 가령 한반도를 포위하듯 극동에 배치된 미국·소련·일본·중국의 전투기만 해도 칠천여 대가 넘는다. 공수단 장교들이 신문사에 난입하고, 닫힌 대학 정문을 완전무장한 군인들이 지키고 있으며, 데모대에 의해 불탄 몇몇 파출소 앞엔 바리케이드와 함께 출입금지 표지판이 우뚝하다. 그것은 재클린 여사의 드레스 자락이 피에 젖는 광기의 세계와 연결되어 있다.

그러나 그는 알지 못한다.

관심도 없고 정보도 없다. 김종필이 왜 외국으로 쫓겨가냐……라고 밥상머리에서 아버지는 밑도끝도없이 묻고, 몰라요…… 그가 밥알을 세며 고개를 젓는다. 쌀값이 가마당 사천원을 넘겼다는 사실만큼 그것은 그에게 먼 추상이다. 그가 세계를 이해하는 코드는 예컨대, 쇼펜하우어가 일흔을 넘길 정도로 오래 살았다는 것이나, 어느 날 강변의 미루나무가 일제히 잘렸다는 것, 혹은 통학기차가 이리역 구내로 들어가지 못하고 내려가지 않은 망대 밖에서 정지해 있을 때, 잠시 또렷하게 보게 되는, 추녀 낮은 집들의 깨진 창 같은 것들이다.

회색, 혹은 언덕 위의 집들.

그는 그것으로 이리시(裡里市)와 세계를 이해한다.

세계는 회색의 담장과 회색의 닫힌 문들과 회색의 지붕으로 끝없이 뒤덮여 있을 것이다. 광기를 은폐하기 위해선 무채색이 좋다고 그는 생각한다. 기차가 속력을 뚝 떨어뜨리며 이리역 구내로 접어드는 순간에 제일 가깝게 내다보이는 남성여고의 경우, 언덕 위에 붉은 벽돌로 지어올린 남성여고의 외벽들조차 그는 붉은 벽돌의 사실성을 걷어내고 회색으로 본다. 왜냐하면 붉은 벽돌 따위로 치장하지 않은 너무도 적나라한 세계의 회색 집들이 그곳, 남성여고 붉은 담장에서부터 이리역까지 이어지는 언덕의 경사면에 빼곡히 차 있기 때문이다. 어떤 집은 초가이고, 어떤 집은 슬레이트 지붕이고, 또 어떤 집은 루핑을 얹고 있다. 한결같이 낮은 회색빛 지붕들이 언덕을 따라 시루떡처럼 층위를 이룬다. 한 층위의 회색지붕 위로는 흔히 질척해 보이는 좁은 고샅길이 이어지고, 고샅길의 한켠은 담장 없는 낮은 집들의 외벽으로 경계를 이루고 있다. 윗단에 있는 집들의 외벽과 아랫단에 위치한 집들의 추녀 사이로 걷는 사람을 보고 있으면 언제나 위태위태하다. 기차를 향해 쑥덕감자를 먹이는 개구쟁이 소년들 중 날렵한 아이는 아랫단의 지붕으로 뛰어내려 용마루까지 달려 올라오기도 한다. 역구내인 이쪽과 언덕 위의 저쪽 사이엔 회색집들보다 더 높은 철조망이 쳐져 있다.

천천히 흐르는 차창으로 볼 때,

그 언덕은 온몸이 부스럼으로 뒤덮인 회색의 거인 같다.

시시때때 진물이 흐르고 고름이 터져나오지만, 차창에 들어와 길게 누운 회색 거인의 표정은 무심하다. 기차가 흐르기 때문에 그것은 무심하게 보이는 것이다. 그리고 부스럼투성이 거인의 완만하게 뻗어내린 발치에 이리 역사가 있다.

역시 우중충한 회색 건물이다.

플랫폼에서 역사로 나가는 지하도는 어두컴컴하고 습하고 좁다. 기차에서 내린 사람들은 어깨와 어깨를 댈 듯이 하고, 지하도 벽에 흐르는 물기에 닿지 않도록 조심하며 걷는다. 서두르는 것은 좋지 않다. 너나없이 들고 인 짐보따리에 어디를 짓찧거나, 새로 다려입은 바짓가랑이를 적실지도 모르기 때문이다. 무채색의 부스럼투성이 언덕이, 느린 기차의 차창에 흐르던, 그 속도로 걷는 게 좋다.

시체처럼……이라고 그는 곧잘 중얼거린다.

음습한 지하도가 석관에 이르고 마는 연도(羨道) 같아서가 아니라, 지하도에 들어서면 누구나 갑자기 침묵하기 때문에 그렇다. 이상하고 이상한 침묵이다. 재잘거리던 젊은 여행객조차 지하도에 이르면 말문을 닫는다. 어깨를 댈 것처럼 하고 빼곡하게 흐르는 그 지하도의 침묵을, 그는 회색이라고 파악한다.

시체처럼…… 사람들은 느릿느릿 흐른다.

그러나 출찰구를 나서면 분위기가 확 다르다. 전속력으로 오고가는 역광장 너머의 자동차들, 멈추지 않는 시계탑 위의 시계바늘, 숨가쁜 사람들의 발소리, 그리고 파리떼처럼 달라붙는 팸프들의 끈질긴 손짓이 그곳에 있다.

쉬었다 가요.

끝내주게 이쁜 애들, 새로 들어왔어.

놀고 가, 총각. 빠구리 틀고 가래도.

옷깃을 붙잡고 늘어지는 팸프들 중엔 머리가 희끗희끗한 초로의 여자도 있고, 갓난아이를 업은 젊은 엄마도 있다. 전라선과 호남선과 군산선의 철도가 만나는 곳, 상주인구보다 유동인구가 훨씬 많은 이리역의 한켠 경계를 이루고 있는 삼남 최대의 사창가, 철인동, 부스럼투성이 언덕에서 내려온 팸프들이다. 팸프들은 학생과 노인의 구별이 없고 아침과 저녁의 나눔도 없다. 그들에겐 오직 세상엔 수컷과 암컷이 있을 뿐이다. 자칫하면 잡아끄는 손길 때문에 겉옷의 단추 몇 개가 뜯어져나가는지도 모른다.

학생, 놀다 가잉. 싸게 해줄게.

암울한 회색도시 이리에서는 밤낮없이 바겐세일, 박리다매가 이루어진다. 역광장 왼편 끝에 파출소가 있지만 창녀들이 직접 호객하러 나오지 않는 한 팸프들을 단속하는 법이 없다. 미로와 같은 비포장의 습한 골목길을 따라 언덕을 빼곡하게 뒤덮은 부스럼들의 피고름 속에 얼마나 많은 영혼이 깃들여 있는지는 아무도 모른다. 어떤 이는 창녀들이 천 명도 더 될 거라고 하고, 어떤 이는 먹고 살기 어려운 어린 창녀들이 밤마다 철조망을 타넘어 밤기차로 도망치기 때문에 언덕 위의 키 낮은 집들이 텅 비어 있다고도 한다. 텅 빈 집들의 얼룩진 벽에 세계의 정액들이 질척거리면서 흐르는 것을, 불과 열일곱 살의 그는 본다. 팸프들이 집요하게 끌어당기는 욕망과 텅 빈 집들의 무덤 사이엔 아무런 경계가 없다고, 그는 느끼고 생각한다. 그는 모자를 깊숙이 눌러쓰고, 하늘을 보지 않으려고 애쓰면서 역광장을 재빨리 가로지른다. 창녀들의 언덕은 역광장 앞을 횡으로 자르고 지나가는 사차선 포장도로 안쪽에 국한된다. 포장도로 맞은편엔 시외버스터미널이 있고, 터미널 너머에 삼남극장의 회색지붕이 올려다보인다. 그는 짐짓 가까운 길을 놔두고 창녀들의 언덕에서 먼 길로 우회해 삼남극장 앞에 간다. 극장 건너편의 좁은 골목길 끝에 그의 하숙집이 있기 때문이다.

육체와 영혼　육체……라고 그는 읽는다. 본채에서 달아낸 하숙방 지붕엔 은회색 골 진 새 양철판이 얹혀 있다. 빗소리가 요란하다. 그는 요와 이불을 펼 생각도 안 하고 맨바닥에 무릎 꿇은 채 담임선생님이 주고 간 번역시 모음집을 본다. 그 속엔 W. B. 예이츠도 끼어 있고, 예이츠의 「육체와 영혼과의 대화」도 끼어 있다. 삼남극장의 간판불이 꺼지고 나면 이리시도, 세계도 지워진다.

하숙방에서의 첫날밤은 유장한 유랑의 첫날밤이다.

어떻게 유랑의 첫날밤을 보낼는지, 준비된 바가 없기 때문에 그는 섬찟할 만큼 차가운 하숙방 맨바닥에 무릎 꿇고 엎드려 동그란 뿔테안경 속의 예이츠를 본다. 육체……라고 말하는 예이츠와, 영혼……이라고 말하는 예이츠를.

영혼, 굽이도는 옛 층층대로 나오라.

짐짓 소리내어 읽어본다. 빗방울이 양철지붕을 더욱 격렬히 때리고 있다. 예이츠의 영혼은, 급한 경사에 / 부서지고 무너지는 담벼락에 / 바람 없는 별빛 어린 허공에…… 집중된다. 모든 생각이 끝나는 그 경계의 땅 위에 / 그리고 무릎 위의 성스러운 장검……이라고, 예이츠는 또한 쓴다. 위 세척을 끝내고 회색도시의 낯선 양철지붕 밑 방에 유배된 그의 육체는, 펜싱의 검처럼 가늘고 날카롭다. 육체 / 산 인간은 눈멀고 / 제 마실 것을 마실 따름……이라면서, 개천이 더러운들 어떠하리 / 내 모든 것을 한번 더 겪은들 어떠하리 / 성장의 뼈아픔을 / 사춘기의 굴욕을……이라면서, 그는 마침내 이마를 찬 바닥에 내려놓고 만다. 빗방울이 양철지붕을 관통하여 그의 뒤통수를 격렬히 때리고 있다. 장렬한 전사의 꿈은 실패로 돌아갔다……라고 그는 생각한다. 쇼펜하우어는 거짓말쟁이이다.

죽음은 육체만큼 더럽고 모욕적이다.

그는 흰 뼈를 품고 있는 아버지의 팔과 아들 하나에 삶의 희망을 바겐세일한 어머니의 축 늘어진 빈 젖을 떠올린다.

그들은 강경에 있고, 그는 이리 삼남극장 앞골목의 양철지붕 밑 방에 있다.

그 거리엔…… 거리가 없다.

케네디 대통령의 머리가 바스러진 댈러스 시가 강경보다 멀다는 생각은 결코 들지 않는다. 이제 가늘고 날카로운 장검으로, 결코 성스럽지 않은 육체로, 흐르는 앞날의 시간들을 끈질기게 베어가야 할 것이다.

이젠 일어나 가야겠노라.

그는 머리를 분연히 들고 예이츠를 흉내내어 소리친다.

그러나 예이츠가 가고자 했던 아늑한 이니스프리 섬은 어디에도 보이지 않는다. 목숨의 굴욕을 견디려면 더 많은 거짓말이 필요할 것이라고, 그는 그 순간 확신한다.

필요한 것은 거짓말이고 가면이다.

왜냐하면 영혼은, 바람 없는, 별빛 어린, 허공에…… 집중될 것이기 때문이다. 어리석고 세속적인 사람들에게, 담임선생님에게조차, 진지하고 성스러운, 살아 있는 시간의 굴욕을 견디려는 거짓말과 가면을 들키지 않으려면, 펜싱의 검처럼, 가늘고 날카로운 육체를 더 가늘고 날카롭게 갈아야 할 것이다. 더이상 쇼펜하우어 따위에 놀아나지 않으려면.

그는 마침내 격정적으로 일어난다.

창을 열고, 창턱을 넘어 후려쳐 들어오는 빗방울을 앞자락으로 받는다. 불꺼진 삼남극장의 간판 모서리에 그 자신이 걸어갈, 거짓말로 쌓이는 유랑의 시간들이, 찢어진 깃발같이 걸려 있는 것을 그는 뚫어져라 노려본다.

　　나는 거짓말 천재가 될 거야.

　　그는 중얼거린다. 홀로 있어도 홀로 있는 것을 결코 들키지 않을 새 시간들이 그 앞에 놓여 있다.

　　그의 거짓말은 교묘하고 잔인하고 더러울 것이다.

　　그는 그렇게 자신의 앞날을 느낀다. 예이츠는 노래하고 있다. 존재와 당위, 인식자와 그 대상을 / 이제는 분간하지 않게 되어 / 말하자면 승천하는것……이라고. 그의 거짓말들에게. 그의 굴욕적인 새로운 육체의 시간들에게.

　　투신　　내 거 봐봐……라고 말하면서, K가 바지 지퍼를 찍 내리고 자지를 꺼내놓는다. 그가 다니는 남성고등학교 교정의 서북 방향에 위치한 놀이터 미끄럼대 밑이다.

　　새끼, 또 시작이네.

　　M이 콧구멍을 벌름거린다.

　　M이 가진 영혼의 창은 콧구멍이다. 콧구멍이 위로 벌름거

리는 것은 관심과 흥미가 고조되고 있다는 뜻이 된다. 멋쟁이 C는 바짓자락을 털고 있고, G는 침을 치칫 하고 뱉는다. 하오의 유치원은 텅 비어 있다. 그는 이리여고 교사 지붕 위로 내려와 있는 해, 햇빛을 사선으로 받고 있는 K의 자지 끝을 본다. 자지의 귀두 부분 한켠엔 얼룩얼룩 기미 같은 게 끼어 있다. 기미 꼈네, 자지에……라고 그가 말하고, M과 C가 피식 웃는다. K의 자지에 기미가 끼어 있는 건 K의 어법에 따르면 관록이다.

관록이 뭔지나 아냐, 니네들이.

K의 표정은 진지하기 이를 데 없다.

여길 보란 말야. 여기, 힘줄 같은 거, 니네들은 다 앞대가리하고 붙어 있지? 하지만 내 것은 다르다 이 말야. 끊어져 있잖냐구. 이게 끊어져야 어른이 되는 거라구. 새는 알을 깨고 나온다, 알은 세계다, 새는 아브락사스를 향해 날아간다, 『데미안』에 나오는 구절이야. 나는 알을 깨고 나온 자지를 갖고 있다구. 너희는 모르겠지만, 여자의 보지 속엔…… 날카로운 면도칼이 하나 들어 있어. 들어가면…… 자른단 말야.

어떻게 들어가냐, 여자의 그 속에.

그가 짐짓 묻는다.

침 바르면 들어가. 미끄러져들어가.

자식, 『데미안』까지 들먹이며, 더럽게, 침 발라? 대장부가, 침 발라? M이 여전히 콧구멍을 벌름거릴 때, 그의 입 안 가득 침이 고인다. K의 자지는 확실히 그의 자지와 다르다. 그의 자지는, 세로로 짜개진 오줌구멍 아래쪽에서 자지의 표피를 덮고 있는 겉가죽과 매끈한 귀두를 핏줄 같은 것이 잡아매고 있다. 귀두 끝인 골 진 부분까지 겉껍질이 벗겨지긴 하지만, 벗겨진 채로 머물러 있진 않다. 바지 속으로 들어가면 다시 귀두에 연결된 힘줄의 잡아당기는 힘 때문에 겉껍질이 내려와 덮인다.

그런데 K의 힘줄은 우둘우둘하게 끊어져 있다.

겉껍질은 그래서 아무런 구속도 없이 자유롭게 자지의 상단부 쪽으로 말려 올라간다. 요컨대, 그런 상태가 되려면 새가 알을 깨고 나오는 것과 같은 통과의례가 필요하며, 오직 의례를 통해서만 어른의 세계에 이를 수 있다. 나도 임마, 까져 올라갔어……라고 G가 토를 달지만, 내놔봐……라는 K의 말에 G는 바지 지퍼를 움켜잡는다. 하기야, 누구든 자지의 귀두에 주근깨가 생기진 않는다. 겉껍질을 한껏 올리면 자지의 귀두 끝은 힘줄에 잡아당겨져 속수무책 고개를 숙이는데, 발그레, 핏기가 도는 얼굴이다. 그렇지만 K의 그것은 거무튀튀하다. 알을 깨고 나온 새가 최종적으로 날아가는 아브락사스는 천사이자 악마이고, 짐승이자 사람이다. 반인반수의 아브락사스를 그는 알고 있다. K에게 아브락사스를 가르친 게 바로 그 자신이다. 헤르만 헤세의 자지도 귀두와 겉껍질을 잇고 있는 힘줄이 끊어져 있었을 것이다.

그는 하숙방에 돌아와 자신의 자지를 본다.

물끄러미, 자지도 외눈박이 째진 눈을 들어 그를 본다.

겉껍질의 끝은 주글주글한 주름투성이로, 보기에 그로테스크하다. 때로 그는 까꿍, 하고 턱짓을 하며 외눈박이 자지를 놀려보기도 한다. 까꿍, 까르르르 까꿍, 하기도 하고 어떤 때는 악귀의 표정으로 에비이, 혀를 내밀어보기도 하고, 또 어떤 때는 도리도리 짝짜꿍, 고갯짓도 하고 손뼉도 친다. 발기하면 겉껍질이 좀더 말려올라가고, 겉껍질의 주름살은 부드럽게 풀어진다. 주근깨는 없다. 할 수만 있다면 K보다 더 섬세하게 귀두에 주근깨의 세계지도를 그리고 싶다. 부스럼투성이 철인동 언덕빼기 키 낮은 집들마다 꽉 차 있을 여자들이 저마다 제 속 깊은 살의 틈새에 면도칼 하나씩 숨겨놓았다고 상상할 때, 그는 어김없이 몸을 떤다.

베이고 싶다.

머리인들 그곳에 밀어넣지 못할까.

그의 머리가 관록의…… 면류관을 쓰면 이윽고 끝날까. 욕망은 자지 속에 있는 게 아니다. 더 깊은 내장 안쪽의 어느 음습한 방에 있다. 여자의 면도날이 자지를 날카롭게 벨 때, 내장 안쪽의 그 방이 열릴는지도 모른다. 혹은 부서질는지도. 그는 온몸을 베이고 싶어 미칠 것 같다.

살기 혹은 투신.

이중성 알고 보면, K는 그가 전날 밤 K에게 말한 걸 그대로 인용한 것뿐이다. K는 충분한 제자이다. 예컨대, 관록이나, 새는 알을 깨고 나온다…… 혹은 아브락사스…… 혹은 면도칼 따위가 그렇다. 물론 K의 자지에 생긴 우둘두둘한 귀두 뒤편의 끊어진 힘줄은 K의 것이다. 이리시 토박이인 K에겐 말썽꾸러기 선배들이 많기 때문에, 말썽꾸러기 선배들을 따라 철인동 유곽에 다녀온 경험을 K는 갖고 있다. 그도 그렇듯 K도 반포경 상태였고, 불안한 상태에서, 우격다짐으로 그것을 보지 속에 집어넣다가 끊어진 듯 붙어 있고 붙은 듯 끊어져 있던 귀두 힘줄이 우드드득, 실밥 뜯어진 것인데, 그가 전날 밤 하숙방으로 놀러 온 K에게, 그것이 바로 관록이라고, 새는 알을 깨고 나온다고, 알은 세계이며 새는 아브락사스를 향해 날아간다고, 여자의 보지 속엔 우리들의 성장을 시험하

는 예리한 면도날이 숨겨져 있는 것이라고, 말하고 가르친
바, 의도적으로 C와 M과 G를 흔들고자 하는 그의 뜻에 맞추
어, K는 충직하게 뽐냈던 셈이다. 그의 의도대로 이제 C와
M과 G는 알을 깨고 나오지 못하는 자신을 질책할 것이며,
콤플렉스를 느낄 것이고, 동시에 보지 속의 면도칼에 대한
본능적인 공포감을 가질 게 확실하다. 죽음처럼, 투신에의 욕
망과 투신에의 공포감을 동시에 느끼는, 이중성의 교습이다.

　이것은 시작에 불과해.

　그는 홀로 남아 중얼거린다.

　평생 그 이중성으로부터 자유롭지 못할 것이라고 그는 본
능적으로 알아차린다. 그 자신이 K를 가르치고, K를 이용해
C와 M과 G를 수렁 속에 밀어넣을 계략을 세웠지만, 그 이중
성의 불안한 틈새에 끼어 있다는 점에선 그도 예외가 아니다.
그는 자신의 자지에 아무런 주근깨도 없다는 점에 콤플렉스
를 느낀다. 그리고 그와 동시에 면도칼을 그는 상상한다. 그
것에 대한 부나비 같은 욕구와, 그것에 대한 소름 끼치는 공
포감의 경계에 놓인 자신을 들여다보는 것은 아슬아슬하고
짜릿하다. 필요한 것은 그 이중성으로부터 비겁하게 도망치
지 않는 일일 터, 그는 변화를 꿈꾸고 변화를 획책하고 변화
를 시도한다.

나는 변화했어.

그는 굳이, 변화했어……라고 말하지만, 그 말을 할 때 그의 내부엔, 나는 변화해야 돼……라는 말이 들끓는다. 그는 담배를 피웠고, K와 C와 M과 G에게 담배를 피우라고 부추겼으며, 때론 술을 마신다. 그가 마시는 술은 막걸리가 아니라 '도라지'라는 상표가 붙은 국산 위스키다.

막걸리는 술도 아냐.

짐짓 병뚜껑에 도라지 위스키를 따라 K와 C와 M과 G 앞에서 마시면서 그는 말하곤 한다. 술이 잘 받지 않아 그에겐 음주가 고통이지만, 그는 그 고통에서 희열을 느낀다. 위스키는 증류해서 빚은 술인데, 스코틀랜드산 스카치가 최고지……라고 말할 때, K와 C와 M과 G의 눈에 잠깐씩 광채가 서리는 걸 그는 짜릿하게 본다. K와 C와 M과 G는 순수하고 모범적인 열일곱 청춘이다. 그들은 그에 비해 모두 성적도 좋았고, 교복의 호크도 늘 단정히 채웠으며, 이중성의 분열도 없다. 그의 위악적 변신에 대한 욕구는 그런 그들이 곁에 있기 때문이다.

곁에 있다……고 그는 느낀다.

함께 있다……라고 생각하진 않는다. 그룹이 되어 점심시간이나 방과후에 자주 모여 있긴 했지만, 그들 곁에 있으면서도 그의 자의식은 그들과 일정한 거리를 둔, 다른 자리에 있기 때문이다. 그는 그들 곁에 있으면서 그들과 함께 있지 않았고, 그러나 함께 있지 않다는 사실을 그들에겐 철저히 숨기고자 애쓴다. 이중성을 들키는 것은 어리석은 짓이다.

그들 뒤에 담임선생님이 있다는 걸 그는 알고 있다.

하숙방을 정해준 뒤에 담임선생님은 행여 그가 또다시 수면제를 사모을까봐 모범적이자 문학적인 K와 C와 M과 G를 뽑아, 의도적으로, 그의 하숙방에 놀러 보낸 결과로 생긴 커뮤니티라는 것을. 그들은 말하자면 담임선생님의 '밀대'나 같았으며, 그러므로 그의 입장에선 철저히 외부세계에 불과하다. 이중성은 가짜 커뮤니티를 지향하는 외부세계와 여전히 하나의 단독자로 남으려는 내부세계의 구획으로 유지된다. 담임선생님의 의도는 보나마나 좌절될 것이다. 모범적인 그들에 의해 그가 계도될 가능성은 거의 없었으므로.

그는 K와 C와 M과 G를 망가뜨릴 궁리에 바쁘다.

그가 지향하는 변화는 그러니까 갑자기 생겨난 그 커뮤니티로부터 자신을 지켜내려는 방어벽의 구축과 같고, 더 나아가 사회화의 가짜 프로그램에 자신을 적응시키는 일종의 실험적인 교육과정과 같다. 어쨌든 살아 있다는 사실의 연장을 위해서는 사회화의 가짜 프로그램이 필요하다고 그는 생각한다. 그가 획책하는 위악적인 변화의 중심엔 그런 계산이 깔려 있다. 그가 그의 직관으로 들여다본 바, 외부세계는 숨어 있는 단독자의 실존과 상관없는 가짜 프로그램으로 짜여 있기 때문이다.

변화는 급진적이고 작위적인 빛깔을 갖는다.

점심시간엔 그와 K와 C와 M과 G는 거의 매일 교사(教舍) 뒤편 후미진 곳에 위치한 유치원 미끄럼대 밑에 자동으로 모여들고, 저녁이면 삼남극장 스피커 소리 쾅쾅 울리는 그의 하숙방에 모여든다. 결사대처럼 은밀하고 예민하다. 담임선생님의 의도에 따른 그들의 계몽성은 급격히 와해된다. 변화는 그에게서만 시작된 것이 아니라 K와 C와 M과 G에게서도 시작되고 있다. 가령 K는, 불량한 선배 꽁무니를 자의 반 타의 반 따라다니다가, 자지에 생겨난 귀두 뒤편의 힘줄 끊어진 우둘두둘한 흔적들에, 알을 깨고 나온…… 아브락사스를 향해 날아가는…… 관록의…… 의미심장한 의미를 그에게서 부여받고부터, 이제 불량 선배들에게서 독립한 단독자로, 독립운동가처럼, 철인동 유곽의 방들을 순례해야 된다는 원대한 포부를 세웠으며, M과 G는 담배연기를 폐부 깊숙이 삼킬 줄 알게 되었고, C는 어떤 날 가방 속에 도라지 위스키를 숨겨가지고 등교하는 데 성공한다.

한잔씩들 마실래?

그는 회심의 미소를 지으며 술병을 딴다.

K와 M과 G는 한 걸음씩 물러서서 고개를 가로젓는다. 점심시간이다. 오후 수업이 그들을 기다리고 있다. 그들은 학생이고 학생은 공부해야 된다고, 그들은 아직 믿고 있다. 너는…… 수업 안 들어가도 누가 뭐라고 안 하지만……이라고, C가 마지못해 변명의 토를 단다. 담임선생님이 그에 대한 어떤 정보를 흘렸는지 알 수 없지만, C의 말대로 그의 무단조퇴와 무단외출에 대해 모든 선생님들은 대체로 너그럽다.

저놈, 언제 죽으려 할지 몰라요.

담임은 그렇게 말했을까.

그는 혼자 도라지 위스키를 마신다. 서두를 것은 없다. K와 C와 M과 G의 변화가 그의 변화보다 느린 것에 그는 오히려 쾌감을 느낀다. 속도의 차이일 뿐 그들은 담임선생님의 계몽성에 조만간 더 심각한 모반을 시도할 게 틀림없다. 그는 쏘는 듯한 눈빛, 울림이 있는 낮은 목소리로 방어벽을 쌓는 데 끝까지 최선을 다한다. 외부세계를 향해 쌓은 방어벽의 안쪽, 더러운 시궁창 물이 흐르는 작은창자 큰창자 어두운 골에 착 달라붙은, 그러나 위험한 면도칼……을 그는 잊지 않는다.

너희들, 머리칼이 자란다고 생각하지?

그는 위스키 병을 병째로 들고 마신다.

단백질의 시체들이 자란다 너희들, 머리칼이 자란다고 생각하지? 자란다……라고. 가서 공부들 해라잉. 무럭무럭 자라야지. 암. 무럭무럭 머리칼도 자라고. 그치만 조심해야 될걸. 훈육주임은 등교길에 가위 들고 서 있다가 우리들 머리가 이 센티만 자라도 잘라버리려고 덤벼들거든. C도 지난주에 싹둑 잘릴 뻔했지. 우리는 그래서 땡중처럼 머리칼을 빡빡 밀고 다녀야 하는 엿같은 청춘야. 때론 수치심이나 모멸감을 느끼고, 돌아가면서 훈육주임에게서 쑥덕감자를 먹고, 씨발조발, 화내고 하는. 이치는 간단 명료해. 우리가 빡빡머리로 있어야 긴 머리칼 휘날리는 선생님들 월급이 나오는 거라구. 이를테면 속임수라고. 머리카락만 해도 그래. 머리카락은 죽은 단백질의 덩어리에 불과하거든. 무식한 놈들이 뭘 알겠나마는 사실이다. 머리칼은 숨쉬지 않아. 살아 있는 세포도 없어. 머리통 안쪽에 있는 세포들이 똥싸듯이 죽은 단백질을 밖으로 밀어낸 것뿐이란 말야. 제 스스로 자라는 게 아니라구. 너희들이 교실에 들어가 앉아 공부하는 거, 난 똑같다고 본다. 공부하면 자란다, 천만의 개소리야. 선생님들의 말,

열일곱, 열여덟 살의 책상　**111**

교과서에 씌어 있는 거, 다 죽은 단백질 같은 것에 불과해. 똥
자루 같은 거라구. 똥자루를 길러야지. 길게 길게. 성숙한다
고, 자란다고, 세계의 광기에 편입되기 위해, 말로 사기치면
서. 길게 길게 길러야 하고말고. 그래야 출세하지. 그래야 돈
벌지. 광기의 전선에 편입돼야 살아남는 세상이 오고 있거든.
너희들은 그렇게 살 거야. 그러니 가서 공부해라. 수업 시작
종 친다야. 가보라구들. 난 혼자 남겨지는 게 좋아. 너희들은
가서, 무리에 섞여, 똥자루, 죽은 단백질의 시체들, 갈고, 닦
고, 길러봐. 어떤 놈 똥자루가 더 빨리 길게 나오는지, 나중
성적표에 다 기록되겠지. 나는 다 알고 있어. 수십 년 후에 너
희들이 어떻게 살지 훤히 뵌다구. 가봐. 가서, 더러운 책상을
갈고 닦아. 미친 세상으로 미쳐서 나아갈 준비를 하는 거야.
더러운 단백질의 똥자루로 칠갑을 해보란 말야. 너희, 더러
운, 미친 책상들.

요추골다공증　쉰여섯 살의 내가 신촌 세브란스 병원에
서 골다공증이라는 확진을 받던 날, 선생의 골수가 요추엔 약
육십 퍼센트밖에 없습니다⋯⋯라는 의사의 말을 끌고 병원
뜰로 나오면서, 의사가 끊으라는 담배에 서둘러 라이터불 붙

여물고, 가을 햇빛 한번 좋네잉…… 눈길은 천지 아득한 곳에 두고, 그러나 엄지와 검지로 담배필터 앙세게 잡은 채, 보조개 쏙 파일 만큼 담배연기 깊이 빨아들여서 허리뼈 텅 빈 대롱을 채울 때, 옳거니, 열일곱의 그가 이리시 남성여고 담벼락을 따라 걷고 있는 게 환히 보인다.

세월의 간격을 뛰어넘는 건 간단한 일이다.

햇빛 투명한 날의 정오이다.

단정한 교복 차림. 교모는 조금 눌러써 이마가 보이지 않고, 단추 다섯 개 위로 호크까지 옹골차게 채웠으며, 책가방을 들고 있다. 아주머니, 다리미 좀 빌려주세요. 그가 입 안에 가득 문 냉수를 살뚱스럽게 뿌리면서, 대마지로 된 검정교복의 바지를 서슬 퍼렇게 날 서도록 다려입고 하숙방에서 막 나온 참이다.

젊은 양반, 거 담배 한 대 주슈.

세브란스 병원 앞뜰 나무의자에 앉은 내게 다가와 누군가 손을 불쑥 내미는 바람에 무성영화로 돌아가던 화면의 필름이 툭 끊기고 만다. 쉰여섯 살의 나를 젊은 양반이라고 부른 노인의 눈은 잔뜩 짓물러 있다. 어디가 불편해서 병원에 오셨어요……라고 내가 담뱃불을 붙여주면서 허드렛말로 묻고, 글쎄, 그것이 말여…… 수줍은 듯이 짐짓 눈웃음을 치느라 노인의 눈가가 오글조글해지더니, 앞으로 고개를 숙여 내 귓가에 대고, 매독이랴…… 한다. 매독이라니. 내가 놀라서 노인의 눈을 좀더 똑바로 보는데, 노인의 시선은 차들이 줄지어나드는 병원 현관 앞, 노란 모자에 노란 제복을 받쳐입은 교통정리원에게 가 있다. 스무 살이나 됐을까 싶은 젊고 깜찍한여자로, 햇빛이 쟁 긴 노란 모자와 제복하고 한덩어리로 어울려 화사하게 꽃핀 듯하다. 여자를 통해 돌아갈 수 없는 먼 시간의 혈흔을 보고 있는 것일까. 눈웃음까지 치는 게 표정은야지랑스러울 만큼 천연하지만, 담배연기를 야멸차게 빠느라 노인의 볼엔 합죽한 우물이 연방 파인다. 이쪽 편을 일부러 놀리자고 얄망궂게 거짓말을 한 것 같진 않다.

나는 벌떡 자리에서 일어난다.

병원 앞의 대로는 차들과 사람이 뒤섞여 분주하기 이를 데없다. 나는 의사가 준 처방전을 뒷주머니에 쑤셔넣고 바쁜 사람처럼 드넓은 횡단보도를 썰렁썰렁 걷는다.

요망한 늙은이 같으니라구.

내가 화를 내는 대상이 좀 전의 그 노인인지, 뒷주머니에쑤셔넣은 처방전인지, 아니면 텅 비어서 입으로 물고 불어젖히면 늙은 뿔고동 같은 소리를 낼 허리뼈인지 알 수 없다. 공연히 화가 난다. 마음 같아선 한바탕 뜀뛰기로 거리를 휩쓸고 나갔으면 좋으련만, 물밀듯이 오가는 젊은이들 때문에 보폭은 도무지 화난 만큼 시근벌떡 나가질 못한다. 여자친구의 허리를 바싹 안은 젊은 남자 어깨에 내 어깨가 한순간 부딪친다. 경로우대증 소지자 환영이라고 쓰인 입간판을 어디에서 보았던가. 화가 날 대로 나서 어깨 부딪치고 지나간 젊은 남자를 눈이 찢어져라 흘겨볼 때, 지난주 보았던 주간지의 사진이 비로소 떠오른다. 경로우대증 소지자 환영…… 그 뒤의 다른 입간판엔 또 이렇게 씌어 있다. 경로증 소지자 삼십 퍼센트 할인. 청량리 뒤편의 속칭 오팔팔 골목을 찍은 사진이다. 좋은 날의 제 젊음을 뭇뭇이 뽐내려는 듯, 하나같이 허리꼿꼿이 세우고 오가는 젊은 인파에 밀려 나는 어느새, 적적한 신촌 뒤편의 외진 골목을 걷고 있다.

이윽고 필름이 다시 열일곱의 시간으로 돌아간다.

매독 걸린 노인에게도 떠나온 젊은 날의 수많은 골목들이 있을 것이다. 어떤 골목은 음습하고, 어떤 골목은 악다구니 쓰는 소리 가득 차 있고, 또 어떤 골목은 너무 고요해서 눈물겹다. 열일곱 살의 세상에서, 내가 가장 사랑하고 가장 미워했던 그가, 단정한 교복 차림에 짐짓 책가방까지 들고 걸어들어갔던 남성여고 블록 담벼락 아래 골목도 그러하다. 그 길은 철인동 유곽으로 들어갈 수 있는 무수한 길 중에서 가장 높은 지점에 있으며, 가장 한적한 위치에 있고, 이리역 광장을 기준으로 볼 때, 가장 북편의 끝에 있다. 역광장으로 이어진 유곽의 남서부가 항상 분주한 것에 비해 그 길은 밤낮없이 텅 빈 것처럼 인적이 없다. 남성여고 긴 담벼락과, 남성여고 앞을 지나는 도로 건너, 여염집들이 싸고 있기 때문이다. 그가 하나의 제의를 위해 여러 날 탐색 끝에 선택한 것도 바로 그 점, 그 길의 인적 없는, 텅 빈, 침묵이다.

길은 곧고 희다.

언덕 꼭대기라서 물기 없는 잘 마른 비좁은 골목길이 이리역 구내와 경계를 이룬 철조망까지 가르마같이 쪽 곧다. 오른편엔 남성여고의 높은 담장이 철조망까지 이어져 있고, 왼편은 함초롬히 고개 숙인 초가들이 있다. 유곽의 관문이라 할 역광장 쪽 집들이 슬레이트를 얹거나 평슬라브로 마감된 것과 대조적이다. 어떤 초가의 굴뚝 밑엔 분꽃이 한창 자라고 있고, 어떤 초가지붕엔 박넝쿨이 흠착거리며 올라가고 있는 중이다. 낮닭이라도 운다면 영락없이 고향인 두화동네 골목에 들어와 있는 것 같았을 것이다.

한 여자가 철조망 앞으로 불쑥 나타난다.

그때, 하행열차가 기적을 울리면서 역 구내로 접어든다.

아기를 들쳐업은 서른 살쯤이나 됐을까 말까 한 여자이다.

호객하러 역광장까지 나갔다가 헛걸음으로 돌아오는 여자라고 그는 생각한다. 담장 너머에선 체육수업을 받는지 한 떼의 여고생들이 연방 함성을 질러대고 있고, 마주 오는 아기 업은 여자의 등뒤로 잠자리 한 마리가 날렵한 활강 비행을 하고 있다. 그는 짐짓 딴청을 부리는 것처럼 아기 업은 여자를 보지 않고 철조망 너머, 그냥 먼 데를 보고 걷는다. 잔뜩 긴장하고 있었으므로 걸음새는 자신도 모르게 우질부질, 절로 활달하고 공격적이 된다. 아기 업은 여자는, 정오의 햇빛을 등지고서, 텅 빈 듯, 나드는 사람 없는 철인동 외진 뒷길을 단정한 교복 차림으로 걸어오는 열일곱 살의 그를 무심히 지나치다가, 지나치는 순간, 그 고등학생의 온몸에 뭔지 모를 긴장감이 가파르게 서려 있다는 것을 뒤늦게 깨닫고, 깜짝 멈춰 서더니, 이미 등을 보이며 걷는 그를, 학생…… 탁 갈라진 쉰 소리로 불러세운다. 올 것이 기어코 왔다고 생각한 그는 딱 멈춰 서긴 했지만, 차마 뒤를 돌아다볼 수는 없다.

아이, 학생. 놀다 갈 거지?

아기 업은 여자가 교복자락을 가볍게 잡는다.

앵돌아져 서 있지 말고 일루 와. 어여.

업힌 아기는 잠들어 있다. 이맛살을 살짝 찌푸리면 입이 저절로 벌어져 웃는 상호가 되는 여자가 웬 횡재, 하는 듯 깜짝

열일곱, 열여덟 살의 책상 117

깜짝, 앞장서 걷지만 뒤를 쫓아가는 그의 눈엔 아무것도 보이지 않는다. 어떤 초가의 안마당을 지나니까 울타리 없이 연이어 다른 초가가 나온다. 사람의 자취 전무해서 집도 마당도 빈 채로 고요한데, 정거장 쪽으로는 난간도 뭣도 없어 그냥 뚝 끊어져 내려앉은 벼랑 쪽에, 몇몇 점박이 참나리꽃……이 환히 피어 있다.

이 방에서 기다리면 색시 올 거야.

아기 업은 여자의 말은 그것이 끝이다.

화대를 얼마나 어떻게 계산했는지, 그 자신이 두서 없어 모르는 것처럼, 쉰여섯 살의 나 또한 기억나지 않는다. 초가는 정거장 쪽을 따라 길게 세워진 일자(一字) 집이다. 엉덩이 겨우 붙일 만한 툇마루가 역시 정거장이 한눈에 내려다뵈는 북편에 일자로 놓여 있고, 방, 방, 방, 방문이 일렬 횡대로 도열하고 있었던 기억은 뚜렷하다. 방은 겨우 두 사람이 나란히 누울 정도의 넓이에 불과하다. 요는 깔려 있고 이불은 접혀 있다. 그는 떨면서, 여자가 곧 올 것이라는 공포감에 눌리어서, 그러나 어쨌든 옷은 벗어야 할 것이므로, 재빨리 옷을 모조리 벗고 이불을 쓴 채 모로 눕는다. 좀 전에 정거장으로 들어선 하행열차가 떠나는지 기적 소리가 몇 번 울리고, 그 다음은 잠잠하다. 활짝, 속옷까지 벗어젖힌 듯 열려 있던, 점박이 노란 참나리꽃이, 헛것처럼, 눈앞을 몇 번이나 스친 다음, 마침내 두세두세한 발소리, 응, 저쪽, 저 방으로 가 봐⋯⋯ 아기 업은 여자의 쉰 목소리, 그리고 그가 발가벗고 누운 방을 향해 다가오는 슬리퍼 소리. 치익 탁, 치익 탁, 점박이 참나리꽃을 밟고 청랑한 정오의 햇빛을 쪼개며 다가오는 슬리퍼 소리.

나는 이대 입구 어느 신발가게 앞에 멈춰 선다.

뭘 보시게요⋯⋯라고 앳된 소녀가 내게 묻는다.

골다공증에 좋은 신발은 따로 없을 것이다. 그는, 텅 빈 대롱 같은 척추를 서까래 삼아 감히 세상의 어느 한켠일망정 받치고자 했던 나의 이십대, 나의 삼십대, 그 탐닉과 오류들을 그때, 1964년, 열일곱의 그는 짐작이나 했을까. 돌아보면 언필칭 6·3사태, 그해 여름의 비상계엄령은 상기도 해제되지 않고 있다. 그리운 저곳과 버릴 수 없는 이곳의 아득한 거리에, 혹은 기계처럼 짜여진 외부세계와, 단독자의 카오스로 견디고 선 내부세계의, 촌각을 다투는 위험한 틈새로, 척추의 골수들이 소리 소문 없이 빠져나가게 되리라는 것.

슬리퍼는 없나요?

샌들은 많이 있는데요.

슬리퍼요. 치익 탁, 하는. 치익 끌리고 탁, 디딜 때 발바닥을 때리고 쳐올라오는…… 슬리퍼, 라고 아퀴를 지으려다가 나는 그만 신발가게 앞을 떠난다. 젊은 대학생들이 꺄르륵꺄 르륵, 점박이 참나리꽃처럼 입벌려 웃으면서 밀어젖뜨릴 듯 내 옆을 스치고 간다. 햇빛은 아직도 창창하다.

은·하·똥   만약 멋쟁이 C가 그 낱말만 사용하지 않았 다면, 철인동 창녀들을 아무리 능멸했다고 해도 그는 결단코 그런 식으로 돌진하진 않았을 것이다. 유치원 미끄럼대 밑이 아니라 후미진 과학관 뒤뜰이었던가, 잘못 내려앉았다가는 날 파리 모가지도 잘릴 만큼 대마지 교복바지에 날카롭게 날을 세운 C가 어떤 순간, 그까짓, 더러운, 더러운 똥치들……이 라고 말하면서 앞니 시시거리고 드러냈을 때, 그는 두 눈에 쌍심지 불 켜고 돌진하여 C의 턱주가리를 받아버린다. K도 M도 G도 속수무책 손쓸 틈이 없는 돌진이다.

똥치……라는 말은 어디에서 연유했을까.

물론 창녀들을 가리키는 일반화된 속어인 똥치……를 그 도 모를 리가 없다. 어쩌면 지난날 언제쯤, 그도 무심히 그 낱 말을 사용했을 수도 있다. 하지만 이제 막 동정(童貞)을 바친 그 제단의 아래로 내려서서, 1964년 여름, 죽창 같은 햇빛, 앞

이마로 받아내고 있다가 듣는 똥치……라는 말의 생소함, 참혹함, 난폭함은 그래, 그렇고말고, 그로서는 정말 받아들일 수가 없다. 단 한 번의 가격으로 벌렁 넉장거리한 C의 콧구멍에서 피가 좌르륵 쏟아져 흐른다.

그런 말…… 쓰지 마. 미칠 거야, 내가.

K와 M과 G에게 팔 허리를 붙잡힌 채 몸부림치면서 그는 소리친다. 뒤쪽 편에 자리잡은 이리고등학교와 경계를 이룬 신작로에 스리쿼터가 굉음과 함께 뽀얗게 먼지를 피워올리며 지나가고 있다. 확실한 것은 C나 K나 M, G가 밤낮없이 앉아서 마주하고 있는 책상보다 철인동 유곽의 창녀들이 더 더럽지는 않다는 것이다. 똥은 그들의 책상에 보다 더 어울린다. 정말 미칠 것 같다. 그는 타잔처럼, 학교 울타리를 한순간 살차게 타넘어 군용 스리쿼터를 전속력으로 따라간다. 먼지가 헐떡이는 숨 따라 폐부 깊숙이 들어오는 걸 그는 느낀다. 스리쿼터의 흙먼지 속에서 달리는 게 마음에 든다. 흙먼지 속에 숨어 있다고 느껴지기 때문이다.

슬리퍼 소리를 굉음 사이로 그는 듣는다.

치익 탁, 치익 탁…… 할 때, 그는 실오라기 하나 걸치지 않은 알몸에 빡빡 깎은 머리를 하고, 땀내 잔뜩 밴 홑이불을 덮고 있다. 치익……은 슬리퍼 뒤끝이 땅바닥에 끌리는 소리,

탁……은 고무밑창이 발을 디딜 때 뒤꿈치에 달라붙는 소리이다. 여자는 양말을 신지 않았을 것이다. 치익 탁……은 일정하다. 느리지도 빠르지도 않다. 바로 전날 한낮에 들었던 소리이다.

점박이 참나리꽃을 낱낱이 밟고 오는가.

슬리퍼 소리가 가까워질수록 이불깃을 잡은 그의 손이 턱 밑에서 입술로, 입술에서 코로, 코에서 이마로 올라간다. 슬리퍼 소리는, 다가올수록 가슴속으로 그냥 곤두박질쳐 들어오는 굉음인데, 가슴이 터질 것처럼 들쑤시고 들어오는 천둥벽력인데, 그러나, 고요한 굉음 고요한 천둥벽력이다. 아마도 세상의 모든 고요를 모아 누군가 눈뭉치처럼 똘똘 뭉쳐서 그의 가슴에 던져온다면, 그런 소리, 고요한 굉음 고요한 천둥벽력이 터질 터이다. 지금 미친 듯이 쫓아가고 있는 스리쿼터가 내는 굉음과는 다르다.

스리쿼터는 언덕을 넘는다.

스리쿼터는 지치지 않지만 그는 곧 지치고 만다. 땀과 먼지로 뒤덮인 그는 이제 온몸의 진이 다 빠져서 스리쿼터를 따라갈 힘이 없다. 비틀거리다가 자갈을 발뿌리로 차며 앞으로 넘어지고, 스리쿼터는 그를 떼어놓고서 부르르릉 굽이길을 돌아빠진다. 그는 헐떡거리며 신작로 한가운데 쓰러진 채, 뒤통수로 햇빛의 창날을 받아낸다.

치익 탁.

마침내 방문 앞에서 멈추는 소리, 그 천둥벽력.

문고리를 달그락달그락하고 짐짓, 방문 밖의 사람이 기척을 냈었는지는 분명하지 않다. 불과 24시간 전에 철인동 유곽에서 겪은 일인데도 슬리퍼 소리 이외는 모두 불분명하다. 삐지직 하고 문이 밖으로 열리는 순간, 이마까지 덮고 있던 이불이 화들짝 놀라 더 위로 올라가고, 도저히 참을 수 없어, 급기야 머리 꼭대기까지 이불을 뒤집어쓰고 만다. 여자는, 눈으로 보지 않아도 방문을 열고 들어온 사람은 여자일 터, 여자는, 교복을 벗어 책가방과 함께 나란히 두고서 이불을 뒤집어쓴 남자가, 어떤 포즈로 이불 속에 숨어 있는지 알아차렸을 게 틀림없다. 여자는 서둘지 않는다. 실오라기 하나 걸치지 않은 그는 잔뜩 웅크리고 누운 채, 머리맡에 앉은 여자가 심호흡 소리를 가볍게 내는 걸 떨면서 듣는다.

하이고오.

하나의 새로운 세계가 열리는 소리가 그렇다.

하이고오……엔, 교태와 장난기가 반씩 담겨 있지만, 분명한 것은 모멸이 아니라 사랑이다. 이불깃을 가만히 들쳐보는 여자의 그 고요한 손짓도 마찬가지. 가만히 들친 이불깃

사이로 만월같이 둥근 그의 맨머리가 먼저 보였을 것이다. 낭랑한 여자의 목소리, 하이고오……가 먼저였는지, 새는 알을 깨고 나온다…… 알은 세계다…… 새는 아브락사스를 향해 날아간다…… 그가 주문처럼 입 속으로 외다 말고, 명줄 걸다시피, 반짝 눈을 뜬 것이 먼저였는지, 그 점 또한 명확하지 않다. 한순간 마주치고 만 여자의 눈은 따뜻하고 맑다. 입술은 벙긋 열려 있고, 눈웃음 때문에 눈가엔 잔주름이 고요히 잡혀 있다.

하이고오, 내 새깽이.

어머니. 귀여워 죽겠다는 표정이 되면, 이내 합죽한 두 볼에 담쑥 우물을 만들고 엉덩이 톡톡톡 두들기면서, 어머니가 했던 말이 그것이다. 그는 스리쿼터가 떠난 신작로에 혼자 계속 엎드린 채, 하이고오, 하이고오, 내 새깽이, 어머니의 선드러진 목소리를 계속 듣는다. 만약 그 여자가 똥치……라고 한다면, 하이고오, 어머니도 또한 똥치일 것이다.

똥치……라고 그는 이윽고 쓴다.

그에게 가격을 당한 C는 따라오지 않는다.

햇빛을 받아, 빈 신작로는 아버지의 흰 뼈처럼 더욱 희고, 그 흰 뼈 어디에, 신작로 자갈길에 죄 많은…… 하…… 아름다운, 똥치……라고, 손가락으로 자꾸 써본다. 자갈이 많이

124

박힌 곳에도 손가락으로 자꾸 써본다. 자갈이 많이 박힌 곳엔 손가락으로 눌러써도 글자가 남지 않아, 음각으로 새겨져 남은 또렷한 글자는 겨우 세 글자, 죄 많은…… 하…… 아름다운…… 똥치……에서, 은……하……똥……만 보인다. 그는 기진해 쓰러져서 은·하·똥……을 그 자신 만들어낸 아주 예쁜 준말이라고 생각한다.

은·하·똥은 은하수의 똥이다.

은하수의 똥이라니, 얼마나 눈물겨운, 아름다운 흰빛일까.

나는 참나리꽃만 보면 선다　붉은빛이 요염하게 감도는 주황색 꽃잎엔 웬일인지 암자색의 반점들이 찍혀 있다. 원추형의 줄기엔 흰 잔털이 촘촘히 박혀 있어 어린 티가 물씬 나지만, 꽃줄기 맨 상단에 여봐란듯이 올라서서 바깥쪽으로 발랑 까져 피는 주황색 꽃은, 그 빛깔 화사하고 자태 또한 농염하기 그지없다.

꽃 핀 점박이 참나리꽃은 속살이 홀랑 드러난다.

색기가 넘치니 자궁 밑바닥까지 감출 것이 없다. 그것은 안 숨을 바깥숨으로 끈적하게 내쉴 때의 여름 햇빛 때문에 피고, 뼈는 녹고 살은 넘치니 땀샘까지 열어 경계 없이 노닐고 싶은, 부스럼투성이 세상의 모든 언덕, 그 요요(姚姚)한 고요 때문에 피고, 무엇보다도 치익 탁, 치익 탁, 다가오는 여인의 발소리에 핀다. 치이익 하고, 슬리퍼의 고무밑창이 부스럼투성이 언덕에 길게 끌릴 때, 언덕으로부터 이리역 구내, 혹은 삶의 종환(腫患)으로부터 신문명의 철길로 곤두박질쳐 내려 가는 그 위태로운 경계에, 참나리꽃들이 일제히 숨을 들이마 시면서 도열해 섰다가 탁, 마침내 타악, 슬리퍼 고무밑창이 여인의 벗은 발뒤꿈치에 찰싹 달라붙어 대지로 내려앉는 소 리에, 빠빠라빠빠, 농염한 나팔 소리와 함께, 오늘도 어김없 이, 음부가 활짝 까뒤집히는 것처럼, 참나리꽃이 피고 있다.

시간조차 색기(色氣)엔 묻힌다.

가령 그와 나를 가로막고 있는 사십 년이라는 시간도 색계 (色界)에 이르면 무용지물이다. 색기란, 어떤 늙은 인문학자 의 고견에 따른다면, 근대와 전근대, 객관과 주관, 이성과 감 성의 사이에 끼어 있는 것이다. 그는 욕계(欲界)에 머물러 서 지 않고 무색계(無色界)엔 이르지 못한다.

이것과 저것 사이에 끼어 있으니 언필칭 틈이다.

본원이 경계와 경계 밖에 있는바, 틈은 틈끼리 연대할 수도 없다. 아무리 고독해도 틈총연합이나 틈총조합, 또는 한국틈 협회 결성은 불가능하다. 내가 기억하는 참나리꽃은 사십 년 전에도 점박이이고, 사십 년 후에도 점박이이고, 선천(先天)으로 받아, 다만 위태로운 비탈에 홀로 있을 뿐이다. 삶의 피고름 터지는, 부스럼투성이 철인동 언덕빼기의 참나리꽃은 그러므로, 꺼질 줄 모르는 화류항의 색등(色燈)이며 면도날 같은 날카로운…… 틈이다.

그 점에선 그와 나 사이에 구별이 없다.

다른 점이 있다면 열일곱 살의 그는 잔뜩 긴장하여 가미카제처럼 참나리꽃 나팔주둥이로 투신하는 것에 비해, 쉰여섯 살의 나는, 그 틈새 운명의 비극성과 고절함에 가눌 길 없는 비애를 짊어지고 비비적비비적 들어간다는 것이다.

나는 사랑이 무엇인지 모른다.

나보다 사십여 년이나 더 늦게 오고 있는 열일곱의 그보다 그 점에 있어선 더 나을 것이 없다. 사랑이란 목숨의 부적 같은 것인지도 모른다. 너무 깊어서 사랑에의 그리움은 때때로 우주보다 절망적이다. 그러나, 나는 그것이 어떤 소리로 오는지 알고 있다.

치익 탁.

치익 탁, 치익 탁의 연속성이다.

치익……에서 , 세상의 모든 참나리꽃이 일제히 죽음 같은 개화를 위해 제 어두운 음부를 잔뜩 오므리는 걸 나는 본다.

탁…… 하면, 그들은 서슴없이 제 죽음을 열고서 붉고 노란 색등으로 피어날 것이다. 도미노로 세상 끝까지 줄지어 피어나는 죽음의, 어둡고 밝은, 부스럼들. 알고 보면 참나리꽃은 피고름에 뿌리를 박고 자란다. 철인동 언덕에서 신문명의 이리역 구내로 뚝 떨어지는 그 가파르고 축축한 틈에, 나와 그가 공유했던 참나리꽃이 자리잡고 있기 때문이다. 이편도 저편도 아닌, 아웃사이더들이 절름절름 가는 길, 제 피고름 제가 핥고 빨며 가는 길에, 점박이 참나리꽃이 핀다.

참나리꽃 속살에 꽂히는 여름 햇빛은 끈적하다.

젖 · 꼭지   내 이름은 참, 나리야. 성은 참, 이름은 나리라구. 근사하지 않니. 아무려면, 호박꽃보다는 나리꽃이 이쁜 걸. 봐, 내 얼굴에 나리꽃 같은 점들도 여럿 있거든. 손…… 가만있어. 그대로. 여기는…… 안 돼. 나중에…… 먼 훗날…… 나한테 신랑이 생기면 첫날밤에 만지게 할 거야. 이 철인동 바닥에서 벌써 십 년이 다 돼가지만, 날 거쳐간 샛서방이 도라꾸로 스물, 서른 도라꾸도 넘겠지만, 내 젖가슴, 만져본 놈 있으면 나와보라구 해. 밑구녕은 팔아도 그건 안 팔아. 신랑이랑 아기에게 먹일 젖이거든. 있지, 내 별명이 젖,

꼭지다. 젖꼭지가 아니고 젖, 꼭지. 나리년은 젖만 만지려고 하면 머리꼭지가 돈다, 그렇게들 말하거든. 이리역 깡패놈들도…… 나리 젖은 못 만져. 목숨 걸고 지키니까. 씨팔, 한 번 죽지 두 번 죽냐. ……그만 가야겠네, 이제. 너도 공부하러 가. 이런 데 자주 오진 마. 그거…… 쌀뜨물…… 대두병으로 세 병만 쏟고 나면 사람이 죽는단다. 참다 참다 오거든, 어느 집에서든 나리 누나를 찾으면 돼. 나는…… 참나리야. 개나리가 아니라 참, 나, 리. 나리 누나라면 모르는 사람 아마 없을 걸. 그나저나 애, 니 까까머리 중대가리, 반질반질 윤나는 게 진짜 귀엽다. 하이고 요, 요 귀여운 것, 요 대갈통 좀 봐, 글쎄.

그룹 나르시스 G는 너구리 주둥이를 좋아한다. 어떤 저녁, 아주 먼 길을 걸어온 듯 잔뜩 지친 몸으로 G가 찾아와 하숙방 아랫목에 털썩 누웠을 때, 그는 G에게 마침내 무슨 일이 벌어졌다는 걸 단번에 알아차린다. 어느 편이냐 하면, G는 K보다 사려 깊고 단단할 뿐 아니라 멋쟁이 C보다 오히려 깔끔하고 M보다 안정적이다. 표정은 밝고 당당하되 말수는 적으나, 밝고 당당한 것이 제 깊고 바른 속으로부터 나오니, 그가 의도적으로 흔들어 중심에서 일탈시키기 가장 어려운 상대가 바로 G인데, 그 G가 밤 깊어 삼남극장 앞 그의 하숙방에 홀연히 찾아와 쓰러져 누웠던 것이다.

앞으로 내 앞에서…… 너구리 주둥이라고 하지 마.

한숨을 푹 쉬고 나서 G가 한 말이다. 너구리의 입은 앞으로 죽 밀려나왔을 뿐만 아니라 검은색 타원형의 테두리를 갖고 있다. 그렇다고 너구리 주둥이 H의 입이 검은 테두리를 갖고 있다는 것은 아니다. 앞으로 밀려나온 입가에 검은 점이 두 개 박혀 있는 게 얼핏 보아 그에겐 너구리 주둥이를 연상시켰던 것뿐이다.

너구리 주둥이는 이리여고 문예부장 H의 별명이다.

이리여고와 그가 다니는 남성고 사이는 직선 거리로 쳐서 이백여 미터가 넘고 그 사이에 다른 낮은 건물들이 자리잡고 있으나, 이리여고와 남성고 교사(校舍)가 높고 우뚝해서 교실 창에 붙어서면 시선에 막힘이 없다. 얼굴은 서로 볼 수 없을지언정, 가령 이쪽 편에서 커튼을 크게 흔들어 신호하면 저쪽 편에서 역시 커튼을 크게 흔들어 화답하는데, 그 부름과 화답은 매번 짜릿하기 이를 데 없다. 남학생 여학생이 서로 상종하는 것만으로도 학생주임에게 끌려가 온갖 단근질을 받아야 하지만, 천형처럼 끌리는 것이야 그 무엇으로도 막을 길이 없어, 들리는 소문으로는 남성고등학교에서 모의고사를 보고 나면 남성고보다 먼저 이리여고 교실 뒷벽에 남성고 등학생들의 상위 석차목록이 붙는다고 한다. 모범생 중의 모범생이라 할 G는 이과를 선택한 학생들 중 부동의 전교 일등이다.

너구리 주둥이가 어때서?

그가 짐짓 심드렁하게 반문한다.

오늘 하굣길에 시공관 앞에서 H를 보았어. 너구리 주둥이라니 말도 안돼. 너는 똥치란 말을 쓴다고 해서 C를 받아버렸잖아. 너구리 주둥이라고 부르면 나도 받아버릴지 몰라. H의 입은 결코 튀어 나온 게 아냐. 코스모스 흰 꽃 같아.

코스모스 흰 꽃?

몰라. 백합이나 히아신스일지도.

G의 표정은 거의 울 것 같다. 이리 시내 고등학교 문예반 연합모임에서 한두 번 보았을 뿐인데 이리 깊이 빠지다니, G답지 않다. 웃음이 터져나오는 걸 참기 위하여 일부러 하품을 늘어져라 하고, 또다른 꽃은 없냐…… 하고, 그는 묻는다. 요컨대 G는 너구리 주둥이에 코를 박고서, 아아, 향기롭다, 하고 전율하면서 부르짖고 있다.

수선화도 있잖냐. 나르시스.

그는 G의 어깨를 툭툭 친다.

신화 속의 나르시스는 목동으로서 수선화처럼 희고 단아한 청년이다. 밝고 단정한 G가 결국 청춘이라는 이름의 호수에 거꾸로 비친 가짜 님프에게 빠져 참혹한 분열증의 비명을 지르고 있는 것에 그는 짜릿한 쾌감을 느낀다. 걱정 마. 내가 해결해줄게. 그는 자신 있게 말한다. 모든 젊은 날의 시간 속에 너구리 주둥이조차 코스모스 흰 꽃으로 둔갑시키는 요상한 거울, 요상한 호수가 배치돼 있다는 건 정말 유쾌한 일이다.

이것이 그룹 '나르시스'의 시작이다.

나르시스라고, 나르시스는 너구리 주둥이라고, 그는 G에게 가르치고 C와 M과 K에게 가르친다. 너구리 주둥이 H는 신광교회 종탑 뒤켠에 살고 있었고, 그 종탑 아래에서 그가 G와 C와 M과 K를 대동하고 선 채, 그룹 나르시스의 의미 있고 아름다운 앞날에 대해 설명할 때, 코스모스 흰 꽃 한 송이가 신광교회 담장 밑에 애처롭게 피어나 있는 걸 그는 본다.

G가 하숙방으로 찾아온 다음날의 일이다.

신광교회 종탑은 너무 높아서 눈부시고, 종탑 아래 코스모스 무리 가운데 저 홀로 앞서 핀 흰 꽃은, 저 홀로 앞서 피어 있어 눈부시다. 종탑 끝에 걸린 새털구름은 채도 높은 놀빛으로 살짝 젖어 있다. 첫째는 문학, 둘째는 학습입니다……라고 너구리 주둥이의 맑은 눈에 깃들인 선홍빛 노을을 향해 그는 설명한다.

　우리 친구들, 모두 상위 클래스의 모범생이에요.

　그의 어조는 너무 진지해서 차라리 무겁다.

　G라고, 애 말인데요, 이름 들어봤을 거예요. 전교 일등짜리니까요. 시도 굉장히 잘 써요. 내 마음은 기쁨에 넘쳐 수선화와 함께 춤춘다. 영국의 낭만파 시인 워즈워스 시구절인데요, G가 가장 좋아하는 시인이 워즈워스예요. 이리여고에서 다섯 명, 우리 다섯 명. 일 주일에 한 번씩 만나서 자작시 토론회 하고, 이리여고 모의고사 문제지와 우리 고등학교 문제지를 바꿔 풀어보자 그거예요. 우리가 생각하는 그룹 나르시스는 자기만 알고 자기만 사랑하는 나르시스가 아닌, 함께 나누고 교통하는, 그런 나르시스가 되자는 거지요. 신화 속의 나르시스 비극을 반복할 필요는 없다고 봐요. 나르시스는 수선화인데요, 수선화 꽃말은 존경, 신비, 자존심이거든요. 그룹 나르시스는 잊을 수 없는 젊은 날의 신비가 될 거예요.

　너구리 주둥이는 아득한 눈빛으로 그의 설명을 듣고 있다.

　놀빛은 어느덧 스러지고, 조금 있으면 종탑 아래의 단 한 송이 코스모스 흰 꽃도 어둠에 묻힐 것이다. 쉽게 스러지는 것들은 모두 희다. 그는 너구리 주둥이의 아득한 눈빛을 보면서, 젊은 그들이 잔뜩 움켜쥔 채 떨고 있는 신비라는 것, 혹은

순결이라는 것이 머지않아 시궁창에 팽개쳐 버려질 것이라
는 짜릿한 예감에 전율한다.

유린하고 싶다.

그는 잔인하게 미소짓는다.

목표는 이제 명백하다. 너구리 주둥이와 그녀의 친구들은
어서 빨리 점박이 참나리꽃으로 피는 게 좋다. 실존의 위태로
운 틈에 서보지 않고 어떻게 감히 유장한 인생으로 흘러나갈
것인가. 흘러나가기 위해선 지켜가야 한다고 믿었던 것부터
시궁창 속에 버리는 게 상책이다. G는 이미 그것을 예감하고
있을 것이고, C와 M과 K 또한 떨면서 기다리고 있다. 이것은
그들에게 선지자처럼 길을 열어주는 일이라고 그는 생각한
다. 그룹 나르시스가 코스모스 흰 꽃의 온전한 무덤이 되도록
할 것. 수선화의 존경과 신비와 자존심이 더러운 시궁창에 거
꾸로 박히도록 할 것. 그리하여 지금은 순수한 그들의 영혼에
상처가 패고, 곪고, 피고름이 가득 차면, 그때 비로소 그들은
서로 뿔뿔이 흩어져 흐를 것이다. 인생 속으로. 젊은 날의 위
험천만한 호숫가와도 결국은 쓸쓸하게 결별하겠지. 세계위
인전의 마호메트 편에서, 마호메트는 이르기를, 두 조각의 빵
이 있는 자는 한 조각을 수선화와 맞바꾸라…… 하고, 빵은
육체에 필요하나 수선화는 마음에 필요한 빵이다……고 덧

붙인다. 그러나 그는 마음이 먹어야 할 것은 빵이 아니라고 생각한다. 마음이 먹어야 할 것은 장 주네가 말한바, 악마적인 고독의 비탄이며 피고름이 터져 흐르는, 그 붉은 정적(靜寂)이다. 너구리 주둥이든 G든, 상실할 것을 상실하고 난 뒤에 느끼는 더러운 색기의 비탄을 맛보는 것은, 흰 줄이 쳐진 복역수의 옷을 입는 것처럼, 짜릿한 경험이 될 것이다.

매화당(梅花堂)　　당이라니, 말도 안 된다. 매화가 피어 있는 드높은 전각이라는 뜻이다. 큰 절의 문 앞에, 그 절의 이름난 스님을 세상에 알리기 위해 세워놓은 깃발은 당(幢)이다. 그러나 1964년 이리시에서는 모든 빵집에 오만불손하게도 당이 붙는다. 감미당은 이리극장 옆에 있고 매화당은 시공관에서 주현동으로 올라가는 한적한 큰길 모서리에 자리잡고 있다. 그룹 나르시스의 집회 장소로 매화당이 선택된 것은 그곳이 비교적 한적하기 때문이다. 매화당엔 물론 매화가 피어 있지만, 산 매화가 아니라 죽은 매화이다. 단팥 앙꼬빵과 곰보얼굴을 한 소보로, 그리고 갖가지 모양의 이쁜 생과자들이 진열된 유리진열대 위에, 이제는 먼지가 쌓여 차라리 치워버리는 게 좋을 조화로 된 매화가 장식되어 있다.

그룹 '나르시스'의 멤버는 짝을 맞춰 열 명이다.

너구리 주둥이는 H가 그의 맞은편에 앉았고, 너구리 주둥이의 친구들인 여학생1 여학생2 여학생3 여학생4가 나란히 자리잡았으며, 그의 옆으로는 G와 C와 M과 K가 앉아 있는데, 창립모임의 날이라서 분위기는 한결같이 잔뜩 긴장하여 가파르다. 마치 잃어버린 조국을 위한 레지스탕스의 비밀결사집회 같은 형국이다.

일. 본회는 그룹 나르시스라 칭한다.

그가 미리 만들어온 회칙을 읽는다.

생과자란 본래 물기가 약간 있도록 무르하게 만든 과자란 뜻이지만, 일반적으로는 단팥빵이나 소보로보다 이쁘고 비싼, 고급의 의미를 갖는다. 형형색색의 생과자들과 우유 한 잔씩이 각자에게 배정돼 있으나 먹는 사람은 없다. 여학생3이, 왜 하필 나르시스예요, 기분 나쁘게……라고 한마디 내던진 것이 토론의 시작이다. 여학생3은 보조개가 쏙 패는 것이 귀여워 보이지만 반듯한 이마, 날렵한 입술이 자못 쌀쌀맞은 인상이다. 그는 나르시스트와 나르시시즘과 나르시스의 다른 점에 대해 설명하고, 나르시스의 꽃말이 존경, 신비, 자존심, 순결한 사랑이라고 주(註)를 붙인 뒤, 대안이 있다면 받아들이겠다고 말한다. 순결한 사랑……이라고 말할 때, 자신의 목소리가 떨렸다는 자각 때문에 그는 속으로 조금 화가 난다. 떨리다니, 그것은 예상 밖의 일이다. 결론은 각자 그룹 명칭을 하나씩 생각해와서 다음 모임에 결정하자는 것이다.

이. 본회는 문학을 받들고 학습에 진력한다.

학습에 진력한다……에서 그의 목소리가 자신감을 회복한다. 학습에 진력한다……는 그로서는 명백하게 거짓말이기 때문이다. 학습은 명목에 불과하다. 그들도 그럴 것이다. 명백한 거짓은 그에게 명백하게 전투력을 배가시킨다. 한 주는 돌아가며 시를 써와 토론에 부치고, 한 주는 모의고사 시험지를 가져와 바꿔 풀자는, 제이조의 구체적 실천방안도 그렇다. 원하는 것은 한 가지뿐이다. 남자는 여자를 원하고 여자는 남자를 원한다. 그렇지만 단백질의 시체들을 날로 날로 키워가야 하도록 훈육되고 있는, 그들은 더러운 책상을 떠나지 못하는 모범학생들이기 때문에, 그들이 진실로 원하는 것을 정직하게 말했다가는 돌팔매가 날아올 게 확실하다.

삼. 본회 회원은 죽을 때까지 비밀을 지킨다.

그들의 표정에 잠깐 비장한 결의가 떠오르다가 꺼진다. 비밀이라는 낱말 자체가 주는 긴장감은 야릇한 본질과 내면적으로 맞닿아 있다. 남녀 학생들이 모여 그룹을 결성했다면 당장 양쪽 학교에서 먼저 문제삼을 게 뻔하다. 학생주임은 그들이 오로지 단백질의 똥자루만 키우고 살도록 사철 감시하라는 명을 받은 사람이다. 그는 그러나 일제히 입을 다문 채 탁자 끝만 보고 있는 여학생1 여학생2 여학생3 여학생4와 너구리 주둥이를 슬쩍 살피면서 회심의 미소를 짓는다. 학생주임의 감시 따위는 그에겐 안중에도 없다. 학생주임을 인식해야 할 것은 자신이 아니라 그들이다. 그들은 반드시 학생주임과, 학생주임에게 그들로 하여금 죽은 단백질의 똥자루만 키우도록 감시하라고 명령하고 있는, 제도 교육의 이중적이고 더러운 규범들을 인식해야 한다. 그들이 죄 앞에 놓여 있다는 걸 느껴야 하기 때문이다.

비밀이라는 낱말은 죄라는 낱말을 환기시킨다.

이것은 죄짓는 일일지도 몰라……라고 생각하면서도, 그 위태로운 실존을 무력화시키는 색기(色氣)의 어두운 욕망에 밀려나와야만, 너구리 주둥이와 여학생1 여학생2 여학생3 여학생4가 발랑 까져 피는, 점박이 참나리꽃이 될 것이다. 범죄의 길로 순정적인 젊은 영혼들을 인도하는 것보다 더 재미있는 일은 없다고, 그는 생각한다. 비밀을 지키는 것은 찬성이지만 죽을 때까지라는 말은 너무 유치한 것 같아요……라고, 역시 여학생3이 딴죽을 걸고 나온다. 여학생3의 봉곳한 가슴이 한껏 부풀어올랐다가 비밀스럽게 꺼지는 것을 그는 본다.

만월처럼 찬 젖과 살아 있는 유산균 같은 음부와 성긴 바람에 한시라도 나부끼고 싶어하는 여학생3의 음모가 갑자기 눈앞에 떠오를 때, 그는 얼른, 그럼 그 구절을 빼죠……라고 말하곤 두서없이 노트를 풀풀 넘긴다. 회칙 삼은, 죽을 때까지 비밀을 지킨다……에서, 반드시 비밀을 지킨다……로 바뀐다. 죄의 씨앗들이 소리없이 비밀이라는 낱말 속에 스며드는 걸 그는 느끼고 보고 만진다. 참나리꽃을 보았을 때와 같이.

1964년 8월 어느 날의 일이다.

언론윤리위원회법의 국회통과로 소위 언론파동이 일어나고, 중앙정보부에 의해 인혁당사건이 공표되던 그 8월에, 그는 범죄로 인도되는 어린 양들의 죽음을 꿈꾸면서, 나머지 회칙 사, 오, 육, 칠을 계속 읽는다. 케네디 대통령의 암살소식이 전해지던 날 새벽, 세숫대야에 뚝뚝 떨어져 물살을 타고 재빨리 세계로 퍼져나가던 광기의, 코피가, 그의 내부에 여전히 생생하게 살아 있다. 중공과 소련의 대립이 격화, 세계대전을 겪게 될지 모른다는 흉흉한 소문이 돈 것도 그 여름이고, 언필칭 통킹만사건이 터진 것 또한 여름이다.

매화당 창 밖은 쨍쨍한 여름 햇빛이 불타고 있다.

비는 당분간 내리지 않을 터이다. 칠, 그룹 나르시스는 나르시스의 꽃말대로 존경, 신비, 자존심, 그리고 순결한 사랑의 덕목을 숭상하고 지킨다……라고 읽는 순간에, 그는 불현 듯 절망 속으로 쑤셔박히는 어두운 눈빛이 되어 창 밖의 뙤약 볕을 노려본다. 날로 포학해지는 군부독재는 그렇다 치더라 도, 사막이 매일매일 더 넓어진다는 지구에서 사는 건 위험천 만한 일이 아닐 수 없다고 그는 밑도끝도없이 생각한다. 나르 시스라니, 이 얼마나 허망한 짓인가. 미 해군 구축함 매독스 호가 베트남 북부 통킹만에서 공산 월맹의 어뢰정 공격을 받 았다는 신문기사가 밑도끝도없이 떠오른다. 세계 곳곳에서 전선은 확대될 것이고, 베트남전쟁은 본격적으로 시작될 것 이며, 여름이 지나고 나면 사막은 더욱더 넓어질 것이다.

　존경, 신비, 자존심, 그리고 순결한 사랑.

　그는 그 대목을 무의식적으로, 또박또박 다시 읽는다.

　열일곱 살의 순정적인 청춘들은 이제 포크를 들고 수줍게 눈빛들을 교환하며 머뭇머뭇 생과자의 부드러운 속살을 찍 고 있다. 왜 하필이면 8월인가. 남십자성이 가깝다는 통킹만 의 햇볕은 더욱 뜨겁고 잔인할 터이다. 제2차 세계대전에서 죽은 지구인은 오천사백만 명이 넘는다. 그래도 이리시의 시 공관 남쪽 한켠에 자리잡은 제과점 매화당 유리진열장 위엔 천연스럽게, 먼지를 잔뜩 뒤집어쓰고 죽은 매화가 피어 있 다. 타오르는 눈빛으로 제 목숨의 무게를 얹어 너구리 주둥이 H를 바라보는 G의 눈빛이 그 유리진열장 때문은 유리에 깊이 박혀 있고, 창 밖, 여름은 아직도 창창하다. 그는 생과자에 박아넣었던 포크를 슬멋 놓고 만다. 젊은날이 너무도 참혹하다는 느낌 때문에 입맛이 없다. 젊은 그들이 비밀을 한사코 지키며 싸워가야 할 것은 겨우 키 작은 학생주임일 뿐이다. 어느 방향에선가 화급한 소방차의 사이렌 소리가 들린다.

생텍쥐페리 좋아하세요?

G가 떨리는 목소리로 너구리 주둥이 H에게 묻고 있다.

어머니　여름이 끝날 무렵, 어느 저녁에, 그는 이리 역사 왼쪽 편 골목 안쪽의 어떤 좁은 방에서, 태어나고 처음으로, 어머니가 아닌 다른 여자의 젖을 만진다. 니가 진짜 원하니깐…… 그럼 한쪽만 만져보게 해줄게. 한쪽만이야. 왼쪽이 좋겠어. 나중에…… 오른쪽으로…… 아기를 더 많이 안을 테니깐. 눈감고…… 손…… 이리 줘봐. 참나리 누나의 젖이다. 젖은 작지만 오부룩한 게 작다는 느낌을 주지 않는다. 따뜻하고 보드랍고 풍부하다.

팥알만한 젖꼭지가 손바닥의 중심을 향해 쭈볏, 선다.

어머니의 텅 빈 젖이 어김없이 떠오른다. 바람 빠진 가죽주머니처럼, 쭈글쭈글한 수많은 골을 품고, 마지막 늑골 아래까지 무거운 젖꼭지 추에 매달려 내려와 있던. 빨아도 빨아도 주린 배는 채워지지 않던. 갑자기 뜨거운 것이, 참을 새 없이, 관자놀이를 타고 흘러 나리 누나의 팔베개를 적신다.

너 우는 거니, 시방? 어머, 얘 좀 봐. 이를 어째.

어둠 속에서 참나리 누나가 떨리는 목소리로 연신 안쓰러운 소리를 낸다. 그래 그래. 괜찮아. 어차피 만졌는걸 뭐. 꼭 먹고 싶음…… 빨, 빨아봐도 돼. 참나리 누나의 목소리는 첫정을 풀어주는 어린 소녀처럼 형편없이 떨린다.

멀고 먼 남녘바다로 떠나는 것일까.

기적 소리가 길게 들릴 때, 베니어판 한 장으로 막아놨을 뿐인 옆방에서 씨발, 씨발…… 아주 늙어 쉰 듯한 낯선 남자의 교성이 기적 소리에 섞여 건너온다. 참나리 누나가 자장가를 불러주면 좋겠다는 생각을 그는 한다. 열일곱의 그가 눈물에 젖어, 그러나 결단코 찬스를 놓치지 않겠다는 듯이 나리 누나의 왼쪽 젖꼭지를 죽어라 빨 때, 철인동의 방, 방, 방으로 나뉜 부스럼투성이 유곽을 둘러싼 거리엔, 사막 같은 여름이 침몰하고 있다. 여름은 쓰러져도 더 넓어진 사막은 지구에 남을 것이다. 그건 확실하다. 간밤에 읽었던 도스토예프스키의 『카라마조프가의 형제들』이 괜히 생각난다.

나도 괜히…… 눈물난다 애.

안쓰러운 참나리 누나의 목소리가 『카라마조프가의 형제들』을 뒤쫓아온다. 참나리 누나는 젖을 물린 채 손등으로 눈물을 씻고, 『카라마조프가의 형제들』의 불타는 집 앞엔 웅성웅성 아낙네들이 모여 있고, 그 가운데 돌보는 이 없어 악을 쓰고 울부짖는 어린아이의 형상이 뚜렷하다. 마침내 아버지 살해범으로 내몰린 카라마조프가의 장형인 드미트리가 고통 속에서 꿈꾸는 장면이다. 사람들을 향해 드미트리는 이렇게 소리쳐 묻고 있다.

도스토예프스키 1821~1881   누가 얘기 좀 해봐요. 저 벌판의 집은 왜 불타는 것일까. 어째서 여자들은 불타는 집을 바라만 보고 있나요? 여자들은…… 왜 껴안지 않고…… 왜 입을 맞추지도 않고…… 왜…… 왜 우는 아기에게 젖을 물리지 않느냐구요.

희망에게   열일곱 살이 되기 훨씬 전부터 세계지도를 볼 때마다 그가 꼭 가보고 싶다고 생각한 곳이 있다면 아프리카

대륙의 최남단인 희망봉이다. 바스코 다 가마가 희망봉을 지나 동방으로 항로를 연 것은 1497년이다. 포르투갈 최고의 항해사로서 마누엘 국왕의 명을 받아 리스본을 출발할 때, 바스코 다 가마가 지휘하는 함대는 배 네 척에 승무원 백칠십 명이었는데, 이 년여 후, 구사일생 리스본에 귀환한 승무원은 바스코 다 가마를 포함해 겨우 쉰다섯 명. 돛을 달고 바람 없는 바다, 혹은 역풍(逆風)의 바다를 견디면서, 시시각각 괴혈병으로 쓰러져 죽어가던 바다의 전사들에게 오랜 항해 끝에 만난 반환점 희망봉은 어떤 모습의 구원이었을까.

희망봉은 반도의 이름이 아니다.

케이프 반도의 남쪽 끝에 등대 모양으로 불거져 솟은 암팡진 바위 하나가 희망봉이다. 아프리카의 희망봉이 희망봉(喜望峯)인 것을 그는 물론 알지 못한다. 그가 희망봉이라는 이름에서 보는 이미지는 희망(希望)일 뿐이다. 하기야 희망(喜望)은 곧 희망(希望)에서 오니, 희망봉(喜望峯)이든 희망봉(希望峯)이든 상관없는 일이다.

언젠가 꼭 희망봉에 갈 테야.

그는 아주 나이 어린 소년처럼 가끔 혼잣말을 한다.

희망은 그런 존재이다. 아무도 희망이라는 놈을 구체적으로 보지 않았기 때문에, 희망이라고 말할 때, 눈앞에 그리는 정경은 제각각일 수밖에 없다. 그에게 선험적으로 느껴지는 결핍이 있다면, 예컨대 개구기(開口期)에 당도해, 어머니의 자궁문 사이로 날카롭게 보고 말았다고 느끼는 부러진 가위, 먹어도 먹어도 허기가 채워지지 않았던 어머니의 마르고 늘어진 빈 젖, 골이 쏟아지려고 한다⋯⋯라고 혼잣말하면서, 골이 쏟아지지 않게, 어머니의 이마와 뒤꼭지를 한꺼번에 단단히 동여매고 있는 흰 대님끈 같은 것이다. 희망봉엔 적어도 그런 것들이 없을 것이라고, 그는 상상한다. 젖과 꿀이 흐르는 땅이길 희망하진 않는다. 그곳은 다만 심해처럼 고요하고 햇빛처럼 맑고, 우물처럼 향기로울 터, 세계의 광기로부터 놓여나 있다고 생각한다. 희망봉은 그러므로 세계에 있으나 세계 밖에 있고, 세계의 틈에 존재하지만 무색계(無色界)의 땅일 것이다.

그러나 희망은 유리그릇에 불과하다.

강경에서 이리로 학교를 진학해와서 그가 가장 분노했던 순간은 바로 희망봉과 긴밀하게 유대 맺고 있다. 일학년 봄소풍. 담임선생은, 이번 우리 일학년 소풍은 희망봉으로 간다⋯⋯라고 어떤 날 예고했는데, 아이들이 어리둥절해져서, 희망봉은 아프리카에 있는걸요⋯⋯ 반문하니까, 담임선생은 자기가 내던진 개그에 만족한 표정으로 빙그레 웃으면서,

희망원 앞산이니 희망봉이지 뭐……라고 아퀴를 짓는다. 그는 아직 이리시를 잘 알지 못하므로 희망원이 무엇이고 또 어디에 있는지 몰랐으나, 어쨌든 봄소풍은 희망원 앞산, 담임선생의 애교 서린 표현에 따르면 희망봉, 혹은 희망산으로 간다는 것이다.

희망원(希望院)은 아주 아름다운 곳에 있다.

이리시 동남면에 있는 유서 깊은 이리농업학교 앞에 가면 누구나 하늘을 가린 키 큰 전나무숲에 쉽게 매료된다. 성미가 아무리 급한 사람일지라도 그곳에선 걸음을 늦출 수밖에 없다. 숲의 고요가 영혼을 머물도록 하기 때문이다. 남쪽 편을 향해 비스듬히 기울어진 전나무 숲길은 한낮에도 늘 부드러운 그늘로 덮여 있다. 비만 오지 않는다면 내딛는 발걸음마다 가만가만 안아서 받아주는 넉넉한 대지를 느낄 것이다. 아무리 천천히 걸어도 전나무숲 사잇길로 들어서서 불과 이삼 분 지나지 않아, 처음 그곳에 간 사람이면 나무 사이로 떠오르는 저수지 물빛에 누구나 아, 하고 가볍게 입을 벌린다. 전나무숲 뒤로 오목하게 자리잡고 있는 저수지는 앙증맞고 요요하다. 호수라고 하기엔 작고 방죽이라고 하기엔 크다. 서쪽 편을 빼곤 삼면에 낮은 산들이 삼태기 같은 형세로 저수지를 싸고 돈다.

농고의 전나무숲을 등지면 곧 제방이다.

백여 미터밖에 되지 않는 제방길일지라도 낮은 산들로 가만히 감싸여 있으니 비단길인 듯 자애롭다. 제방 끝에서 다시 시작되는 낮은 산의 등성이엔 드문드문 무덤들이 있는데, 고요한 이곳 풍경과 풍화된 무덤들은 너무도 잘 어울린다. 그러나 제방길의 반쯤을 걷고 나면 일단 발걸음을 멈추는 게 좋다. 제방의 초입에선 잘 보이지 않는 아주 더럽고 볼품없는 구조물이, 제방을 반쯤 걸었을 때, 제방 아래쪽으로부터 눈 속으로 확 달려들기 때문이다.

형상은 집이지만 그는 그것을 구조물이라고 부른다.

흙으로 쌓은 벽은 패고 허물어져 싸릿대 엮어 만든 심지가 군데군데 드러나 있고, 지붕은 초가지만 초가가 썩어 비가 새는지 비닐과 함석쪼가리 따위가 분별없이 뒤엉켜 땜빵이 되어 있는데, 그 사이로 잡초들이 한 뼘씩 웃자라고 있다. 사람의 자취가 없다면 귀기가 깃들일 만한 형상이다. 맨발의 헐벗은 아이들 몇이 그 흙벽집 안에서 쥐새끼처럼 쪼르르 달려나온다고 하더라도 놀랄 필요는 없다. 중병 걸린 중늙은이 남자가 한둘 끼어 있을는지도 모른다. 조무래기들은 사철 맨발이고 더러는 팔이 없거나 손가락이 없다. 도장병에 걸려 부스럼으로 뒤덮인 머리, 영양실조에 걸린 비쩍 마른 다리, 말라붙은 콧물과 퀭한 눈의 조무래기들은 사람의 형상이지만 사람 같지 않다. 가끔 죽은 아이를 가마니때기로 덮어놓은 것도 볼 수 있다. 가마니때기 밖으로 비어져나온 어린 발은 너무도 시 커멓고 쪼글쪼글 말라 있기 때문에, 죽은 지 여러 날 된 원숭 이의 손 같다. 파리떼들이 죽은 아이의 부스럼으로 뒤덮인 머 리에 웽웽거리며 들끓는다. 64년 이른 여름날 보았던, 가마 니때기에 덮인 어떤 아이의 주검은 열일곱 그의 세계관에 비 수처럼 들어와 박힌다. 가마니가 짧아서 밖으로 비어져나온, 죽은 원숭이 손 같은 발과, 부스럼으로 뒤덮인 머리에 파란빛 파리떼가 들끓고 있는 것을, 그는 작열하는 여름 햇빛 아래에 서 똑똑히 보았던 것이다.

한낮에도 그곳은 언제나 고요하다.

제방 어귀엔 잘 차려입은 젊은 남녀가 어깨를 댈 듯이 앉아 사랑으로 들고날 아름다운 앞날에 대해 속삭이고 있으며, 전 나무숲에선 한떼의 사람들이 빙 둘러앉아 가만가만, 즐거운 곳에서는 날 오라 하여도…… 노래를 부르고 있다. 구멍이 숭숭 뚫린 흙벽집은 조무래기들이 걸식하러 나가 비어 있는 듯한데, 걸식조차 나갈 수 없는 대여섯 살 됐을까 말까 한 한 병든 아이는, 가마니때기에 덮인 주검으로부터 서너 자 물러 난 곳의 흙벽에 기대앉은 채, 보는지 안 보는지 가끔 눈을 깜박거린다. 파리떼가 아직 명줄을 놓지 않은 그 아이에게로 사정없이 달려들기 때문이다. 파란빛 파리떼는 죽은 아이는 물론 아직 살아 있는 그 아이의 눈과 코까지 다 파먹을 것이다.

저수지 물빛은 고요의 중심이다.

바람이 불지 않아도 수면은 움직인다.

레이스 달린 분홍색 원피스를 날렵하게 차려입은 제방 어귀의 어떤 처녀가 역시 말쑥이 차려입은 남자의 어깨에 기대 있다가 앉은 자리에서 일어나며 잔돌멩이 하나, 고요의 중심으로 던져넣고 깨득깨득 웃는다. 너무 고요해서 여자의 웃음소리는 충분히 제방 아래의 황폐한 희망원 건물을 울리고 가지만, 희망원 앞뜰에 버려져 있는 아이의 주검과, 주검 곁에 앉아서 역시 죽어가는 또다른 아이는 그러나 아무 움직임도 없다. 그들의 숙소에서는 언제나 고개를 젖히고 올려다봐야 되는 둑길이 이리에서 첫번째로 손꼽히는 아름다운 데이트 코스라는 것을 그들은 알고 있을까. 사랑의 수많은 희망이 둑길에서 다복솔 듬성듬성한 고요한 야산까지 사철 끊이지 않고 이어지지만, 희망은 흙집이 있는 제방 아래까지 내려가는 법이 없다.

그는 분노 때문에 창자가 끊어지는 것처럼 고통스럽다.

그의 분노는 처녀의 낭랑한 웃음소리로 가지 않고 흙벽집의 문 옆에 붙여진 현판으로 간다. 그 죽은 아이들의 무덤인 흙벽집 퇴락한 벽에 그 집과 도무지 어울리지 않아 보이는 누런 나무현판이 하나 걸려 있는데, 현판엔 유려한 한자로 이렇게 씌어 있다.

希望院.

오갈 데 없는 걸인과 어린 넝마주이들의 숙소인 이곳에도 한때는 관공서나 명망 있는 사람들의 손길이 미쳤던 것일까. 칼로 후벼파거나 때가 묻어 흠집투성이 현판이지만, 세로로 써진 희망원(希望院)이라는 현판글씨는 너무 당당하고 넉넉한 게 미상불 그 덕(德)이 깊어 보인다. 그 현판을 걸 때엔 어쩜 시장님도 오고 현판 글씨를 쓴 덕망가도 왔을는지 모른다. 어떤 고통 속에서라도 희망을 갖고서 불굴의 의지로 나아가야 합니다……라고 말하고, 가난한 사람을 위해 우리의 영도자 국가재건최고회의 박정희 의장께서 제1차 경제개발5개년계획을 힘차게 발진시켰습니다……라고 또 외치고, 희망은 삶의 영원한 등불입니다……라고, 두 손 높이 들어 소리쳤을 것이다, 시장님은. 그리고 헐벗은 사람들의 박수 소리에 불려나와 진짜 희망보다 더 큰, 가짜 희망의 현판이, 흙벽에 걸린다. 희망을 등불로 받드니, 희망원이라고.

길은 길로 이어져 하나가 된다.

이리에서 그가 만났던 몇몇 길들은 희망원 앞에서 비로소 통합된다. 기차를 내려 조심조심 걸어가야 하는 역사 안의 어둡고 습한 지하보도도 그렇고, 점박이 참나리꽃이 피어 있던 철인동 언덕빼기의 가파른 비탈길도 그렇고, 울면서 스리쿼터가 피워올리는 먼지 방패 속으로 숨어들어가 죽어라 달리다가 자갈밭으로 넘어지던 날의 신작로도 그렇다. 그는 자주 희망원 앞길을 걸었고, 담임선생이 희망봉이라고 명명했던 낮은 산을 배회한다. 나도 괜히…… 눈물난다 얘. 처음으로 참나리 누나의 젖을 만지고 빨다가 울던 밤에도, 그는, 카라마조프가의 장형인 드미트리의 울부짖는 소리에 귀를 막고서, 한달음에 희망원 앞까지 달려와 낮은 산 어느 묘지 사이에 앉아 밤을 꼬박 밝히고 만다. 그곳에 희망이 없기 때문에, 세상에서 희망이라고 부르는 것들이 속임수이고 가짜라는 것을 명백히 하는 곳이기 때문에, 그는 그곳을 좋아한다.

가자, 희망봉으로.

그는 달리면서 때로 혼잣말로 소리친다.

아프리카의 희망봉에 품었던 모든 이미지도 하나의 가짜 환상일 뿐이라는 걸, 그는 60년대의 조국에서 만난 이리농업학교 제방 아래, 희망봉에 엎드려 낱낱이 깨친다. 아, 사랑도 그럴 것이다. 그는 아, 하고 희망봉 낮은 솔 밑에 엎드려 운다. 밤이 돼도 희망원의 구멍 뚫린 벽 속에서는 불빛이 새어 나오지 않는다. 어린 주검들이 그 어둠 속에 쌓여 있는 걸 그는 본다. 어린 주검들은 죽어서 혹시 별이 되는가.

저수지 수면 위엔 별들이 촘촘히 박혀 있다.

길다란 영구차들은 천천히 줄지어 가고…… 희망은 패하여 울고…… 고뇌는 내 머리에 검은 기(旗)를 꽂는다……라고, 어두운 전나무숲에 숨어서 보들레르가 말하는 소리를 그는 듣는다. 그 희망 없는 희망원에서, 방탕한 생활로 폐인이 되어, 불과 마흔여섯 살에 돌보는 이 없이 파리의 더러운 자선병원에 유폐되어 죽은 보들레르를 그는 날마다 만난다.

그리곤 이내 곧 가을이다. 1964년.

상실 이리시에서 오래 기억에 남을 만한 또하나의 아름다운 길이 그에게 있다면 남성고 교문에서 교사(校舍)까지 이어지는 히말라야시더 사잇길이다. 원산지가 멀고 먼 히말라야인 히말라야시더는 안정된 직삼각형꼴로 자라는 상록교목으로 키가 크고 곧다. 교문을 들어서면 붉은 벽돌로 축조된 교사까지 널찍한 모랫길 좌우에 잘 자란 히말라야시더가 도열해 서 있다. 교사가 교문보다 약간 높은 데 위치해 있어 히말라야시더 사이의 진입로는 야트막한 경사를 이룬다.

등·하교시간에 진입로는 검정교복의 물결로 꽉 찬다. 뿌리 깊은 히말라야시더는 웬만한 바람이 불어도 제 곧은 의지로 꼿꼿하다. 언제나 꼿꼿하고 푸르르니 그 기상은 출중하고 그 자태는 당당하며 클래식해 뵌다.

한낮의 진입로는 물론 텅 비어 있다.

등·하교시간 이외엔 교문도 겨우 수위실 옆의 좁은 쪽문만 열려 있을 뿐이다. 길은 모래가 많이 섞여 흰빛에 가깝고, 부지런한 수위아저씨 덕분에 버려진 휴지 하나 없이 언제나 깨끗하다. 검은 교복의 물결이 꽉 채워 흐르는 등·하교시간도 그렇거니와, 진입로 흰 길이 텅 빌 때, 히말라야시더는 더욱 우뚝하고 푸르다. 교문 밖의 소음조차 도열한 히말라야시더 사이로는 뚫고 들어오지 못할 것만 같다.

유신이 너 누가 찾아왔대. 수위아저씨가 그랬어.

화장실에 다녀오는데 누가 어깨를 툭 치며 일러준다.

어디로, 누가 찾아왔는지에 대해선 말이 없다. 5교시 수업이 막 끝난 후이다. 설마 아버지나 어머니가 학교로 찾아오진 않았을 것이다. 그는 고개를 갸웃하면서 교사를 나와 초가을 햇빛이 눈부시게 깔린 교문 쪽으로 걷는다. 강당의 외벽 모서리를 돌자 야트막한 경사의 진입로가 한눈에 들어왔는데, 히

말라야시더에 의해 반듯한 직사각형의 구획을 이룬 진입로
는 하얗게 비어 있다. 아무리 생각해도 알 수 없는 일이다.

세상천지 학교까지 찾아올 사람이 누가 있단 말인가.

그는 교실로 그만 되돌아갈까 하다가, 그래도 혹시 교문 밖
이나 히말라야시더에 반 이상 가려진 수위실에서 자신을 기
다리는 사람이 있을지 몰라 머뭇머뭇 진입로를 걷기 시작한
다. 진입로는 심해처럼 고요하고, 햇빛은 쟁쟁쟁, 사금처럼
반짝인다. 그렇게 텅 빈 진입로를 전엔 걸어본 적이 없었기
때문일까, 햇빛과 모랫길과 쭉 곧은 히말라야시더의 푸른 광
채까지, 어디서 본 듯 그러나 수상쩍고 생소한데, 갑자기 어
느 먼 전생의 허리쯤을 관통하는 것처럼, 타박타박 모랫길 밟
아, 마침내 이승도 저승도 아닌, 세상 밖의 다른 곳으로 나가
는 느낌을 그는 강하게 받는다. 누가 찾아왔다는 사실적인 인
식으로부터 취한 듯이 멀어지는데, 그럼에도 불구하고 누가,
가령 눈부시게 하얀 옷을 입고 하얀 족두리를 쓴 정령 같은
이가, 이 세상이 아닌 길 끝에서, 오너라 오너라, 그를 부르고
있다. 그는 느리지도 빠르지도 않게, 그 스스로 느끼기엔 걷
지도 않는 것처럼 걷는다. 그리고 히말라야시더 사잇길의 중
간 끝에 당도했을 때, 유신아…… 하는 낮은 목소리를 그는
듣는다. 유신아…… 처음의 소리는 맑고 부드러워 이 세상

의 목소리가 아니었는데, 유신아…… 두번째 목소리는 갑자기 음계를 더 떨어뜨리면서 쉬고 갈라진 탁음이 된다. 목소리를 쫓아 고개를 돌린 순간, 서로 밑자락이 닿아 있다시피 한 히말라야시더와 히말라야시더 사이, 가을빛의 짧은 그늘에 끼어 선 둘째누나가 확 망막에 찍혀져 들어온다.

잠깐…… 이리 와봐.

둘째누나가 그늘 속에서 손짓해 그를 부른다.

모든 것은 삽시간에 곤두박질쳐 제자리를 잡는다.

히말라야시더의 어떤 잎은 가을빛에 이미 메말라 있고, 둘째누나가 손 까불고 있는 자리엔 잡풀들이 또 제멋대로 쓰러져 있고, 햇빛은 다만 따가울 뿐이다. 시집갔으나 타고난 역마살에 붙잡혀 천지간에 떠돌 뿐인 종적 없는 매형 때문에, 어찌어찌 셋이나 생겨난 아이들과 당신 한 목숨 함께 스스로 건사하느라, 새벽마다 강경포구 파시에서, 함지박 가득 생선을 사서 머리에 얹고 근동 마을로 다리품 오지게 팔며, 조기 사세요…… 오징어 사세요…… 생선장수 둘째누나가 어째서 여기, 히말라야시더 그늘에 와 있는가, 그는 마지못해, 뒤돌아가고 싶은 마음 눌러 참고, 한사코 손짓을 하는 누나를 향해 멈칫거리며 다가간다.

아이고 얘, 누가 볼까 무섭다. 이리 들어와라잉.

가까이 다가가자 생선 비린내가 훅 끼쳐온다. 때 전 보자기에 덮인 함지박은 내려놓아져 있으나 둘째누나는 생선장사나갈 때 입는 몸뻬 차림 그대로다. 한나절 내내 다리품 팔다가, 둘째누나 천성이 시키는 대로 욱하고 치밀어오른 어떤 격정 때문에, 한달음에 이리의 이곳까지 달려온 게 확실하다. 행여 당신의 초라한 행색을 동생 친구들에게라도 들킬까보아, 둘째누나는 히말라야시더를 방패 삼아 은신하고 그를 기다렸던 것이다.

이거 말여. 너 줄려고 말여.

몸뻬 주머니에서 뭔가를 꺼내 그의 손에 들려줄 때에도 둘째누나는 연신 교사 쪽으로 신경을 쓴다. 하이고오, 자식아, 손목이 지지배처럼 이게 뭐냐……라고 딴소리를 덧붙이며 둘째누나는 그의 손목을 한번 잡았다가 놓는다. 그는 뭐라고 대꾸할 새도 없다. 교사 쪽에서 6교시 수업시작을 알리는 종소리가 땡땡, 땡땡, 경망스러운 소리를 낸다. 함지박이 다시 둘째누나의 머리꼭대기로 얹혀지고, 땡땡, 종소리는 가을 햇빛을 건들고, 그는 둘째누나가 손에 쥐어준 그 무엇을 들고서, 엉거주춤, 불구자처럼 서 있다.

어서 들어가. 공부 열심히 하고.

뭔가에 쫓기듯이 누나가 앞서 햇빛 속으로 나간다.

교문까지는 쉰 걸음쯤 될까. 둘째누나는 일없이 종종걸음을 친다. 가을 햇빛이 지어낸 둘째누나의 그림자엔 커다란 함지박 때문에 목이 부러진 듯 머리가 없다. 얼른 들어가래도……라고 말하려는 것처럼, 둘째누나는 내달리는 걸음새로 걸어가면서도, 손 하나 허리 뒤로 내밀어 자꾸 까불까불 흔들고 있다. 둘째누나가 그의 손에 들려준 것은 손목시계이다. 평생 처음으로 만져보는 손목시계를 죽어라 움켜잡는데, 쪽문을 막 나가고 있는 둘째누나의 뒷모습이 뿌옇게 흐려진다. 곧고 당당한 히말라야시더는 둘째누나가 완전히 사라진 후에도 여전히 곧고 당당하고, 가을볕의 주단이 깔린 모랫길엔 둘째누나의 발자국 하나 남지 않는다.

그것으로 그는 아름다운 길 하나 잃어버린다.

시시때때 눈비 오고 바람 불어도 히말라야시더의 청정한 직립은 변함없지만, 그러나 둘째누나의 생선 비린내 나는 함지박이 아무도 몰래 다녀가고부터, 그에게 있어 그 길은 예전의 아름다운 그 길이 아니다. 히말라야시더의 도열을 받고 있는 희고 정갈한 그 길 또한, 이리시에 도착하면 누구나 맨 처음 걸을 수밖에 없는 역 구내의 어둡고 습하고 좁은 지하보도 연장선상에, 있다.

교실로 가는 길은 학문으로 가는 길이 아니다.

교실로 가는 히말라야시더 사잇길을 검은 교복의 물결이 아침저녁 가득 채우는 것은, 이성과 감성의 균형을 갖춰 마침내 참된 문화의 중심에 이르려는 지성을 좇기 위해서가 아니라, 다만 욕망의 야만성을 전략적으로 컨트롤해서, 많이 먹고 굵은 똥을 누기 위해서이다. 학문을 명패 삼아 알고 보면 오로지 항문을 쌓는 히말리아시더의 길. 많이 먹고 굵은 똥을 누는 사람을 존경하는 미친 세상이 온다……라고, 열일곱 살 가을에, 아름다운 히말라야시더 사잇길에서 그는 생각한다. 이리역의 음습한 지하보도는 철인동 언덕빼기로 이어져 피고름 흐르는 부스럼으로 피고, 다시 희망원 둑길의 아무렇지도 않은 어린 주검들로 이어지며, 그 부스럼과 어린 주검은 또다시 히말라야시더 사잇길로, 서울로, 통킹만으로, 세계로 이어진다. 파죽지세로 뻗어나갈 광기의, 세계의 길이다.

이거 얼마 주실 수 있어요?

학교가 파하고 그는 곧 전당포로 가서 둘째누나가 주고 간 손목시계를 쇠철창 안으로 쑥 밀어넣는다. 통킹만 사건에 의해 이미 무차별로 확대된 베트남전에 우리 국군이 나갈 것이라는 뉴스가 전당포 사무실의 라디오에서 흘러나온다. 젊은 놈덜, 월남전에 지원해 나가면 한몫 크게 잡는단다……라고 손목시계를 살피면서 늙은 전당포 주인이 한마디 보탠다. 다시 입대할 수 없을 만큼 늙어버린 게 한스럽다는 표정이다.

시계값은 참나리 누나를 하룻밤 살 수 있는 돈이다.

참나리 누나도 입대할 수 있다면 틀림없이 베트남전에 지원해 갈 것이다. 참나리 누나에겐 대학에 반드시 보내야 할 남동생과 수족을 못 쓰는 병든 아버지가 있기 때문이다. 참나리 누나의 고향은 남쪽 바다 어디, 복사꽃이 지천으로 피는 물 맑은 곳이다.

앞날의 모든 길이 시작되는 길　그리고 또다른 길도 있다. 그것은 그런데 길일까. 사람들은 그곳을 대본소라고 부르고 그는 그곳을 길이라고 부른다. 로버트 프로스트의 「가지 않는 길」에서 삶은 언제나 운명적 빛깔을 띤 쌍갈래로 흐른다. 그렇지만 대본소, 혹은 대여소라고 불리는 그 길 안에 들면 세계로 가는 길이 은하수의 별보다 많다.

아저씨는 검은 뿔테안경을 쓰고 있다.

부러진 것인지 금간 것인지 모르지만 암튼 아저씨가 쓰고 있는 뿔테안경의 한쪽 귀걸이엔 흰 반창고가 친친 감겨 있는데, 아저씬 틈만 나면 손을 들어 반창고 감긴 곳을 만지작만지작한다. 하도 많이 만져서 반질반질하게 손때가 묻은 것이 흰 반창고라기보다 암회색 반창고에 가깝다. 마흔 살도 채 되지 않았으나 흰머리가 많고 안경을 쓰게 된 것은 아저씨 말에 따르자면, 책을 많이 읽어서…… 그렇다. 책을 많이 읽어서……라고 말할 때, 아저씨는 새댁처럼 수줍어하면서 소리 없이 입을 가리고 웃는다. 아저씨의 눈가는 검고 볼은 핏기 없이 창백하다. 그 또한, 책을 많이 읽어서…… 그럴 터이다. 그는 아저씨를 삼인칭으로 부를 때면 '뿔테안경'이라고 한다. 대여소의 이름조차 '뿔테안경'인 것 같다.

대여소는 늘 어두컴컴하다.

갓 쓴 형광등이 하나 있을 뿐인데, 하루살이들의 피멍이 등피에 촘촘히 묻어 있어 환한 빛이 나오지 않고 희끄무레한 죽은 빛이 나온다. 뿔테안경의 영혼도 그럴 것이라고 그는 단정한다. 뿔테안경은 장가도 못 가 그곳에서 자고 그곳에서 먹고 그곳에서 똥싼다. 변소는 대여소 뒷문으로 나가 북쪽 담벼락을 돌아가야 나온다. 잠금쇠 없이 거적때기로 가려 있어 안에 사람이 있으면 형체의 반이 보이는데, 뿔테안경이 사용하는 밑씻개는 누렇게 탈색된 잡지 『사상계』이다.

좋은 책이라면서 왜 똥을 닦아요?

좋은 책이니까 똥 닦는다. 왜?

그럴 때에도 뿔테안경은 수줍은 듯 입을 가리고 웃는다.

대여소에 비치된 책은 대략 칠팔백 권쯤 된다. 가끔 새 표지의 책도 있지만 대부분 변색되거나 표지가 너덜너덜한 헌 책이다. 동아출판사와 정음사판 『세계문학전집』과 민중서당의 『한국문학전집』은 책꽂이 맨 위칸에 꽂혀 있고, 몇몇 흥미 본위의 잡지나 일본어판 소설책은 맨 아래칸에 꽂혀 있다. 방인근 정비석 최인욱 같은 사람이 쓴 인기소설이나 『흙 속에 저 바람 속에』 등의 베스트셀러나 삼중당판 『마음의 샘터』 같은 명언집은 찾아내기 쉬운 가운데쯤 꽂혀 있다.

대부분 소설이지만 다시 보면 책들이 영 중구난방이다.

이기백 지음 『국사신론』이 있는가 하면, 이병기·백철 지음 『국문학사』도 보이고, 손진태 저 『한국민족문화의 연구』가 보이는가 하면, 박계주·곽학송 지음 『춘원 이광수』도 있다. 위인들의 발자취와 그 사상을 손쉽게 서술한 이호원 편저인 『빛을 남긴 사람들』엔 'HLKA연속방송중'이라는 홍보 문구가 적혀 있고, 삼중당이 펴낸 『세계대로망전서』의 판권엔 단기4293년이라는 발행연도와 함께 '우리의 맹세'가 수록돼 있다. 아니 '우리의 맹세'가 수록된 책은 『세계대로망전집』만 아니라 근간된 기획도서 모두가 그렇다.

우리의 맹세.

일. 우리는 대한민국의 아들 딸, 죽음으로써 나라를 지키자.

이. 우리는 강철같이 단결하여 공산침략자를 쳐부수자.

삼. 우리는 백두산 영봉에 태극기 날리고 남북통일을 완수하자.

그는 '우리의 맹세'를 볼 때마다 이마를 찌푸린다.

그가 책을 꺼내들고서 책의 표지 안쪽 면이나 판권이 표시된 뒤쪽 면을 꼼꼼히 살피는 것은, 젊은 날 그 한 권 한 권을 사모은 뿔테안경의, 지난 추억을 만나볼 수 있기 때문이다. 예컨대, 모리스 르블랑 지음 『괴도신사』라는 소설책 안쪽 표지엔 색 바랜 잉크펜 글씨로, 1947년 여름 청구서점에서……라고 씌어 있는데, 1947년이라면 뿔테안경이 지금의 그와 동갑이다. 1947년에 뿔테안경은 머리도 희지 않고 안경도 쓰지 않았을 것이다. 펄벅의 『모란꽃』이라는 책 판권 옆엔 1950. 3. 8. 날씨 맑음……이라고 씌어 있고, 이광수의 장편소설 『사랑』 표지 뒷면에는 아주 작은 글씨로, 1953년 부산, 가을밤, 영숙이를 보내고 나서……라고 씌어 있다. 6·25동란이 막 끝났을 때, 스물세 살의 젊은 뿔테안경이 낯선 항구도시 부산의 어느 외진 길가 바다 끝에서, 기약 없이 영숙이라는 처녀를 떠나보내는 걸 그는 상상한다.

아저씨, 영숙이가 애인이었죠?

그는 심술궂게 묻고 뿔테안경은 갑자기 처연한 눈빛이 되어, 유장한 시간의 끝자락을 보려는 듯 눈을 깜박깜박하다 말고 옛기 순, 버르장머리 없이, 어른 이름을 함부로…… 하면서, 어김없이 안경테의 반창고 감긴 데를 만지작만지작거린다. 영숙이가 뿔테안경의 애인이었던 누이였든, 그런 건 상관없다. 50년대 부산에 있었다면 피난을 갔던 것일까. 군대에 들어가 있던 것일까. 고통스런 역사의 그늘에 숨어서 한 여인을 떠나보내고 고전적 러브스토리, 이광수의 『사랑』을 사서 그 표지 안쪽에 엎드려, 영이를 보내고 나서…… 쓰고 있는 뿔테안경의 비애에 젖은 굽은 등이 그에겐 환히 보인다. 그 대여소의 책들은 그러므로, 뿔테안경의 모든 추억이고 역사고 꿈이며, 죽은 꿈의 흔적들이다. 그는 매일, 거의 하루도 빼지 않고 대여소에 들른다. 한 권 빌리는 데는 십원이다. 너무 자주 가니까 돈이 없는 날엔 외상도 한다. 물론 뿔테안경이 외상값을 재촉하는 법은 없다.

너를 못 따라갈까 겁난다.

어떤 날 뿔테안경이 하는 말.

무슨 말이에요, 그게?

네가 졸업하기 전에 더 읽어야 할 책이 여기 없다면 어떻게 하나 하고 걱정이 된다. 새 책을 자꾸 사들여올 힘도 없고.

걱정 말아요. 반도 못 읽었는걸요.

밥도 급히 먹으면 체해. 천천히 읽어라.

웬만한 책은 하루를 넘기지 않고 읽는다. 특별히 속독이어서가 아니라 하루 온종일, 수업시간조차 교과서 속에 끼워서 책만 읽기 때문이다. 이광수나 정비석의 소설은 아침 등교시간에 빌리면 저녁 하교시간에 반납할 수 있다. 자살미수라는 위험한 전력 때문인지 공부하지 않고 책 읽는 걸 들켜도 선생님들의 꾸지람은 체면치레 수준에 불과하다.

책은 그가 믿는 유일한 길이고 수많은 길이다.

그는 그 길을 통해 세계를 날아다니고 시간의 처음과 끝도 본다. 쇼펜하우어를 만난 것도 그 길에서의 일이고, 장 주네의 살의를 부여받은 것도 그 길에서의 일이다. 물론 그는 구체적으로 작가나 시인이 되겠다고 꿈꾸는 일은 한번도 없다. 그는 다만 책 속에 기록된 다양한 상상력을 통해 분열에 분열을 거듭하는 이상하고 병든 자의식의 꼬치를 지어 제 몸을 그곳에 숨기려는 것뿐이다. 그에게 있어 살아 있다는 것은 여전히, 자살을 시도하기 전에 그랬듯이, 부끄러운 죄이며, 그 죄의 사슬을 단호한 결단으로 끊어내는 것만이 광기의 세계로부터 자신의 자유를 지켜내는 유일한 방법이라고 믿는다. 쇼펜하우어가 천수를 누리고 죽었다는 더러운 사실을 알고 난 후에도 본질적으로 그에게 달라진 것은 없다. 그에게 새로 생겨난 버릇은 다만 여러 개의 가면이 필요하다는 것. 가면 속에 자의식의 병든 정체를 교묘히 숨겨야 한다는 것, 그 누에고치 같은 방패의 사술들.

책은…… 위험한 거야.

뿔테안경은 쓸쓸하게 웃는다.

무엇이 왜 위험한지 뿔테안경은 말하지 않고, 그도 묻지 않는다. 뿔테안경이 말하는 위험이란 전체가 정해준바, 삶의 일반적인 실패를 뜻하는 것이겠지만, 그런 위험은 살아 있다는 목숨의 위험함에 비해 아무것도 아니라고 그는 생각한다. 그렇기 때문에 그는 시인이든 작가든, 무엇이 되려고 하는 그무엇에 전혀 욕망을 느끼지 않는다.

도대체 무엇이 되고 싶다……는, 그 무엇이란 무엇인가.

카뮈의 『이방인』에서 그는, 묘지 위의 제라늄, 어머니 관 위에 떨어지던 붉은 흙, 그 사이로 섞이던 흰 나무뿌리……를 읽고, 사르트르의 『구토』에서 그는, 존재는 우연이요 필연이 아니다…… 언제나 보고 살았던 아름다운 마로니에 뿌리가…… 사실은 괴물 같고 부드러우며 무질서한 덩어리, 무섭고 음탕한 나형(裸形)의 덩어리이다……를 또한 읽는다. 그는 책으로부터 위험함을 나날이 부여받지만, 동시에 책이 그 자신과 친구들, 또는 여학생1 여학생2 여학생3 여학생4가 우연의 소산에 불과한, 괴물 같고 부드러우며 무질서한 덩어리, 무섭고 음탕한 나형의 덩어리……라는 것을 확인시켜준 것에 감사한다. 그는 뿔테안경의 웅숭깊은 시선을 짐짓 등지고서, 오래된 형광등의 먼지 낀 빛에 간신히 의존하여, 어머니의 주검을 붉은 흙 속에 묻고 나서 두 번의 일요일을 보낸 『이방인』인 카뮈의 뫼르소가, 알제리의 강렬한 햇빛에 눈을 찔려, 그 충동으로 살인을 한 뒤, 혼자 독백하는 대목을 중얼중얼 읽는다.

모든 것을.

모든 것을……이라고 뫼르소가 된 그는 중얼거린다.

모든 것을 결말짓고, 자신이 고독하지 않다는 것을 느끼기 위해 내게 남은 한 가지 소원은, 단지 내가 사형집행을 받는 날, 많은 구경꾼이 몰려와 증오의 함성을 지르면서 나를 맞아 주었으면 하는 것뿐이다.

거울 비로소 그는 하숙방으로 돌아온다.

거리는 가을비에 잔뜩 젖었고 삼남극장 어떤 양품점 간판은 돌풍에 떨어져 있다. 자동차 바퀴에 배가 터져서 눌린 쥐 한 마리를 건너뛰면서 그는 한차례 몸을 부르르 떤다. 밤이 깊은데 모범적인 공부꾼 G가 그의 하숙방에 와 있다.

이번 모의고사 삼십팔등 했어.

다짜고짜 G가 비명을 지른다.

좀 심한데…… 하면서, 그는 이마로 흐르는 빗물을 닦는다. 심하다는 것은 G의 성적이 그가 예상했던 것보다 더 떨어졌다는 것이다. 너구리 주둥이 H가, 괴물 같고 부드러우며 무질서한 덩어리, 무섭고 음탕한 나형의 덩어리……라는 것을 G가 명백하게 인식하려면 시간이 좀더 걸릴 것이라고 그는 생각한다. 코스모스 흰꽃 같은 너구리 주둥이라니, 도대체 문장이 되는가.

H는 나보다…… 유신이 너만 보고 있어.

G의 비명에 구체적인 정보가 뜨겁게 담긴다.

그도 느끼고 있는 사실이다. 너구리 주둥이 H는 G처럼 단백질의 죽은 시체들을 열심히 길러야 한다고 훈육받아왔으므로, G보다 위험해 보이는 그를 더 좋아할는지도 모른다. 그는 그러나 G의 등짝을 거칠게 후려친다. 새꺄, 그게 지지배들 내숭이라는 거야. 과감하게 밀고 나가. 교회종탑 아래 기다리고 섰다가 이번 토요일에 만나자고 말해봐. G는 단번에 울상을 짓는다. G가 그렇게 용기를 내지 못한다는 것은, G보다 더 확실히 그가 알고 있다. 그가 G를 몰아붙이는 것은

G라는 어린 영혼을 범죄로 인도하기 위한 계획된 전략의 일환이다. 넌 그게 문제야……라고, 그는 이윽고 말하고, 여자들은 과감한 걸 좋아하는데……라고, 그는 또 이윽고 덧붙인다.

방법이 전혀 없는 것도 아냐.

진정 어린 표정을 하고 뜨거운 비탄으로 포장해 설명하는 그의 주장은 요컨대, 여자에 대한 신비주의적 환상을 갖고 있는 한 사랑하는 여자에게 담대히 접근할 수 없고, 담대히 접근할 수 없으면 사랑을 얻지 못하니, 필사적으로, 젖 먹던 힘까지 보태, 여자에 대한 공연한 환상을 먼저 깨뜨려야 한다는 것이다.

어떻게 하면 환상을 깰 수 있는데?

G가 울상을 짓고 반문한다.

간단해. G 니가 맘만 먹으면 돼. K란 놈, 자지에 주근깨 생기니까 지지배들 앞에서 얼마나 활발하냐. 딱지를 뗐기 때문이야. 여자에 대한 쓸데없는 환상을 깬 결과라구. 활발하게 구니까 지지배들 좋아하잖아. 너도 지금 당장에 철인동 아무집이나 들어가서 나리를 찾아봐. 네 좆대가리는 말하자면 철가면 같은 걸로 봉인돼 있는데, 그걸 떼어낼 여자가 바로 참나리야. 이름 죽이지 않냐. 오해는 마, 내가 해본 여자는 아니

168

니깐. 내가 해본 여자애가 말하는데, 철인동 바닥에선 참나리가 젤 이쁘다는 거야. 써비스도 좋고. 이름값을 톡톡히 한다더라. 겁나면 내가 안내해줄게. 내가 찍어놓은 애를 임마, 너한테 양보하는 거야.

그건…… 못 해.

H를 얻기 위해서, 알을 깨라 그거야, 자식아.

못 한다니까. H도 그걸 알면…… 좋아하지 않을 거야.

덥지도 않은데 G는 땀을 흘리고 있다. 그럼 할 수 없지 뭐……라고 말하면서, 그는 담배에 불을 붙인다. 다음에 G의 모의고사 성적은 오십등 이하로 떨어질 것이다. 그는 그때까지 기다려도 좋다고 생각한다. 곧고 바른, 히말라야시더 같은 제일가는 모범생 G가 아니냐. C나 M처럼, 범죄의 길에 인도하는 것이 쉬울 수는 없다. 담배연기에 G는 저만큼 창 밑으로 물러앉는다. 창틀이 가을 비바람에 떤다. 남색가이자 살인자인 장 주네의, 거울……이 떠오른다. 그는 담배연기를 폐부 깊숙이 빨아들이면서 G의 맞은편에 걸린 금간 거울을 본다. 누추한 방…… 거울 안에서의 길……이라고, 길을 잃는다……라고, 장 주네는 말하고 있다. 범죄의 고독한 비탄에 의해, 천국으로 인도되는 영혼……을 G도 결국은 알게 될 터이다. 범죄의 출발점은, 윤리적 완전성에 가까운 가장 성스러운 지점에 두어야 한다……라고, 그는 느낀다.

깨어진 거울에 비친 G의 해골은 공포에 짓눌려 있다.

그는 회심의 미소를 지으면서 장 주네가 그에게 명령하는 대로, 콧구멍에 비극적인 주름살이 잡히지 않도록 유의하면서…… 천진스럽게…… 담배연기로 동그라미를 열심히 만든다. 담배와 범죄의 공통점은…… 정적이다. 그는 공포에 질린 G를 거울 속으로 보면서 이윽고 속으로 혼잣말을 한다.

괜찮아, 다 괜찮을 거야.

극락정토(極樂淨土) 부용미용실　역사(驛舍)를 나와, 역광장의 시계탑 앞에서 왼쪽으로 몸을 돌려세우면, 철인동의 중심부까지 곧게 뚫려 있는 그 길을 볼 수 있다. 어떤 때의 그는 그 길을, 극락정토로 가는 길……이라고 부르고, 또 어떤 때의 그는 그 길을, 부용미용실로 가는 길이라고 부른다. 극락정토로 가는 길……과, 부용미용실로 가는 길……은 그의 머릿속에서 광합성을 일으켜 한 가지 의미를 갖는다.

부용(芙蓉)은 곧 연꽃이다.

시멘트 이층 건물 사이의 차가 지날 만한 길을 조금만 걸어 들어가면 곧 키가 낮은 우중충한 집들이 나온다. 호남 제일의 사창가로 들어가는 메인스트리트인 셈이지만 좌우의 집들은 시멘트벽에 대부분 슬레이트를 얹었고 더러는 재래식 흙벽집에 싸구려 기와를 얹은 집도 있다. 길은 이내 차가 들어갈 수 없을 만큼 좁아지고, 좁고 침침한 곧은 길로 곧장 들어가면 골목삼거리가 나온다. 부용미용실은 T자형을 이룬 그 삼거리의 정면에 있다. 역광장과 접해 있는 몇몇 건물을 빼곤 철인동 바닥에서 유일한 이층 건물이다. 아래층엔 부용미용실 고향잡화점 오발탄분식집이 있고, 이층은 만남당구장이 들어 있다. 유현목 감독의 〈오발탄〉이 상영금지에서 해제되어 이리극장에 걸린 것이 작년이었으니까 분식점이 생긴 건 미상불 얼마 되지 않았을 것이다.

이곳이 말하자면 철인동의 중심이자 다운타운이다.

삼거리를 중심으로 골목 안쪽에도 김지미양품점, 중국집 여로반점, 흑장미미용실 등이 있는데, 그래봤자 가게는 통틀어 열 손가락을 채 넘지 않는다. 곧은 길은 끝나고, 철인동 언덕의 경사면이 이곳에서 시작된다. 부용미용실 앞에서 왼편으로 돌아들면 언덕의 경사면을 거미줄처럼 싸고 있는 구부러진 미로의 연속이다. 하수시설이 잘 돼 있지 않기 때문에 미로를 걸을 때는 바지나 치맛자락을 여며 잡는 게 좋다. 길은 축축하고, 집들의 반은 슬레이트, 반은 초가지붕을 얹고 있는데, 언덕 위로 갈수록 거의 모든 집들이 왜정 때 지은 그대로이다. 길의 한쪽켠을 따라 놓인 좁은 하수 도랑은 잔뜩 이끼가 피어 있다. 식기 씻은 물과 오물과 창녀들의 밑물들이 사이좋게 섞여 흐르고 찢어진 고무신, 싸구려 과자봉지, 쓰다 만 분첩, 변색된 콘돔, 부서진 장난감, 너덜너덜한 걸레, 깨진 뿔필통, 달창난 군용숟가락, 밑 닦은 회 포대 종이, 토막난 전깃줄 따위가 역시 오물을 따라 한들한들하는 이끼 속에 천연스럽게 끼어 있다. 철인동 언덕빼기를 꽉 채운 종환들의 피고름이, 질척대는 골목을 따라 사람과 함께 흐르는 것이다.

부용미용실은 부용아줌마가 사장이다.

골목 안쪽으로 들어가 역 구내와 경계를 이룬 삼엄한 철조망 옆에 있는 흑장미미용실은, 서른도 안 된 젊은 여자가 하지만, 부용아줌마와는 여러 면에서 비교가 안 된다. 부용아줌마는 진짜 이름도 김부용으로, 황해도 해주가 고향이다.

내가 말여, 바로 부용당(芙蓉堂)에서 태어났거든.

부용아줌마의 목소리는 자부심으로 쿵쿵 울린다.

부용당으로 말할 것 같으면 그 뭣이냐, 임란때 바로 인, 인조대왕이 태어난 곳인데, 말도 말어. 이날 입때까지 부용당만큼 훤칠하니 잘생긴 집은 보덜 못 했으니까, 라고 말하면서 부용아줌마는 인조대왕이 태어난 곳으로 알려진 부용당에서 자신이 태어났다고 한사코 주장하는데, 고향이 해주라, 어쨌든 부용당 가까운 마을에서 태어났을 터이니, 미상불 직접 부용당에서 태어났다고 주장한다고 해도 근거가 전혀 없다고 말할 수는 없다. 일사후퇴 때, 서른이 채 안 된 아낙으로서 어린것 둘을 안고 업은 채 임진강을 건너왔다는 부용아줌마는 아직껏 생이별했다는 애들 아빠를 찾지 못하고 있다. 어찌어찌하다가 갖은 고생 끝에 철인동 유곽에 자리잡은 것이 벌써 십 년, 그사이 남매는 다 커서 큰아들은 금년에 서울의 어떤 공과대학 기계과에 들어갔고, 딸은 전주에서 자취하며 여고에 다닌다. 펨프생활로 철인동에 들어와 미용실 사장까지 수직상승을 한 것보다 부용아줌마에게 더 큰 자긍심이 있다면, 슬하의 남매가 나쁜 환경 속에도 삐뚤어지지 않고 곧게 자란 데다가 공부까지 일이등을 다툰다는 사실이다. 부용아줌마가 코를 팽팽 풀면서 고백하는 마음속 한이 있다면, 첫째가 애들 아빠를 아직 찾지 못했다는 것이고, 둘째가 방학이 돼도 남매를 집으로 데려올 수 없다는 것이다.

어쨌든 이 바닥에서 그녀만큼 유명한 인사도 많지 않다.

억척같지만 인정이 많고 손길은 빠른데 맘씨는 유유하다. 머리손질은 물론 임질이나 매독에 걸린 어린 창녀들에게 약을 대주는 것도 부용아줌마고, 편지와 돈을 고향으로 대신 보내주는 것도 부용아줌마고, 어쩌다 창녀들의 가족이 찾아오면 눈치껏 따돌려주는 것도 부용아줌마다.

부용미용실의 좌장격은 참나리 누나.

손님이 없을 때 창녀들은 하나둘 부용미용실로 나와 잡담으로 이것저것 정보를 교환하거나 화투패를 떼거나 십원짜리 '육백 치기'를 한다. 단골로 모여드는 것은 나리 누나와 단짝인 선화와, 키다리 창녀1과, 젖이 커서 우유통이라고 불리는 창녀2와, 고향이 제주도여서 비바리로 통하는 창녀3과, 창녀4 창녀5 창녀6이 있다. 물론 내기화투 '육백'을 치는 데는 끼지 않지만 자주 들르는 창녀7 창녀8 창녀9도 있다. 창녀9는 열여섯 살 막내로 열여섯 살이어서 보통 춘향이라고 부른다. 그들은 이를테면 철인동의 부용미용실파이고 참나리파라고 할 수 있는데, 참나리파는 흑장미미용실 단골고객으로 좌장격인 홍장미와 그의 일행 장미파를 염두에 두고 쓰는 말이다.

나리파와 장미파는 물과 기름이라고 할 수 있다.

나리파가 창녀9를 빼곤 대부분 이십대 중반 전후인데, 장미파는 홍장미를 비롯 스무 살, 또는 스무 살 안쪽이다. 그렇다고 나리파와 장미파가 걸핏하면 사생결단 싸운다는 것은 아니다. 철인동엔 허구한 날 포주와 창녀 사이, 손님과 창녀 사이, 창녀와 창녀 사이, 기둥서방과 창녀 사이, 악다구니 드잡이 그칠 새가 없지만, 물과 기름처럼 서로 견원지간이면서도 힘의 균형을 이루고 있어, 나리파와 장미파가 직접 붙는 일은 거의 없다. 이제는 하나의 전설처럼 돼버린 나리파 장미파의 마지막 총력전은 일 년 반쯤 전이던가, 이른봄에 벌어졌다고 한다. 아랫것들이 손님을 두고 다투다가 시작된 양 파의 대결은 일 주일 동안 이리저리 도미노식으로 번졌던 것인데, 이대로 가다간 머리끄덩이 싸움에 남아날 머리칼이 없을 정도에 이르자 부용아줌마의 제안에 따라 좌장끼리 육백치기 결판을 내자 했다는 것이다.

그땐 정말 굉장했지.

결판이 벌어진 곳은 부용미용실.

부용아줌마의 말로는 철인동 창녀의 반이 구경꾼으로 몰려들었다고 했지만, 철인동 창녀의 반이 모여들었다면 미용실 앞골목을 다 채워도 설자리가 없었을 것이니 과장일 터이다. 암튼, 많은 구경꾼에 싸여 나리 누나와 장미 사이에 양 파의 승부를 가를 화투싸움이 벌어졌던 모양이다. 육백 치기로 결판을 내자고 주선한 부용아줌마의 기지도 그렇거니와, 생각하면 거기에 기꺼이 응한 나리 누나와 장미의 수준도 보통을 넘는다. 얼마나 신사적이고 멋진 승부인가.

육백 치기는 민화투와 다르다.

잡기로서의 화투치기는 도리짓고땡이나 섰다판이 으뜸이지만 그거야 노름꾼들이 할 일이고, 민화투는 시골 아낙네들이나 할 일이다. 화투로 하루 운수를 뗄 정도 실력이 되면 너 나없이 육백을 친다. 치는 방법은 민화투하고 같지만 약이 다른데, 대략 초·청·홍단이 있고, 비·풍·초약이 있고, 단풍 홍사리 목단 열끗을 모으면 '시카'가 되고, 비광 팔광 삼광이면 '용코' 또는 '대포'가 되고, 판이 아주 끝나버리는 '오광'과 띠 일곱 개로 판을 마감하는 '칠띠'도 있다. 먼저 육백 점을 따는 쪽이 이기는 싸움으로 초·청·홍단은 각각 백 점, 시카 용코는 삼백 점, 오광 칠띠는 육백 점이다. 장미는 나리 누나보다 먼저 시카를 해서 삼백 점을 얻었으나 삼백 점이 모자라게 화투가 끝나 다음판으로 이어졌다고 한다. 첫 판에서 얻은 삼백 점은 물론 유효하다. 둘째 판의 결과는 나리 누나가 풍약을 해서 백 점을 얻고 장미가 초단을 해서 합이 사백 점이 된다. 미장원이 좁아 구경꾼의 반 이상이 골목에 있어 부용아줌마가 긴장된 순간마다 문 밖에 대고 중계방송까지 했던 모양이다.

그래서 누가 이겼는데요, 아줌마?

셋째 판에서 나리가 글쎄, 칠띠를 했거든.

부용아줌마는 창녀7의 머리를 매만지다 말고 신명이 나는 듯 벌쭉벌쭉 아래위 잇몸을 다 드러내고 웃는다. 칠띠가 뭐야. 그대로 계속했으면 팔띠와 용코까지 했을걸, 아마. 천 점도 넘겼을 거라구. 선화가 초를 치고 나서자 화투를 섞던 나리 누나가 선화의 넓적다리를 쿡 찌른다. 이년아, 순진한 학생한테 그런 소리는 왜 하냐……라고 말하면서, 나리 누나는 수줍게 웃는다. 그는 무단으로 조퇴해서 책가방까지 들고 부용미용실에 들른 참이다. 앗다, 순진한 학생놈이 매번 책가방 들고 여길 와……라고 말하며 선화가 눈을 흘긴다. 요즘은 자주 위층의 당구장이나 아래층 부용미용실에 들르기 때문에, 그로서도 육백 치기가 전혀 낯설지 않다.

그곳에 있으면 뭐랄까, 물씬물씬 사람 냄새가 난다.

거짓말로 윤색되지 않는, 명목으로 꾸며지지 않는, 분노와 절망으로도 변색되지 않는 생생한 것들이 그곳에 있다. 때로는 슬픔이고 때로는 한숨이고 때로는 외로움이지만, 이상한 일도 다 있지, 그 모든 비탄조차 그곳에 있으면, 그 자신의 어둡고 깊은 자의식과 달리, 모든 것이 밝고 생생해진다. 미장원 안엔 연방 까르르 까르르 웃음소리 낭자하다. 고향집 편지를 받고서 울다가도 이리저리 말을 보태고 나면, 글쎄 우리 옆집에 쌍둥이 개새끼가 살았는데 어쩌고, 끝내 결말에 이르는 것은 까르르 까르르이다. 세상의 모든 슬픔과 한숨과 외로움이 있되, 세상의 모든 비탄이 있되, 비탄은 비탄으로 남지 않고, 가릴 것 없이 발랑 뒤집혀 피는 점박이 참나리꽃처럼 화통하다.

가끔은 K나 C를 대동하기도 한다.

K는 그사이 당구 애버리지가 이백이 넘었고, C는 창녀4에게 동정을 바친다. M은 한결같이, 한국 제일의 서정시인이 되려고…… 철인동엔 잘 오지 않는다. 그렇다고 M이 숫총각인 것은 아니다. 고향이 정읍인 M은 어느 날, 서정시인의 참된 길을 찾아…… 일부러 시외버스를 타고, 고도 전주역 뒤의 사창가에 M 자신의 표현대로라면 홀로, 장엄하게, 다녀왔다는 것이다. 워낙 놀기 좋아하는 K의 성적은 별 차이 없었지만, C와 M은 G와 마찬가지로 성적이 급전직하 떨어지는 중이다. 그리고 워낙 내성적이어서 말이 없긴 해도, M은 목하 여학생3의 쏙 패는 보조개를 몽매에도 그리워하고 있다. 보조개 팬 여학생3도 M을 싫어하진 않는 것 같다. M의 말에 따르면 모임이 있을 때마다 벌써 여러 편 여학생3에게 바치는 시를 써서 책가방에 슬쩍 넣어주곤 했는데, 여학생3은 아예 그룹 나르시스 모임이 되면, 짐짓 M 옆에 앉으면서 책가방을 남몰래 슬쩍 벌려주곤 한다는 것이다. 그들은 어쨌든 더 깊은

범죄로 곧 빠져들 것이고, 마침내는 악마적인 비탄에 잠길 것이라고 그는 믿는다.

문제는 G뿐이다.

그는 G에게 철인동의 피고름과 생생함과 향일(向日)의 빛깔을 어떡하든 경험시켜주고 싶다. 학문을 닦아 항문을 쌓는 것으로서 단지 잘 먹고 굵은 똥을 누려고, G가 좋은 성적을 계속 유지해선 안 되기 때문이다.

부용아줌마.

왜?

부용아줌마아.

왜 그러냐니깐.

그냥요. 부용아줌마, 하고 부르면요, 가슴속에서 부용부용 하는 소리가 나요. 부용부용, 하는 소리요.

나리 누나 부를 땐 나리나리, 하겠네.

맞아요. 부용아줌만 부용부용, 나리 누나는 나리나리.

나리나리……는 상큼하고 환한데, 부용부용……은 깊고 따뜻이 울린다. 부용미용실에 있으면 그는 일도 없이 자주 부용아줌마, 부용아줌마…… 부른다. 부용부용…… 하는 따뜻하고 깊은 소리가 가슴 한켠에서 시작되어 전신으로 부드럽게 공명되어나가기 때문이다. 온 실핏줄을 타고 부드럽게 퍼져나간, 부용부용……이, 땀구멍의 길을 열고 나가 철인 동의 언덕빼기, 부스럼투성이 삶을 울리고, 희망원을 울리고, 뿔테안경 어두운 눈빛을 울리고, 세상 멀리까지 퍼져나가면 참 좋겠다는 생각을 그는 한다. 부용부용……은, 이를테면 연화대로 떠받들린 아미타여래의 목소리처럼 부드럽다. 깨끗한 병 속에 담긴 물……이, 부용이고 연꽃이며, 더러움 속에서 피지만 더럽지 않고 더욱 청정하니 극락정토(極樂淨土)가 곧 부용이다. 부용부용…… 하는 소리가 울릴 때, 그는 해맑은 어떤 빛의 이미지를 본다. 부용아줌마는 틀림없이 아미타여래가 현신한 것이다.

부용부용, 부용아줌마 부용아줌마.

그는 자주 입 속으로 중얼거린다.

나자로여 너는 잠자고 있는가 신경의 / 지구의 / 계급의 / 종족의 / 폐허의 / 쇠의 / 종복(從僕)의 / 모자의 / 바람의 / 바람의 전쟁 / 공기의 / 흔적의 / 해원(海原)의 / 허위의 전쟁…… 기중기의 밑, 모멸의 밑 / 내일의 밑 / 떨어진 우상의 파편의 밑 / 거부의 광대한 함정 밑…… 내일의 밑 / 내일의 밑에 / 그 사이에도 몇백만 몇백만의 사람들 / 사자(死者)의 나라로 사라져간다…… 나자로여 너는 잠자고 있는가.

　그들은 죽는 것이다 나자로여

　그들은 죽어

　그런데도 단 한 장 수의(壽衣)도 없고

　마르타도 없고 마리아도 없다

　이따금 시체조차 없다.

　굴을 까들고서 외쳐대는 광인처럼 / 나는 외친다 / 나는 외친다 /…… 너를 향하여 / 만약 네가 무엇인지 알았다면 / 이번엔 네 차례다 / 네 차례인 것이다, 나자로여.

앙리 미쇼와 박재삼　　앙리 미쇼(Henri Michaux)의 시를 나는, 2002년 오늘, 읽는다. 64년 늦가을을 살고 있는 그가 격정적인 목소리로, 부르짖듯이, 자주 암송하던 불란서 시인 앙리 미쇼의 몇몇 시엔 빨간 잉크로 밑줄이 그려져 있다. 신구문화사가 편집해 낸 『세계전후문학전집』 전10권 중에서 제9권 『세계전후문제시집』 불란서 편에 실려 있는 시 하나, 「나자로여 너는 잠자고 있는가」를 나는 내 서재에서 짐짓 소리내어 읽는다. 그는 쉰 살도 훨씬 더 된 내가, 어떻게, 어떤 인연으로 그가 밤마다 밑줄을 그으면서 읽고 또 읽었던 『세계전후문학전집』의 낡은 책 몇 권을 지금껏 소유하고 있는지 알지 못할 것이다. 아니 그런 것엔 관심조차 없을지 모른다. 어차피 나는 그를 너무도 낱낱이 알지만 그는 나를 알지 못할 것이므로.

나는 그를 세세히…… 본다.

시간의 간격쯤은 내게 아무 문제가 되지 않는다. 예컨대, 나는 지금 2002년 정월의 잔뜩 흐린 하늘을 내 서재의 창으로 보고 있는데, 그는 교복 차림 그대로 1964년 늦가을의 부용미용실에 앉아 젖이 큰 우유통 창녀2와 육백 치기를 하고 있다.

그는 거의 학교만큼 부용미용실에 자주 들른다.

겨울방학이 오면 아예 역광장에 나가 슬쩍슬쩍 손님을 끌어오는 새끼뿜프 노릇도 해볼 계획이다. 육백 치기는 단둘만이 할 수 있는 게임이므로 참나리 누나가 그의 무릎에 제 무릎을 얹고 앉아 그를 코치하는 중이고, 우유통 창녀2는 나리 누나 단짝인 선화 누나와 창녀3, 창녀9의 응원을 받고 있다. 오빠, 우리 자장면 시켜 먹자 응…… 하고 옆구리를 슬쩍 찌르는 것은 열여섯 살배기 춘향이, 창녀9. 한 살 아래라고 해서 말끝마다 오빠오빠 하는 창녀9는 아직도 육백을 칠 줄 모르지만, 자장면 얻어먹는 재미로 부용미용실에서 살다시피 한다. 그는 이렇게 나리 누나와 나리파 창녀들하고 무릎을 맞대고 둘러앉아 육백 치기를 할 때가 젤 행복하다.

이런 게 가족이야……라고, 그는 생각한다.

나는 그의 생각까지…… 본다.

나자로여 너는 잠자고 있는가……를 암송하는 그의 비탄도 물론 볼 수 있다. 세계 제일의 서정시인이 되겠다는 M이, 최고의 서정시인이 될 것이므로, 가까운 이리시의 질척대는 철인동에 오지 않고, 주 예수를 찬미해야 할 경건한 일요일에, 의관 정제하고, 정읍으로부터 전주까지 출애굽기 마음으로 찾아가 장엄하게 제 동정을 바쳤다는 얼굴 하얀 M이, 그룹 나르시스의 정례모임에서 눈물 젖은 목소리로 박재삼의 슬픈 서정시를 암송해 보일 때, 나의 그가, 비수를 들이대듯 암송한 시가 바로 앙리 미쇼의, 나자로여 너는 잠자고 있는가……였던 것이다. 베트남 지원을 위한 국군파견에 관한 협정을 한국과 베트남이 힘센 미국의 지도 아래 체결하고 난 한 주일쯤 후의 일이다. 그로부터 75년 4월까지, 베트남에서 미군 오만칠천 명을 포함해 백사십만 가까운 사람들이 죽는다는 것을, 그는 그때 상상이나 했을까. 나는 M이 암송했던 박재삼의 「울음이 타는 강」이라는 시를 물론 여직껏 암송할 수 있다. 내가 사랑하고 미워했던 그의 애송시, 나자로여……는 잊었는데, M이 암송했던, 울음이……를 그대로 기억하고 있는 것이 신기하다.

　　마음도 한자리 못 앉아 있는 마음일 때
　　친구의 서러운 사랑 이야기를
　　가을햇볕으로나 동무 삼아 따라가면
　　어느새 등성이에 이르러 눈물나고나

　　제삿날 큰집에 모이는 불빛도 불빛이지만
　　해질녘 울음이 타는 가을강을 보겠네

　　저것 봐, 저것 봐,
　　네보담도 내보담도
　　그 기쁜 첫사랑 산골물 소리가 사라지고
　　그 다음 사랑 끝에 생긴 울음까지 녹아나고
　　이제는 미칠 일 하나로 바다에 다 와가는
　　소리 죽은 가을江을 처음 보겠네

　육백 치기 화투판을 잠시 미뤄두고 배달돼온 자장면을 왁
자지껄, 육자배기 어우러지듯 이리 찧고 저리 까불면서 먹고
있다가, 참나리 누나의 반 강요에 못 이겨 마지못해 그가 낭

송해 보인 시가 바로, M이 좋아하는 박재삼의 「울음이 타는 강」. 배운 바 없고 익힌 바 참나리꽃이 되어 발랑 까뒤집혀 피는 것이 전부인 어리고 늙은 창녀들이, 시를 어찌 알고 시적 비애를 또 어찌 공감할까 했는데, 시의 반도 읽기 전에 열여섯 나이 어린 창녀9의 볼에 눈물이 주르르륵, 그리고 이내 뚝, 뚝, 뚝, 검은 자장면 면발 위에 떨어지고 만다.

사람 환장할 일이 아닐 수 없다.

씨발년이 자장면 일부러 불릴 일 있나, 왜 울고 지랄이랴…… 한 것은 선화 누나이고, 선화 누나 다음은 침묵이다. 한사코 입술을 깨물어보지만 선화 누나의 눈도 이미 젖어서 속수무책이다. 젓가락 들 때 와자지껄하던 밝은 소란은 온데간데없고, 시는 곧 마지막 연으로 넘어가, 저것 봐, 저것 봐, 네보담도 내보담도, 그 기쁜 첫사랑……으로 나아가는데, 부용아줌마는 이미 젓가락을 탁 놓고 코 풀러 나가고, 참나리 누나는 눈가를 앙세게 쥔 주먹으로 썼고, 씨발씨발, 낮은 공염불로 추임새를 넣는 우유통 창녀2와, 돌아앉아 머리를 무릎 사이에 이미 박아버린 창녀3, 그리고 장난 삼아 시를 암송하기 시작한 그도 어느덧 목젖이 담뿍 젖어 쉬고 갈라진 소리, 소리 죽은…… 가을…… 가을강을…… 처음…… 보……겠네…… 간신히 시낭송의 아퀴를 짓는다. 창녀9는 어느새 고향 어머니를 만난 것처럼 부용아줌마 출렁한 가슴 속에 코를 비벼대며 소리내어 울고 있다.

  이제는 (……) 바다에 다 와가는
  소리 죽은 가을江을 처음 보겠네

  그 울음이 타는 가을강……이 부용미용실 안의 모두를 뜨겁게 휘돌아 흐르는 게 지금의 내 눈에도 너무나 선연히 박혀 있다. 그것은 영원을 품고 흐르는 화류항(花琉港)의 젖은 가을강이다. 1964년 철인동 언덕빼기를 헤매고 있는 그는 상상도 못 할 터이다. 그로부터 사십 년 남짓, 그 긴 세월 동안, 그가 알든 모르든, 그 자신과 너무도 운명적으로 맺어져 있는 내게, 그날의 삽화가 얼마나 슬프고 아름답고 뜨겁게 남아 있는지를. 처음엔 미약한 찰나적 감동이었으나, 그것의 실마리가 자라고 우거져서, 내 세계관의 뼈, 혹은 사람살이를 보는 근본적인 눈, 그리하여 내게 얼마나 강고한 눈물이 되었는지를.
  그 삽화를 통해 내가 보는 것은 쓸쓸한 영원의 그림자이다.
  감히 말하거니와, 나의 이데올로기며 나의 재능이며 나의 예술인 것의 씨앗에 대해, 2002년 정월, 흐린 날의 잔설이 쌓인 북악을 내다보며, 다른 누가 아니라, 인문학의 이중적 바리케이드를 친 자들, 외국문학의 화려한 슈미즈를 엽기적으로 걸친 자들, 이데올로기의 때늦은 갑옷에 제 눈물을 숨긴 자들, 세계화의 숨가쁜 질주를 쫓아 사생결단 달려가라고 부추기는 자들이 아니라, 열일곱 살의 그에게 쫓아가 나는 말하고 싶다. 눈물 같은 시(詩)가, 지금은 실종된 시인이 1964년, 세계의 광기로 포위되어 있던 우주의 외딴방 그곳 부용미용실에, 별처럼 반짝이며 흐르고 있었다는 것을.

창 밖엔 어느덧 겨울비가 내린다.

나는 서재 창에 이마 내려놓고 있다.

컴퓨터를 켜고 1964……라고 쳐보기도 하고, 부옇게 김 서린 창을 향해, 나자로여……라고 그를 불러보기도 하고, 영원, 그리고 화류항……이라고 손가락으로 눌러써보기도 하고, 비가 내리지 않을 때부터 지금 비가 내릴 때까지 별짓을 다 해보지만, 그는 내 쪽은 쳐다보지도 않고, 울고 있는 참나리와 선화와 창녀2 창녀3 창녀9와 부용아줌마 곁에 앉아, 자장면 그릇만을 눈물 젖은 눈으로 바라보고 있다. 2002년의 나는 그를 보지만 1964년의 그는 나를 보지 않고, 2002년의 나는 그의 목소리를 듣지만 1964년의 그는 내 목소리를 듣지 못한다. 편지도, 전화도, 컴퓨터 온라인도 모두 쓸모없다.

그와 나 사이엔 여전히 수평적인 통로가 없다.

「나자로여 너는 잠자고 있는가」를 더 자신 있게 암송하는 그와, 겨우 「울음이 타는 강」을 기억할 뿐인 나, 그 사이에 끼어 있는 거리는 안쓰럽고 비극적이다. 쉰몇 살의 골다공증에 걸린 내가 낡은 『세계전후문학전집』 제9권에 코 박고 엎드려, 나자로여……에, 열일곱의 그가 빨간 잉크로 1964년에 쳐놓은 밑줄을 두 눈 부릅뜨고 본들, 그게 지금 무슨 소용이란 말인가. 그는 시를 이해하는 그녀들과 영원히 함께 있고, 나는 시를 알지만 이해하지 못하는 무리에 찰나적으로 섞여 있다. 앞으로의 시간은 더욱더 폭력적이고 가속적일 것이다. 그래서 오늘, 저기 저 겨울비에 젖고 있는 2002년 정월 열이렛날의 북악을 향해 서서, 일찍이 내가 가장 사랑했고 또 시시때때 가장 죽이고 싶었던 나의 그를 향해, 늙은 배우 같은 과장된 몸짓으로, 소리없이 나는 소리쳐 묻는다.

나자로여, 너는 어디에 흘러가 있는가.

그는 물론 대답이 없고, 나는 돌아서서 그의 손때가 묻은 『세계전후문학전집』 전10권 중 제9권 『세계전후문제시집』을 아무렇게나 풀풀 넘긴다. 너무 말라서 미농지(美濃紙) 같아진 마른 은행나뭇잎 한 장, 팔랑거리며 책장 속에서 떨어진다. 그의 혼백 같다. 나는 당신의 진귀한 꽃이었어요……라고 시작되는 어떤 핀란드 시인의 「슬픔」이란 시 밑의 여백엔,

이렇게 씌어 있다.

1964. 11. 19. 흐림 오늘 기쁜 일은,

1) 멋쟁이 C가 우유통 창녀2와 잤다가 드디어 임질에 걸려 자지에서 고름이 새기 시작한 일. C는 더 깊어지겠지.

2) K의 어머니가 K의 아버지에게 연탄집게로 맞은 일.

3) 키만 훌쩍 클 뿐 싱겁기 한량없는 수학선생 겉보리가 눈가에 이슬이 맺혀, 옛날 내 꿈은 시인이었어, 라고 말한 일.

4) 창녀9의 돈을 남도 해남의 고향집에 창녀9 대신 우체국에 가서 부쳐준 일.

5) 서정시인 M이 여학생3의 손을 처음 잡은 일. 곧 여학생3이 애를 배도록 유도해야지.

6) 늦가을 바람 속의 바람개비.

7) 책갈피에 끼워둔 노란 은행잎.

오늘 슬픈 일은,

1) 담임선생이 내 학습태도에 대해 가짜로 칭찬해준 일.

2) 창녀9가 손님이 많은 복받은 날이라면서 자장면 곱빼기를 순식간에 먹은 일과 브래지어 끈이 때에 절어 새카만 것

을 우연히 본 일.

3) G가 지독한 감기에 걸려서도 학교에 나온 일.

4) 너구리 주둥이 H가 내게 은밀하게 편지를 보내온 일.

5) 로브그리예 소설 『질투』.

6) 전깃줄 위의 참새와 역광장에서 본 어떤 할머니의 보퉁이와 자동차에 치여 비틀거리고 달려가던 황구 한 마리와 전봇대 밑에 누군가 토해놓은 토막난 국수가닥.

7) 철인동 더러운 수챗구멍에 거꾸로 박혀 있는 뽈펜통.

8) 씨부랄, 난 왜 매독조차 안 걸릴까. 국제매독.

묘지 살집 많은 부용아줌마가 앞서고 춘향이 창녀9가 뒤를 쫓아간다. 부용아줌마를 쫓아가는 열여섯 살배기 창녀9는 똥색 스웨터에 여름바지를 입었는데, 뒤에서 볼 때는 열여섯은커녕 겨우 열두서넛 됐을까 말까, 아주 어린 소녀 같아 보인다. 삼남극장 뒤편의 후미진 이층 건물이다. 산파……라고 씌어진 건물의 이층으로 통하는 계단은 밖으로 달아낸 철제 계단이어서 사람이 밟을 때마다 탕탕탕 하고 비명 소리를 낸다.

춘향이 재, 어지러운가봐.

C가 눈을 깜짝이며 속삭인다.

씌어 있기는, 산파……지만 철인동 창녀들은 실수하여 애를 배면 대부분 이곳으로 온다. 며칠 전 한밤중에 내린 눈이 아직 다 녹지 않아 골목길은 군데군데 얼어 있다. 바 엔젤, 태평양, 낙원주점, 장모집 따위의 칠이 더러 벗겨진 함석간판들이 골목 안쪽에 을씨년스럽게 자리잡은 게 보인다. 집게랑 가위 같은 것, 여러 개, 산부인과에서 전에 본 적 있어……라고, C는 골목 어귀의 얼어붙은 전봇대 밑동을 발로 툭툭 차며 토를 단다. 부용아줌마는 이미 이층 방으로 들어갔으나 어지러운 듯 똥색 스웨터 창녀9는 철제 층계 끝에서 난간을 붙잡고 서 있다.

아직 11월 말경인데 바람 끝은 섬찟할 만큼 차다.

다 큰 어린애……는 의사가 가위를 자궁 속까지 집어넣어…… 손과 발…… 머리통까지 조각조각…… 잘라서…… 집게로 끄집어낸다더라……라고 말할 때, C의 얼굴빛은 공포에 질려 창백하다. 그는 창녀9와 관계한 적 없지만 C는 얼마 전에도 창녀9와 관계했으므로, C의 공포감이 더 클 수밖에 없다. 공포감을 잊으려고, 춘향이 저 지지배, 저러다 쓰러지겠어……라고 C는 계속 말을 덧붙인다. 문이 다시 열리더니 그 순간 부용아줌마의 팔이 쑥 나와 창녀9의 똥색 스웨터

를 안으로 왈칵 잡아들인다. 주름살투성이 마귀할멈 같은 산
파가 열여섯 살배기 창녀9의 가랑이 사이로 집게를 우악스
럽게 밀어넣는 광경이 그의 눈앞에 선연히 떠오른다.

춘향이가 밴 아기…… C, 네 아이일지도 몰라.

그는 비수를 들이대듯이 C의 눈을 똑바로 보면서 말하고,
C는 황급히, 그러나 여전히 공포에 질린 표정으로 고개를 가
로젓는다. 아냐, 씹새꺄. 그 지지배하고 처음 한 것, 한 달밖
에 안 됐어. 나하곤 상관없는 일이야. 다리를 저는 중늙은이
남자가 가래침을 찍 뱉고 경사진 길을 따라 버스종점 쪽으로
절룩절룩 내려간다. 한 달밖에 안 된 것이 무슨 증거가 되냐.
한 달밖에 안 됐어도 아이는 주먹만큼 자랄 수 있어. 그는 더
심술궂게 오금을 박는다.

아니라니까. 아냐, 씹새꺄. 아니라구.

C는 주먹이라도 날릴 기세이다.

철제 층계 꼭대기에서 철인동 언덕빼기를 지나온 찬바람
이 웅웅 하고 목을 매달고 있다. 그 층계는 어린 아기들의 묘
지로 아무렇지 않게 이어지고, 묘지는 산파……라는 표찰을
달고 있으니, 장 주네가 말한바, 태양빛에 물들여진 종려나뭇
잎처럼…… 성(聖)스럽다. 살인은, 눈시울이나 콧구멍에 비
극적인 주름살이 잡히지 않는 상태에서…… 천진스럽

게…… 윤리적 완전성에 가까운 성스러운 지점에서…… 위기의 사랑스러운 휴식 상태에 있는 대담성으로…… 신속하고 명징하게 이루어진다. 하늘은 잔뜩 흐리고, 땅은 얼어 있고, 삼남극장 스피커에선 간간이 음악 소리가 난다. 부용아줌마와 창녀9가 아무도 몰래, 윤리적 완전성에 가까운 성스러운 지점에서…… 어린 아기를 살해하고 다시 거리로 나오기까진 채 한 시간도 걸리지 않는다.

버스터미널 어귀의 비치파라솔.

일부가 찢어지고 색깔은 바랜 비치파라솔 밑의 중년남자가 단근질을 당하고 있는 풀빵기계 속의 동글동글한 풀빵 가운데 팥앙꼬를 박다 말고 파라솔 밑으로 들어서는 백짓장 같은 창녀9의 얼굴을 무심히 바라본다. 많이 줘요……라고 말하면서 꼬깃꼬깃한 지폐를 펴고 있는 부용아줌마가 사람 좋게 벌쭉 웃는다.

따님이신가보네.

어린 아기의 살인은 풀빵장수의 까랑한 목소리에 날렵하게 은폐된다. 아이를 죽이고, 물도 없이 창녀9가 호호 불며 뜨거운 풀빵을 씹는 둥 마는 둥 성급히 목구멍에 넘길 때, 희끗희끗 눈발이 뿌려지기 시작한다. 목포행 기차가 도착했는지 역광장으로 사람들이 쏟아져나오고 있다. 눈발은 이내 굵

어지고, 그는 플라타너스 가로수 밑동에 기대서서, 네 아기였
어……라고 말하려는 것처럼, 살의가 담긴 눈빛으로 여전히
공포에 질린 옆의 C를 노려본다.

　왜 쳐다봐, 씹새꺄.

　C의 두 눈에 눈물이 그렁그렁 맺혀 있다.

　역광장은 바람과 함께 난폭히 쓰러지는 눈발에 묻혀, 먼
나라의 거대한 묘지처럼…… 스산하다. 춘향이 창녀9가 풀
빵을 먹으려고 쩍 벌린 작은 입 안에도 눈발이 휩쓸려들어간
다. 부용아줌마가 돌아서서 남몰래 눈물을 훔치는 모습이 뿌
옇다.

　유리도시　그 옛날 이리시는 세상에서 사라지고 없다.

　지금, 신세기의 사람들은 예전의 익산군과 합쳐진 이리시
를 익산시라고 부른다. 익산(益山)은 백제의 왕궁터가 있다
고 알려진 금마에 자리잡은 미륵산이 주봉(主峰)이다. 인도
바라나국의 바라문(婆羅門) 가문에서 태어나 석가여래의 화
도(化導)를 받고 미래에 부처가 될 걸 수기(授記)받은 연후
에, 지금 욕계육천(欲界六天)의 넷째 하늘, 도솔천 내원(內
院)에 살면서, 스스로 깨닫지 못하여 화택(火宅)의 아비지옥

에 사는 뭇 중생들을 보살피고 권도(勸道)하시는 미륵보살님이 머물러 계시는 곳이 미륵산이니, 익산은 이를테면 석가모니 입멸(入滅)로부터 56억 7천만 년 뒤에 나타날 후천개벽 새 세상의 용화수(龍華樹)가 자리잡을 곳이고, 불멸이 꿈일 수 없는, 극락정토의 중심이 될 곳이다.

나는 기차에서 내려 익산역 지하도를 통해 역사로 나온다.

역 구내 지하도는 어둡고 습했던 예전의 그곳과 달리 불빛이 환하고 깨끗하고 넓다. 모교인 남성고등학교에서 재학생들에게 특강을 해달라고 요청해와, 새마을호를 타고 내려온 참이다.

익산 역사(驛舍)는 새로 지어 번듯하고 우람하다.

교장선생이 보낸 승용차가 역광장에 대기하고 있다.

나는 철인동 쪽을 힐끔거리면서 직원의 안내를 받아 승용차에 오른다. 슬레이트나 함석지붕으로 시작되어 언덕꼭대기에 이를수록 초가지붕으로 뒤덮여 있던 사십여 년 전의 철인동은 온데간데없고, 어디든 그럴듯한 크고 작은 건물들이 즐비하다. 삼남극장이 지금도 있습니까⋯⋯라고, 나는 동승한 직원에게 더듬거리며 묻는다. 삼남극장이 있든 없든 사십여 년 전 그때의 삼남극장은 물론 없을 것이다. 시내버스 종점이 있던 공터에도 사오층 이상 되는 건물들이 빼곡이 자리잡고 있다. 차는 재빨리 좌회전하더니 넓고 곧은 동쪽 방향의 포장된 대로를 쫓아 달린다. 저기 저쯤일까……라고, 그 옛날 낡은 비치파라솔 밑의 풀빵장수가 서 있던 곳을 눈으로 부지런히 더듬어보지만 워낙 변화가 많은데다가 성능 좋은 차의 속력 때문에 풀빵장수가 서 있던 자리는 물론 삼남극장 뒷길도, 산파라고 씌어 있던 이층 건물도, 바 엔젤, 태평양, 낙원주점, 장모집 따위의 칠 벗겨진 간판들도 어림짐작으로나마 찾아 맞추어보지 못한다. 하긴 모교인 남성고도 오래 전 자리를 이전해 새로 지었으니, 낯익은 것이 단 한 가지도 없다.

이리역 폭파사건 혹시 기억납니까.

나는 담배에 불을 붙이면서 마중 나온 직원에게 또 묻는다.

한국화약의 화약열차가 이리역 구내에서 폭발한 사건을 사람들은 이리역 폭파사건이라고 무심히 부른다. 다이너마이트를 빼곡이 적재해둔 화물칸에서 운송담당 직원이 담배한 대 태우려다가 생긴 우연한 사건이라곤 지금도 믿기지 않는다. 이리시 건물의 칠십 퍼센트 이상이 주저앉거나 파손되고 부상 수천, 사망자만도 공식집계로 오십육 명이나 되는 사건이다. 국회를 강제해산하고 전국에 비상계엄령을 선포하며 시작된 언필칭 10월유신이 72년 가을이었으니까, 그 이후 사람들의 눈과 귀를 막고, 가난할지라도 일한 만큼 대우받으며 따뜻하고 바르게 살자는 보통사람들의 숨은 꿈조차 일일이 간섭하고 통제하는 긴급조치 1호, 2호, 3호, 4호, 그리고 9호까지…… 헌법에 대해서, 혹은 구조적인 불평등에 대해서, 말하기만 해도 붙잡혀가 단근질당하고 '빨갱이'로 둔갑되곤 했던, 유신헌법의 가장 깊은 절망, 가장 혹독한 억압, 그 어둡고 야만적인 77년 늦가을, 어느 저녁에 일어났던 일이다. 나는 그 무렵, 무학재 언덕빼기 어떤 여중학교 교사로서 일 주일에 서른 시간이 넘는 수업과 유신헌법의 더 전투적인 전도사가 될 것을 강요받으면서, 겨우 아이들과 교사인 나의 두발 길이 문제를 놓고, 눈꺼풀이 두텁게 내려앉아 있던 교감 선생과 전쟁을 벌이고 있는 중이다. 제 머리 길이가 마음에 안 드신다니 삭발을 하지요……라고 나는 말하고 있다. 학생들은 귀밑으로 일 센티, 남자교사들은 군인처럼 시원하게 아랫부분을 쳐올려야 한다. 유신헌법의 정신으론 그것이 곧 생산성이고 윤리적이다. 스님처럼, 나는 보다 훌륭한 교사가 되기 위해서가 아니라 단지 먹이사슬로부터 유기되지 않으려고, 그렇지만 굴종은 차마 받아들일 수 없으므로 사소한 머리 길이에 내 모든 자존을 걸어, 삭발하고 만다. 문제의 이리역 폭발사건이 바로 그 여름에 일어난다. 자, 머리를 시원하게 깎았습니다, 교감선생님. 더이상 깎을 데가 남았다면 언제나 말씀해주십시오. 아이들은 삭발한 내 머리를 보고 쿡쿡거리며 웃고, 교감선생과 교장선생은 벌레 씹은 표정을 짓는다. 불량교사라는 빨간 밑줄이 내 이름 밑에 그어질 때, 이리에선 원인 불명의 폭파로 거대한 불기둥이 솟고 오래 묵은 낮은 집들은 일시에 주저앉는다. 유리조각이 천지에 날고 섬광이 하늘을 뒤덮으니, 비명조차 지르지 못하고 무너지는 흙벽과 시멘트 블록과 날선 서까래나 함석지붕에 파묻히는 사람들이 부지기수다.

기억하고말고요. 끔찍했었지요.

조수석에 앉은 직원의 목소리가 쑥 올라간다.

하기야 그 순간 이리시에 있던 사람이라면 예전의 이리시 모습을 깡그리 잊을망정 그날 그 순간만은 결코 잊을 수 없을 것이다. 제가 초등학교 오학년 때였지요……라고 직원은 회상의 레일을 타고 간다. 중앙동 미술학원 이층에 있었는데요, 선생님이 축구경기를 보고 있었던 게 생각나요. 그림을 그려야 하는데 제 눈도 자꾸 선생님이 보고 계신 텔레비전 중계로 쏠렸으니까요. 올림픽 예선전인지 월드컵 예선전이었는지는 잘 기억나지 않지만요. 암튼 이란하고 우리하고, 그게 아마 최후의 일전이었을 거예요. 밤 아홉시쯤요. 집집마다 사람들이 텔레비전 앞에 모두 모여 있을 때, 경기 시작되고 얼마 안

됐는데 갑자기 쾅 하는 세상이 두 조각 나는 듯한 소리가 들렸고요, 집이 무너질 것처럼 흔들렸어요. 생각나는 건 그뿐이에요. 전깃불이 나가고, 곧 이어 번쩍번쩍 유리창 파편이 날고, 동시에 무엇인가가 제 머리를 치는 바람에 잠시 기절했었거든요. 나중에 알고 보니까 제 머리를 쳤던 건 천장에서 떨어진 등이었어요. 가짜 샹들리에 같은 거요. 정신이 났을 때는 이미 선생님이 저를 안고 큰길로 나와 있었는데, 선생님 얼굴도 피투성이, 저도 피투성이였어요. 어떤 섬광이었는지 불빛이 번쩍번쩍하는 순간 보니까 선생님 얼굴에 유리조각이 막 박혀 있더라구요. 젤 못 잊는 게 그거예요. 큰길에도 유리파편이 쫙 깔려 있었는걸요. 글쎄, 폭발 순간 이리 시내의 모든 유리창이 날아갔다니까, 만약 누가 하늘 높은 곳에서 봤다면 굉장했을 거예요. 유리파편으로 뒤덮인 세상을 상상해 보세요. 폭발의 섬광을 받아 반짝반짝하는 유리파편으로 뒤덮인 도시 말예요.

직원은 사뭇 감각적이다.

유리로 뒤덮인 캄캄한 거리를 팔이 날아간 사람, 다리가 날아간 사람, 온몸에 유리조각 박힌 사람들이 비명을 지르면서 버둥거리는 모습이 떠오른다. 부상자는 수천이 넘는다. 한순간에 도시 전체가 아비규환이 되고, 세계는 칠흑처럼 어둡고,

구원자는 없다. 77년 11월 11일, 일찍이 철도의 개설로 신흥 교통중심도시가 된 인구 십만의 이리시가 통째로 날아가버린 순간의 증언이다. 공식 집계된 오십육 명의 사망기록을 직원은 전혀 믿지 않는다.

말도 안 되는 집계라고 봐요.

직원의 말을 들으며 나는 고개를 뒤로 돌린다.

차는 네거리의 신호등에 걸려 서 있다. 차의 뒤창으로 보이는 철인동 언덕빼기엔 아파트가 즐비하다. 남성여고 외벽이 있던 자리조차 도무지 짐작이 가지 않는다.

참나리꽃이 뒤집혀 피어 있던 골목은 어디쯤일까.

베니어판으로 막아놓은 비좁은 방들과 위태로운 비탈길을 품고 세계를 뒤덮을 것처럼 번져 있던 초가, 슬레이트, 함석 지붕의 끝없는 연접, 그리고 냄새 나는 수챗구멍, 악다구니 소리, 철조망들. 개발독재의 야만적인 그늘이기도 했던 철인동 사창가의 흔적은 어디에도 없다. 나는 눈병에 걸린 것처럼 눈을 깜박거린다. 참나리 누나는 육백 치기를 하고 있고, 춘향이 창녀9는 뱃속의 아기를 떼고 나와 풀빵을 영양식이라고 꾸역꾸역 입 안에 밀어넣고 있으며, 나의 분신이자 나의 숙주인 열일곱 살의 그는 실존의 분열에 싸여 축축한 철인동 미로 어디쯤, 광기의 세계를 한사코 등진 채 어두운 자의식을 쫓아 걷고 있다. 모든 게 너무도 확연히 보이는 것 같지만, 그러나 보이는 것은 아무것도 없다. 우뚝우뚝 선 아파트 사이로 승용차들이 가만가만 들고나는 게 보일 뿐이다.

선생님도 철인동 사창가 기억하지요?

그러믄요, 저기…… 아파트촌이 됐네요.

전 어려서 어렴풋한 기억밖에 없지만요, 철인동 사창가 언덕이 인구가 젤 조밀했던 곳이었어요. 색시들이 어떤 사람은 천 명도 훨씬 더 됐을 거라고도 하고요, 칸막이 칸막이 된 좁은 방마다 색시들하고 뜨내기 손님들하고 가득가득 차 있던 밤에요, 한순간 모든 것이 폭삭한 거예요. 한순간에요. 철인동은 폭파사고 때 한 집도 남은 집 없이 완전히 주저앉고 완전히 날아갔다구요. 선생님이 더 잘 아시겠지만 입에 풀칠하기 어렵던 예전이야 뭐, 주민등록이니 뭐니, 한번 철인동 들어오면 끝이었어요. 주민등록 없는 색시들이 더 많았다 그 말이에요. 임검도 안 되는 데가 철인동이었는걸요. 고향도 모르고, 가족도 없고, 그러니 어떻게 사망확인이 됩니까. 숱한 창녀들이 무너진 집에 깔려 죽었지만 사망자 집계엔 들어갈 수가 없었지요. 손발 날아가고 얼굴 문드러진 걔들 신원을 어떻게 찾겠습니까. 그때야 유신시대니까 신원이 확인돼도 사망자를 줄일 참인데요 뭐. 철인동 색시들 한번에 깨끗이 싹쓸이

한 셈이지요. 철인동 없앨려고 일부러 폭발시켰다 뭐다, 그 당장에도 소문이 분분했었는데요, 생각하면 익산시가 이만큼 발전하게 된 것, 다 폭파사건 덕분이라고 봐요. 왜정 때부터 있어온 삼남 최대의 사창가가 하루 한순간 사라진 것도 그렇구요.

차는 이전해 새로 지은 모교 교문으로 곧 들어간다.

교문은 옛날보다 더 우람하고, 여고까지 합해놔서 교정은 드넓고 아름다운데, 쭉 곧고 환했던 히말라야시더의 대열은 어디에서도 보이지 않는다. 열여섯 살이었던 춘향이 창녀9는 폭파사건이 있던 77년엔 스물아홉이었을 것이다. 참나리 누나는 삼십대 후반이었을 테니 철인동을 그때까지 떠나지 않고 있었다면 혹 포주로 신분상승을 했었을까.

아이들이 큰 꿈을 갖게, 성공한 선배로, 격려해주세요.

모교의 교장선생이 차를 권하며 말하고 있다. 강당에 전교생이 모여 있다는 것이다. 성공한 선배……는 민망하고, 큰 꿈……은 난감하다. 21세기를 살고 있는 오늘의 십대들이 가져야 할 큰 꿈은 어떤 빛깔일까. 나는 내가 말할까 하고 생각했던 것, 가령 도스토예프스키나 장 주네나 알베르 카뮈, 또는 김승옥이나, 박재삼이나 최인훈, 또는 대여소의 뿔테안경, 이리여고 담벼락을 따라 들어가는 골목길 어귀의 참나리꽃, 뙤약볕, 철조망, 그리고 희망원과 희망봉, 또는 64년의 그가 보고 기억할 나리파와 장미파, 풀빵, '산파'로 들어가는 어린 아기들의 묘지, 부용미용실, 이리역, 어두컴컴한 젖은 길들……에 대한 나의 생생한 기억들을 교장선생 몰래 접어 감춘다. 21세기의 청년들에게 그런 것들은 아무런 감흥도 주지 못할 터이다. 그들의 큰 꿈은 포장된 재빠른 직진의 대로에서 나오고, 온라인의 숨가쁜 속도에서 나오고, 세계화로 요약되는 자본의 메커니즘에서 나온다. 구체적인 건 상상하지 못했으나, 본질적으로 세계가 보다 광포한 광기에 휩싸일 것이라는 사실을 이미 60년대의 그도 놀라운 직관으로 짚어 알고 있었던 것이다. 큰 꿈은 이를테면 굵은 똥과 같고, 굵은 똥은 광기와 욕망의 확대재생산 라인 안에서 눌 수 있다.

나는 멋쩍은 얼굴로 교장선생이 권하는 녹차 잔을 든다.

교장선생에게 큰 꿈의 전도사로 나를 선택한 것은 실수라고 지적하고 싶지만 민망해서 차마 말이 나오지 않는다. 죽을 맛이다. 64년의 시내버스 종점, 찢어진 비치파라솔 밑의 풀빵장수 뒤에 서서 열일곱 살의 그가 나를 노려보고 있다. 좀 유명하다고 해서, 그 속된 성공을 등에 업고 모교에까지 내려와, 가증스러운 광기의 메커니즘으로 포장된 가짜 꿈에 대해 전도할 것이냐고, 그는 내게 묻는다. 그는 그가 살았던 이리시가 세상의 지도에 사라지고 없다는 것을 알지 못한다. 그는 세계의 광기에 대해 직관적으로는 이해하지만, 훗날, 베트남 전쟁에서 얼마나 죽고 광주에서 무슨 일이 일어났는지 알지 못하며, 사라진 사회주의 제국들과, 폭발하는 인터넷과, 아프가니스탄의 탈레반 병사들이 아프가니스탄에서 멀고 먼 카리브해 관타나모까지, 19세기 노예처럼 족쇄가 채워지고 두건이 씌워진 채 호송되고 있다는 사실도 상상하지 못할 것이다. 그뿐인가. 모교의 후배들이 도스토예프스키가 누구인지 알지 못하고, 더러는 인터넷을 통한 은밀한 성매매에 길들여져 있거나, 또 더러는 돈과 권력 없는 큰 꿈의 존재를 이해하지 못한다는 당연한 사실에 대해, 그보다 오래 산 나는 받아들일 수 있지만, 그는 받아들일 수 없을 게 확실하다. 그는 분노의, 절망의, 슬픈, 연민의 눈빛으로 아직 할말을 정하지 못하고 전교생이 모여 있다는 강당을 향해 걷고 있는 나를 내려다본다.

상상컨대, 그의 영혼은 찢어진다.

그의 내면엔 분노하는, 절망하는, 슬픈, 연민의, 수많은 다른 젊은 그가 함께 있다. 내적 분열은 열일곱 살의 그에게 하나의 천형이다. 분열된 수많은 그들은, 그의 웅크린 내부에서 서로 격렬히 충돌하고 황홀하게 교접하고, 그리고 피에 젖는다. 카오스다. 그 자신이 날아다니는 유리파편의 우박에 싸인 도시처럼 보인다. 나는 차마 갈가리 찢어지는 그의 생살을 바로 보지 못하고 고개를 돌리다가 천 개가 넘는 눈동자와 극적으로 마주친다.

강당이다.

물을 끼얹은 듯 모교의 후배들이 일제히 입을 다물고서 서울에서 내려온 성공한 선배……를 바라본다. 나는 비틀, 하려다가 성공한 선배답게 이윽고 연단 위에 우뚝 서서 굵은 똥을 누려고 항문에 잔뜩 힘을 준다. 대장항문전문병원은 그 사이 세상에 수없이 생겨났지만 이리시는, 철인동은, 부용미용실은, 참나리와 우유통과 춘향이와 장미는, 똥치……들은 사라지고 없다. 내 모교의 벽돌교사도 사라져 없으며, 히말라야시더 또한 뽑혀 죽었으니, 여기는 새로 뻗는 신생의 유리도시 전라북도 익산시……라고 나는 생각한다. 재작년 사당동 부근 대장항문병원에서 잘라낸 내 똥구멍의 일부 치핵처럼 땅에 묻혀, 썩어 없어진 이리시 철인동의 진물 나는 종환들과 결별하기 위해, 나는 성급히 헛기침부터 하고 본다.

나는 살아 있고, 나의 그는 그러나 그곳에 없다.

죄와 벌　나의 그는, 창녀9가 어린 아기의 살해를 마치고 풀빵을 먹던 그날 밤, C를 끌고 희망원 앞 희망봉으로 간다. 묘지들이 있고 잔솔들이 눈을 얹은 채 엎드려 있다.

너는 죄인이야……라고, 그는 C에게 말한다.

오늘 춘향이 뱃속에 있다가 집게로 끌려나온 아기는 C, 너의 아이가 틀림없어. 네 정충이 만든 아기라구. 네가 아기를 죽인 것과 다름없어. 그러니 오늘밤 여기서 동상에 걸리든 말든 벌을 서는 게 옳아. 그는 덧붙이고, 새꺄, 말도 되지 않는 소리 그만해…… C는 추위에 앞니를 달달달 부딪치며 새꺄, 씹새꺄……라고, 반복한다. 죽어가는 조무래기들이 서로 끌어안고 잠들어 있을 희망원엔 밤새 불이 켜지지 않는다. 눈은 그쳤지만 하늘엔 별 하나 뜨지 않고 풍화된 무덤들은 쌓인 눈 속에서 소리없이 돌아눕는다. C가 죄인이라면 C를 처음 철인동으로 데려간 자신은 더 큰 죄인이라고 그는 생각한다.

저수지는 죽은 흰빛이다.

자, 우리 벌주를 마시는 거야……라고 말하며 그가 사들고 온 도라지 위스키 병마개를 딴다. 목구멍이 타는 것 같은 독한 술이다. 씹새꺄, 마신다. 마시고말고. C가 벌컥벌컥 도라지 위스키를 목구멍에 털어붓다가 진저리를 친다. 유일한 국산 도라지 위스키는 창녀9가 삼남극장 뒷골목 이층 산파의 방에서 죽이고 나온 어린 아기 살인값보다 싸다. 그들은 새벽이 올 때까지 그곳에서 아기 살해의 죄값을 받는다. 죄는 적극적인데 도라지 위스키라는 이름은 너무도 몽환적이다. 마셔, 죽을 때까지……라고 그가 말하고, 그래, 씹새꺄, 죽을 때까지……라고, C가 화답한다. 적극적인 죄값에 눌려 그들이 마침내 쌓인 눈 위를 기면서 뱃속의 것들을 모조리 토해놓을 때, 먼 서쪽에서 새벽별 하나 뜬다.

희망봉이 품고 있는 희망(希望)은 원죄이자 감옥이다.

눈물   이미 날은 저물어 어둡고 북풍은 유리창 틈새마다 목을 들이밀고 울부짖는데, 모두 퇴근하고 난 텅 빈 교무실 맨바닥에 G와 C와 M과 K가 나란히 엎드려뻗친 자세를 하고 있다.

유신이 넌 거기 앉아.

담임선생은 교감선생 책상 앞의 의자를 지적한다.

그는 빙글빙글 돌아갈 수 있게 설계된 교감선생의 위압적인 의자에 혼자 앉는다. 간단명료하다. 그와 그들은 너무도 명백히 분류된다. 내일부터 겨울방학에 들어갈 참이다. 마지막 모의고사에서 G와 C와 M과 K의 성적은 더 떨어졌으니 담임선생이 유독 그들만을 텅 빈 교무실로 불러들인 까닭도 거기 있다. 가령 대표적인 모범생 G의 경우, 여름부터 가을을 거쳐 지금 겨울까지, 전교 1등에서 15등, 38등, 40등, 49등, 그리고 마침내 60등까지 떨어진다. 60등이면 중상위권 성적이다. 설득하고 달래고 회유해오던 담임선생으로선 그들에게 마침내 뼈저린 배신감을 느꼈을 것이다.

큰 소리로 숫자를 세어라.

윗저고리를 벗어들고 셔츠의 소매를 걷어올린 담임선생이 집어든 것은 체육선생이 늘 갖고 다니는 박달나무 방망이다. 목질이 워낙 단단하여 한 시절엔 차의 바퀴로까지 쓰였던 박달나무로 된 방망이가 G와 C와 M과 K의 엉덩이에 사정없이 떨어진다. 맞아본 경험이라곤 없는 그들이라서 맷집이 약할 수밖에 없다. C는 셋에서 시멘트 바닥을 뒹굴고 G는 다섯에서 쓰러진다.

똑바로 못 해, 이 새끼들.

담임선생의 팔뚝에 힘줄이 툭툭 솟아난다.

놀라운 일이다. 어느 편이냐 하면, 담임선생은 매우 너그럽고 민주적일 뿐 아니라 다양한 예술취향적 감수성의 소유자이며 섬세하고 따뜻한 사람이다. 박달나무 몽둥이를 휘두르는 것도 그렇거니와 씹어뱉듯이 상소리를 입에 담는 것도 놀랍다. 그는 마침내 담임선생조차 세계의 광기를 자기 내부로 수신하고 있다고 느낀다. 그것은 뜻밖의 보너스가 아닐 수 없다. 그는 회전의자에 앉은 채 이상야릇한 희열에 싸여 한차례 부르르 진저리를 친다.

자업자득이야……라고, 그는 말해주고 싶다.

그에게 하숙집을 골라 정해주고, 병적 죽음으로부터 그를 매어놓을 수 있는 훈육의 오만한 밑그림을 스스로 완성한 후에, 그 밑그림에 따른 도구로서 모범생 G와 C와 M과 K를 은밀히 등 떠밀어 그의 하숙방으로 보내, 그룹이 되도록 만든 장본인이 바로 담임선생이기 때문이다. 담임선생이 그린 훈육의 밑그림에서 그는 물론 G와 C와 M과 K도 도구에 불과하다. 큰 물방울이 작은 물방울을 잡아당겨 한 물방울이 되듯이, G와 C와 M과 K라는 이름의 모범생 그룹이, 병적 죽음과 일시적으로 결부된 그를 끌어당겨 한통속의 모범생 그룹이 될 거라고 상상한 담임선생의 태평한 훈육 프로그램은, 머리통 안쪽에 있는 세포들이 똥싸듯 죽은 단백질을 밀어낼 뿐인 것을, 머리가 자란다……라고 말하는 것처럼 어리석다. 무리를 지어 똥자루, 죽은 단백질의 시체들을 갈고, 닦고, 길러보라고 요구하는 것이 어찌 사랑이 될 수 있단 말인가.

담임선생은 땀을 뻘뻘 흘린다.

담임선생이 그를 교감선생 의자에 앉혀놓고 G와 C와 M과 K를 매질하는 것도 상투적인 수법이다. 그를 앉혀놓고 그들을 구타하여 그 스스로 죄의식을 느끼게 할 심산이다. 여름 이후, 성적 하락의 징표로 수면에 떠오른 그들의 모든 분열과 유랑과 죄가 아직껏 병적 죽음으로부터 빠져나오지 못한 그로부터 유포되어 나온다고 담임선생은 확신하고 있지만, 그런 진단 자체가 단백질의 똥자루……와 같이 몽매한 오해일 뿐이다. 그러므로 땀을 뻘뻘 흘리면서, 세계의 광기를 야만적으로 수신하느라 공포에 질려 박달나무 방망이를 휘두르고 있는 담임선생은, 당신 자신에게 스스로 벌주고 있다고 그는 생각한다. 죄의 씨앗들은 그에게서 유포되어 나오는 것이 아니라 G와 C와 M과 K의, 열일곱 살의, 살아 있다는 그 본질로부터 유포되어 나온다는 것을 담임선생은 왜 알지 못할까.

여섯.

일곱.

여덟……에서, 마침내 K도 비명을 지르며 데굴데굴 구른다. K가 데굴데굴 굴러와 머문 것은 그의 발밑이다. 그는 K를 보고, 점점 더 광포해지기 시작한 담임선생을 보고, 어두운 창을 본다. 남편에게서 연탄집게로 사정없이 두들겨맞으며 산다는 K의 어머니가 밑도끝도없이 떠오른다. 임질에 걸린

C의 자지에선 치료비 없어 방치한 대가로 아직껏 고름이 흘러나오고, 데모하다 붙잡혀갔다는 대학생 형의 소식을 모르는 서정시인 M은 그 죄값을 여학생3에게 빠진 자신에게 묻고 있고, 차마 가볼 수 없는 철인동 유곽과 너구리 주둥이 H를 맷돌같이 무겁게 짊어지고 밤마다 필사적으로 자위행위를 하는 G는, 그 수치의 나락에서, 차라리 박달나무 몽둥이에 맞아 죽고 싶을 것이다. 그러니 지금 당장 구해야 할 것은 G나 C나 M이나 K가 아니라, 광기의 공포에 쫓기고 있는 담임선생이라는 사실을 한순간 그는 재빨리 깨닫는다. 박달나무 몽둥이를 든 담임선생은 광기에 싸여 있으면서 그러나 세상을 다 산 듯 늙어 보인다. 그는 박달나무 몽둥이가 아홉번째 위로 올라갔을 때, 교감선생의 회전의자로부터 튕겨져나가 담임선생의 발밑에 극적인 포즈로 엎드린다.

선생님, 잘못했습니다, 잘못했습니다.

그의 목소리가 빈 교무실의 구석구석을 날카롭게 울린다.

별일이지, 한번 악써, 잘못했습니다…… 하고 나니 계획에 없던 울음밑이 확 터지고 만다. 잘못했다고 무릎 꿇어 비는 일은 철저히 계산된 행동이었으나 눈물은 계획에 없던 것이었다. 그는 울면서, 담임선생의 정강이뼈를 죽어라고 부여잡는다. 계획에 있든 없든, 눈물과 함께, 단지 살아 있다는 것의 죄가 그의 내부로부터 온몸을 잔인하게 찌르고 찢는다. 살아 있는 것만으로도 죄가 너무 많아서 감당할 길이 없다. 장주네의 말처럼, 위기의 사랑스런 휴식 상태에 있는 대담성……으로 그는 발작하듯이, 제 이마를 교무실 시멘트 바닥에 피가 배어나올 만큼 탁, 탁, 짓찧는다.

창 밖은 심연처럼…… 어둡다.

후일담 또는 사족   후일담이란 대개 붙여도 안 붙여도 좋은 사족 같은 것이다. 하지만 사람들은 아퀴를 지어야 그것으로부터 떠나는 습관에 길들여져 있다. 그래서 어떻게 됐느냐……라고 사람들은 습관적으로 묻는다. 그들이 기대하는 아퀴란 보통 정해진 틀을 갖게 마련인데, 이때의 정해진 틀이란, 물론 개개인의 세계관에 의해서가 아니라, 상투적 보편성에 의해 결정된다.

그래서 그는 결국 자살했어.

그렇게 말하면 사람들은 혀를 차며 고개를 끄덕거린다.

그들은 결과에 대한 아무런 책임도 느끼지 않으며, 그 결과를 통해 재빨리 그것으로부터 떠난다. 단지 그것으로부터 떠나려고 어떻게, 어떻게 됐느냐…… 반복해서 집요하게 묻는 셈이다. 그러므로 쉬파리떼 같은 그들을 일시에 쫓아보내려면 가급적 간단명료하게 아퀴를 지어줄 필요가 있다. 이를테면,

1) 그 겨울방학 동안 그는 마침내 고대하던 매독에 걸린다.

2) 서정시인 M은 그가 유도한 대로 결국 여학생3을 임신시키고, 임신한 여학생3은 휴학을 하고 어머니에 의해 압송되어 먼 대처로 떠난다.

3) C는 춘향이, 창녀9에게 울면서 사랑한다고 고백한다.

4) K는 다음해 여름 폐병에 걸렸다는 진단을 받는다.

5) 담임선생은 사모님이 곗돈을 몽땅 받아챙기고 도망치는 바람에 도의상 책임을 지고 사직한다.

6) 뿔테안경의 도서대여소엔 일 년 후 원인 모를 화재가 나고, 화재 때 큰 화상을 입은 뿔테안경은 홀연히 이리시에서 종적을 감춘다.

7) G는 끝내 철인동에 가지 않아 숫총각으로 고등학교를 졸업하고, G가 좋아했던 너구리 주둥이 H는 G가 아닌 그에 대한 짝사랑의 상처로 한동안 병원치료를 받는다.

8) 부용아줌마의 딸은 끝내 여고를 졸업하지 못하고 미혼모가 되어 먼곳으로 떠난다.

9) K는 자살한다……

이런 식이다. 어떤 사람들은 이런 식의 후일담이 후일담이

아니라고 생각할는지도 모른다. 시간적으로 멀다고 느끼면서 60년대를 하나의 전설로 떼어서 생각하려는 사려 깊지 못한 선입감 때문이다.

60년대는 끝났는가.

오늘 우리들과 60년대에 젊은날을 보낸 그들은 어떻게 맺어지고 결별했는가. 시간은 과연 원인과 결과, 결과로서의 원인과 또다른 원인으로서의 결과로만 끝없이 이어져가는가. 이런 질문을 전혀 고려하지 않는 사람들에게 사족의 사족으로 이렇게 말할 수도 있다.

10) 서정시인 M은 요즘 부동산 컨설팅을 운영하고 있고

11) 여학생3은 유명한 목사의 부인이자 자신도 전도사로서 얼마 전 손자를 보았고

12) 담임선생은 90년대 후반인 오 년 전 간암으로 죽었고

13) G는 전문경영인으로 무슨무슨 엔지니어링 사장

14) C는 행정고시에 패스해 잘나가던 중 얼마 전 뇌물수수 사건으로 밀려나 현재 국회의원 출마를 준비중이고

15) 너구리 주둥이 H는 여성학 교수 겸 여권운동가로 여성장관 물망에 오르고 있으며

16) 사창가 철인동은 77년 이 세상에서 사라지고 없다.

그러면서 또, 굴절 많았던 숨가쁜 연대를 살아왔으므로, 때

로 곡절이 없었던 것은 아니지만, 지금은 모두 지도층이라고 자임하며, 중견의 딴딴한 기득권자로서 성장의 과실을 즐기고 있다……라고까지 덧붙이면, 그렇지, 그렇게 됐겠지…… 사람들은 비로소 보편적인 끝과 만났다고 안도하고 남기는 것 없이 가볍게 그것들로부터 떠난다. 물론 약간의 반문이 있을 수도 있고, 반문이 있든 없든 설명을 좀더 보태 흥미를 고조시키는 것이 좋을 수도 있다. 가령 항목 7)과 9)의 경우도 그렇다. 먼저 7)의 경우. G가 숫총각으로 고등학교를 졸업한 것이야 순정적이고 올곧은 G의 젊은 영혼이 번민의 터널을 뚫고 나간 아름다운 의지 때문이라고 짐작하면 그뿐이지만, G가 아닌 그에 대한 H의 짝사랑과 입원할 정도의 상처에 대해선 약간의 부연설명이 필요하다.

시간적 배경은 그들이 삼학년으로 올라간 1965년 봄.

등장인물은 물론 그와 G와 너구리 주둥이 H가 된다.

긴 겨울 동안, G가 여러 번 그에게 찾아와 마시지도 못하는 술에 취해 말하기를, H는 날 좋아하지 않아, H는 유신이 널 좋아해, 그건 확실한 사실이야, 부디 H에게 더이상 상처 주지 말고 유신이 네가 데이트를 해, 널 미워하거나 원망하지 않을게, 아니 오히려 감사할 거야, H가 다른 어떤 자식하고 데이트한다면 참을 수 없을 것 같아, 하지만 유신이 넌 내 친구야, 내 친구하고 내가 좋아하는 H하고 함께 있다면 행복하게 바라볼 수도 있다고 생각해…… 말하자면, 앙드레 지드의 『좁은문』에 나오는 알리사처럼, 친구와 사랑하는 H를 위해 G 스스로 고통스러우면서 희열에 찬 좁은 문에 들고자 했다는 전제를 반드시 깔아야 한다.

그의 도덕성에 대한 알리바이를 만들라는 뜻이 아니다.

삐뚤어지고 위악적인 그가 G의 입장이 됐더라도 가능했을 것이다. 60년대의 젊은 영혼이라면, 내적 분열의 죄값음 때문에 피 흘리며 사창가를 전전한 탕자조차도, 좁은 문을 선택할 수 있는 순정적이고 어두운 열정은 누구나 갖고 있다.

번뇌의 짐은 당연히 그의 몫이 된다.

그는 너구리 주둥이 H와 영화도 보고 저물녘 희망원 앞의 저수지 둑길을 손잡고 걷기도 한다. 내일 H와 만나 영화 보러 갈 거야…… 내일 저녁땐 희망원 앞으로 데이트하러 갈 예정인데……라는 식으로, 그는 G에게 정보를 흘리는 걸 잊지 않는다. 당연지사, 영화관을 나서거나 희망원 앞길을 걸을 때, 그는 으슥한 골목 끝, 또는 저수지 부근의 숲 그늘 어디쯤, 은신한 G의 핏빛 시선을 날카롭게 간파한다. G라는 미행자를 붙여놓은 H와의 데이트는 짜릿하다. 그 자신도 조금씩 너구리 주둥이 H에게 끌려들어가고 있었지만, 그는 그러나 한사코, H를 좋아하지 않는다, H를 좋아해선 안 된다……라고 바리케이드를 치고, 등뒤에 숨어서 따라오고 있는 G와, 사랑의 신열에 싸인 너구리 주둥이 H 사이에서, 빈틈없는 포수로 매복한다. 밝은 세상의 도덕성과 어두운 자의식의 열정 틈새에 있으니, 매복은 위태롭고 가파르다. 목표는 두 마리의 떨고 있는 짐승을 한 대의 화살로 꿰뚫어 잡는 것이다.

그리고…… 설명은 여기서 멈추는 게 좋다.

두 마리의 떨고 있는 짐승을……까지가, 극적인 후일담의 디테일한 장치가 된다. 여기에 이르르면, 사람들의 관심은 오로지, 그래서 그는 과연 두 마리의 짐승을 잡았느냐……에 집중된다. 두 마리의 짐승을…… 겨냥하고 있는 그의 화살이 최종적으로 꿰뚫어야 할 것은, 그 자신의 심장이다…… 그는 자기 살해의 끈질긴 욕구를 쫓아 위장된 가짜 목표를 앞세웠을 뿐이다……라고까지 말하는 것은, 듣는 사람들의 긴장감을 해체시킨다. 에이, 문학하고 있네……라고, 사람들은 말할 것이다.

필요한 것은 일사불란한 결말의 진술이다.

암살 밤이다. 운무가 낀 듯 만 듯 희부옇게 달빛이 비추고 있는 풍화된 무덤의 끝자락에 그와 너구리 주둥이 H가 손을 잡은 채 나란히 앉아 있다. 결행을 위한 준비는 끝났다고 그는 생각한다. 너구리 주둥이 H는 충분히 꿈꾸는 눈빛이고, 달빛은 적당히 밝고, 시내에서부터 뒤를 밟아 쫓아온 불쌍한 G는 불과 십여 미터 저쪽, 키는 낮았으나 잎은 무성한 다복솔 밑에 음습한 검은 열정으로 고양이처럼 웅크리고 있다. 일반적 순서를 쫓아 키스를 먼저 시도할 일인데, 유곽에서의 기계적인 섹스는 했을지라도 제대로 의례를 갖춘 키스라는 건 한 번도 해본 적이 없으므로, 갑자기 그는 난폭하게 H를 끌어안고 무덤허리로 함께 쓰러진다.

심장은 벼락을 치는 것처럼 작열한다.

살인은, 천진스런…… 활짝 열린 눈으로…… 눈시울 혹은 콧구멍에 비극적인 주름을 만들지 않고…… 결행해야 한다는 장 주네의 충고와 달리, 그는 그 자신이 너무나 떨고 있다는 것을 본능적으로 자각했기 때문에, 그것에 화가 나서, 뜻밖에…… 담대하고 민첩하게 움직인다. H의 스웨터 밑으로 낮은 포복을 해간 왼손이 너구리 주둥이 H의 젖가슴을 움켜쥔 것은 순식간의 일이다. 너무도 격렬하고 민첩해서 스웨터인지 브래지어 잠금쇠인지, 우두둑 뜯어지는 소리가 난다. 모범생 너구리 주둥이 H가 이제 비명을 지를 차례. 비명을 지르고, 필사적으로 물어뜯고, 일어나 뺨을 치고, 그리고 울면서 희망원 둑길을 내달려갈 H를 그는 전광석화로 상상한다. 다복솔 밑에 숨어 있는 G가 분노를 참지 못해 튕겨져나와 그에게 발길질이라도 날린다면 금상첨화일 것이다. 어찌 발길질뿐일까. 코뼈를 주저앉히고 눈두덩이를 찢고 목울대를 물어뜯는 것이 좋다. 아니면 심장까지 칼을 쑤셔박는 것도.

그러나 H는 비명을 지르지도 물어뜯지도 않는다.

거칠고 조급하게 더듬거리는 스웨터 속 그의 손을 앙세게 붙잡더니, 조금 떨리는 듯 다정한 목소리, 옷 다 찢어지겠네…… 그리고는, 놀랍게도 브래지어와 스웨터를 쑥 잡아당겨 올려주고 눈을 감는다. 너구리 주둥이 H의 젖가슴은 달빛보다 희다. 다복솔 그늘에 은신하고 있는 G도 달빛보다 흰 H의 젖가슴을 충분히 보았을 것이다. 올라간 브래지어에 눌렸으나, 우주를 향한 것처럼 눈을 똑바로 치켜뜬 젖꼭지의 살기에, 이번엔 그가 질끈 눈을 감는다. 더 극적인 파국을 기다릴 아무런 힘도 그에게 남아 있지 않다는 걸 본능적으로 그는 느낀다. 손발에선 핏기가 사라지고 심장은 찢어지는데, 그는 그렇지만 충분히 준비해온 확신범이기 때문에, 다복솔의 그늘에 엎드려 숨어 있는 G를 향해, 아니 제 스스로 젖가슴을 꺼내놓은 너구리 주둥이 H에게 마치 가미카제처럼 탕, 방아쇠를 당기고 만다. 어두운 다복솔 그늘을 향해, G야⋯⋯라고 부르짖는 그의 비명 소리.

G야, 새꺄. 비겁하게⋯⋯ 숨어 있지 말고 나와봐.

샘터에 물 고이듯 성숙하는 내 영혼의 슬픈 눈 이제 후일담의 9)번 항목, K의 죽음에 관해서 말할 차례이다. 인과관계를 따져 아퀴를 짓는 얼토당토않은 짓을 해선 안 된다.

가령 그 시절로서는 치료가 쉽지 않았던 K의 병 폐결핵.

연탄집게로 사정없이 두들겨맞는 K의 어머니, 또는 남몰래 키웠던 사랑의 잔인한 상실, 그리고 공무원 시험을 준비하라는 아버지의 명령을 어기고 고려대학 정외과에 원서를 냈으나 시집간 누나가 아니었으면 입시 치르러 갈 여비도 마련하지 못했을 앞날에 대한 절망과 불안감 같은 것들. 그것들의 어느 한 가지를 원인으로 삼는 것도 그렇거니와, 그것들 모두를 원인으로 삼는 것도 죽음⋯⋯ 앞에선 무모하기 짝이 없는 우매한 짓이다. K는 한밤중에 이리시 외곽의 목천동 철로에 뛰어들어 목포발 서울행 급행열차 디젤기관차에 치여 죽는다. 아니, 철로에 뛰어들었다는 표현은 정확한 사실의 확인에서 나온 게 아니다. 그는 철로를 고요히 베고 누워 어둔 날들의 별들을 헤아리고 있었는지도 모른다. 대학입시를 이틀 앞두고 일어난 일이다.

못 돌아올 것 같아, 철길을 걷다보면.

가을에던가, 목천동 철길을 걷다가 K가 말한 적이 있다.

빼빼 말랐지만 기골은 사뭇 장대하여 일학년 때까지만 해도 쌈패들의 캡으로 불렸지만, 좀 푼수다 할 만큼 쾌활하되 싱겁기 이를 데 없었기 때문에, 어떤 사랑의 진정성이나 고통조차 K의 말에 담기면 아무런 긴장도 없이 퍅 풀려버리기 일쑤. 예를 들어, 그들이 이따금 희망원 앞 야산이나 그의 하숙방에 모여 무슨 결사대 같은 분위기로 술 마실 때, 취해서 울고 싸우고 비명을 지르면서 내적 출혈의 고독한 비탄에 막무가내 빠질 때, 울어본 적이 별로 없는 K의 말,

쪽팔린다, 진짜루……

그리고 다시 느릿느릿 남의 말처럼 K는 덧붙인다.

내 콤, 콤플렉스가 뭐냐면, 눈물이…… 눈물이 잘 안 나온다는 거야, 알겠냐. M은 코스모스가 저 혼자 피어 있는 것만 보고도 눈물이 핑 돈다는데, 난 항상, 아무렇지도 않거든, 아무렇지도, 너희들끼리 함께 울 때도 말야, 나는 그냥, 아무렇지도 않게, 멍해. 멍, 멍하니 너희들 보고 있음 진짜루, 진짜

루 쭉팔려야, 나는 영혼이 없나봐……

K는 영혼이 없는…… 그런 놈이다.

가장 쾌활하고 가장 키 크고 가장 노래를 잘 불렀던 K의 영혼 속에 놓인 철길은, 영혼이 없기 때문에, 이를테면 돌아오지 못할 다리 같은 것이다. 이리 시내를 빠져나와 드넓은 김제평야를 겨누고 곧게 뻗어나가는 철길 좌우엔 가을마다 코스모스가 가득 핀다. 회색빛 만경강 한 허리가 목천동 철길과 김제평야 경계에 누워 흐른다. K가 마지막으로 본 것은 어두운 벌판, 말라붙은 코스모스, 희끄무레한 강, 몇몇 별, 침목들, 평행선으로 뻗어간 철로, 그런 것들 중 무엇이었을까. 객차만 해도 열두 량이나 되는 길고 긴 기차가 지나고 났을 때, K의 팔 하나는 쓰러진 코스모스떼 주검 속에 박히고, 다리 하나는 만경강 갈대밭으로 날아가고, 살점과 내장의 일부, 기차 바퀴의 강력한 원심력을 따라 천지사방 흩어진다. 그것이 울 줄도 몰랐던, 영혼은 텅 빈, K의 죽음이다.

잠들면 아마도 꿈을 꾸겠지.

K의 텅 빈 영혼이 하는 말은 그것뿐이다.

입시를 치르려고 시집간 누나에게 받은 노잣돈이 철로변에 산산이 흩어져 있다. 어떤 지폐엔 K의 살점들, 어떤 지폐엔 만경강 안의 진흙들이 묻었는데, 얼룩진 지폐들을 움켜쥐고 실신할 듯 오열하며, 내 입을 찢어야 돼, 저 마음 편하게…… 이…… 돈을 줬어야 했는데……라고, K의 누나가 부르짖는다. 부모의 뜻과 달리 대학 입학원서를 낸 동생에게 노잣돈을 마련해주며 어려운 시집살이로 고달팠던 K의 누나는 응당 듣기 싫은 말도 보탰을 것이다. K의 죽음이 그것 때문은 아니지만 살아남은 자들에겐 어쨌든 정한이 남는다. 잠들면 아마도 꿈을 꾸겠지…… K가 남긴 유서 내용의 전부이다. 팔다리가 달아난 K의 재킷에서 나온 흰 편지지에 쓰여진 한 문장은 『햄릿』의 독백으로, 그룹 나르시스의 집회에서 바로 그가 인용했던 말.

죽는 것은 잠자는 것.
잠들면 아마도 꿈을 꾸겠지.

입시를 목전에 두었으므로 서울에 있는 대학으로의 진학을 유일하게 포기한 그만이 K의 마지막 길에 동행한다. 그의 주검은 전주 방향의 대장촌까지 트럭 위에 실려가고, 대장촌부터 십리길 좁은 농로는 리어카와 지게 위에 번갈아 얹혀간다. 싸구려 흰 나무관은 대못의 악력을 손쉽게 뿌리치고 쩍 벌어져 있다. 벌어진 나무관 틈새를 파고드는 찬바람이 이따금 이상한 퉁소 소리를 내고, 우리들은 죽음에 의하여 무엇 하나 잃어버리지 않는다……라고, 쇼펜하우어는 악마처럼 속삭인다. 죽는 것은 잠자는 것이 아니며, 죽음으로서의 잠 속엔 꿈도 없다고 그는 생각한다. 벌어진 관뚜껑 위로 마침내 흙이 쏟아져내려 덮일 때, K의 주검에 대한 강렬한 분노 때문에 그는 손발을 부들부들 떤다.

멍청한…… 영혼조차 텅 빈…… 씹새끼……

그는 소리없이 소리친다.

K의 죽음에 인과론적 표찰을 붙이는 건 어리석기 그지없 지만, 그해 겨울 초입, 1965년, 우리의 젊은 맹호부대가 베트 남 정글을 불태울 때, 한일협정 비준안 때문에 내려졌던 위수 령의 그림자가 아직 다 걷히지 않았을 때, 소설 「분지(糞地)」 의 작가 남정현은 구속되고 노벨 상 수상작 『고요한 돈강』은 출판 금지될 때, 케네디가 살해당하고 이 년이 될 때, 쇼펜하 우어가 죽고 106년을 막 넘길 때, 김승옥이 「서울 1964년 겨 울」을 쓸 때, 1965, 흐림, 이제 열여덟 살의 끝에 서 있는 그는,

치밀하게 준비하고 은밀히 기다리던 것,

자기 살해의 축복받아야 할 찬스를, 바로 멍청하고, 영혼조 차 텅 빈, 씹새끼…… K가 날카롭게 가로채 갔다는 것을 뼈 저리게 깨닫는다. 그는 K가 오로지 자신의 찬스를 빼앗기 위

해 제 사지를 기차 바퀴로 산산조각냈다고 느낀다. 견딜 수 없는 배신이고 참을 수 없는 굴욕이다. 그는 삽을 들고 메마른 흙을 가득 퍼서 흰 나무관 위로 쏟아붓는다. 패배는 너무 통렬하다. 살해한 육체는 묻어 썩힐 수 있겠지만 이런 식의 통렬한 패배는 결단코 썩는 날이 없을 것이다.

잠들면 아마도 꿈을 꾸겠지.

득의만면 승리자의 기쁜 어조로 싸구려 나무관 속에서 K가 속삭이고 있다. 그는 흙과 함께, 어둡고 축축한, 갈라지고 찢어진, 박쥐들의 동굴과 같은, 분홍빛과 흰 줄이 쳐져 있는 복역수(服役囚)의 의복과 같은, 잃어버린, 거울 안에서의 길과 같은, 십대라는 명찰이 붙여진 시간도 삽으로 퍼서 구덩이 속으로 쏟는다. 결별이다. 세계의 광기와 맞설, 유일한, 자기살해의, 황홀한, 비탄이 벌어진 관 틈으로 흙과 함께 들어가 묻힌다. 멍청한…… 영혼조차 없이…… 텅 빈…… 씹새끼…… K의 나무관 속으로.

황홀한 비탄　어둡고 축축한…… 잃어버린…… 거울 안에서의 길과 같은…… 자기 살해의 황홀한 비탄과 만났던 십대라는 시간과의 결별 시점에 대해서, 나의 견해는 그와 다르다. 그는 K의 죽음으로 분열하는 십대가 끝났다고 느꼈을지 모르지만 나의 기억 속에서, 내가 나의 십대를 묻어버린 결별의 시점은 K의 죽음에서 최소한 일 년은 되돌아가야 한다. K의 죽음으로 십대가 끝났다고 생각했다면, 그는 아마 더 극적인 삽화에다가 결별의 표찰을 걸어두는 게 모든 걸 명백히 처리하는 좋은 방법이라고 생각했기 때문에, 그랬을 것이다. 또는, 고독……이라고 불러야 하는, 상투적인 어휘에 혹 수줍음을 느꼈을지도. 어쨌든, 그가 자기 살해의 황홀한 비탄과 결별했던 시점을 나는, 그의 고백과 달리, K가 죽기 일 년쯤 전, 담임선생으로부터 K와 G와 M과 C가 무차별로 구타당하던 날 밤으로 고쳐 말하고 싶다. 일 년 전 그날 밤 그의 십대가 만났던 내적 분열의, 황홀한 비탄은 이미 죽었던 것이다.

결별 다시 1964년 섣달 중순께.

선생님, 잘못했습니다……라고, 박달나무 몽둥이를 든 채 땀을 흘리고 있는 담임선생의 정강이뼈를 죽어라고 부여잡으면서 그가 울부짖고 있는 침침한 남성고 교무실로, 그의 손에 의해 K의 나무관에 걸린, 결별……이라는 표찰을 떼어들고, 나는 지금 돌아간다.

그가 반대해도 할 수 없는 일이다.

나는 그보다 더 넓게, 통시적으로 볼 수 있는 쉰여섯 살이라는 유리한 지점에 있고, 그는 비탄의 어리석은 주관성에 빠진 채 아직도 60년대를 격정으로 흘러가고 있기 때문이다. 혼자 있고 싶으니…… 너희들…… 모두 돌아가……라고, 담임선생은 이윽고 빈 의자에 털썩 주저앉으며 말하고 있다.

담임선생은 몽둥이를 들 때보다 훨씬 더 늙어 보인다.

그와 G와 M과 C와 K는, 가방을 챙겨들고 교무실을 나와 히말라야시더가 도열한 진입로를 걸어나온다. 진입로는 어둠 속에서도 희다. 하늘엔 별 하나 없고 히말라야시더 그늘은 캄캄하다. 그들은 평소처럼 어깨 댈 듯이 하고 나란히 걷는 게 아니라 한두 걸음씩 앞서고 뒤처져 기우뚱한 형태로 무리지어 걷는다.

제일 활달한 K조차 말이 없다.

박달나무 몽둥이가 대퇴부의 어디를 잘못 건드렸는지 G는 절룩절룩 다리를 절고, 매일매일 대마지 바지에 칼날주름을 세우는 멋쟁이 C의 교복바지는 심하게 얼룩져 있고, 서정시인 M은 아직도 울음 끝에 매달려 자꾸 눈가를 주먹으로 문지르고 있다. 그들은, 적어도 그를 만나기 전까지, 윤리적인 이정표만 충실히 따라 걸어온 언필칭 모범생이었기 때문에, 교

사로부터 그날처럼 야만적이고 굴욕적인 매질을 당한 적은
한 번도 없었을 것이다.

침묵은 음습하고 무겁다.

미안하다……라는 말을 그는 떠올리고 진저리를 친다.

그들은 야만적으로 두들겨맞았고, 그는 그 동안 다만 교감
선생의 회전의자에 앉아 있었을 뿐이므로, 맞았다는 것과 맞
지 않았다는 것 사이로 침묵이 파충류처럼 스며들고 있다는
걸 그는 충분히 느낀다.

미안하다. 모두 나 때문이야.

그런 말이 때로 부지불식간에 목젖을 타넘어오는 것을 그
는 그래서 진저리치고 막는다. 그것은 신념의 포기이며 명백
한 굴종이다. 나 때문이야……라고 말하는 순간, 그들, G와
C과 M과 K가 십대의 저 위태로운 벼랑에서, 더 깊어지기 위
하여, 혹은 더 깊이 이해하기 위하여 필연적으로 경험했던 유
랑과 모험과 실존적 자기 파괴의 소중한 시간들은, 쓰레기통
속으로 쑤셔박힌다……라고, 그는 생각한다. 그 모든 것이 누
구 때문이라면, 그들은 그럼 아무 주체도 없는 멍청한…… 빈
껍데기란 말인가. 그가 그렇듯이 그들 또한 각자가, 나……라
고 말해야 한다. 나 때문이야……라고, 그가 일방적으로 말하
는 것은, 그렇기 때문에, 각자가 나, 이어야 할 그들에게 모멸

이고 모욕이다. 그룹 나르시스는 박달나무 몽둥이에 굴복해 해체될 수 없고, 해체되지도 않을 것이며, 박달나무 몽둥이의 억압을 통하여 오히려 그룹 나르시스의 맹세들이 더 높은 곳에 이를 것이다. 어떤 성소(聖所)에.

그들은 네거리에 멈춰 선다.

학교로부터 시공관까지 뚫린 곧은 길, 뿔테안경의 대여소와 이리여고 남쪽 담벼락과 신광교회 앞길을 지나 이윽고 첫 번째로 만나는 큰 네거리에 당도했을 때, 그들은 약속이라도 한 듯이 피멍 든 엉덩이를 만지작거리며 그들이 좀 전에 지나온 침묵의 음습한 길을 뒤돌아본다.

남성고의 붉은 벽돌건물은 어둠 속에서도 우뚝 높다.

이상한 광기와 공포로부터 벗어난 담임선생이 교무실 한 가운데 아직도 홀로 앉아 있을 것이다. 패배의 상처는 그들이 아니라 담임선생에게 더 크게 남을 터, 이제 더 높은 성소에 이르는 의식으로서 축배를 들어야 할 때가 왔다고 그는 단정한다. 그런 생각이 얼마나 오류가 깊은 교만에서 비롯된 오해인지 그는 눈치채지 못하고 있다. 십대에서, 그가 인간 본질에 관하여 가장 확실히 실패했던 한순간으로 나는 그 삽화를 기억한다. 요컨대 그는 그때까지 자신의 목숨이 비참하다는 것은 충분히 알고 있었으나, 친구들……이라고 불러도 좋은 그룹 나르시스의 우리, 너와 내가 아닌 우리……의 최면에 빠져 아브락사스로서의 인간, 또는 비겁한 단독자로서의 인간에 대한 핏빛 통찰을 잠시 버리고 있었던 셈이다. 그는 그때까지도 그들을 믿고 있었던 것이다. 이를테면 우정이나, 그들이 각자 소유한 단독자로서의 드높은 주체 같은 것. 인간 본질을 겨냥해 바라보는 그의 통찰력이 가장 나태했던 순간이다.

우리들.

우리들, 이라고 그는 말한다.

우리들, 희망봉으로 가자. 도라지 위스키 값 내게 있어.

그는 이미 충분히 나태해져 있기 때문에, 서정시인 M의 눈빛에 재빨리 떠오르는 배타성과, 짐짓 고개 숙인 C의, 그를 향해 주먹 쥔 분노와, G의 그에 대한 혐오와, K의 즉물적인 자기 방어 본능에 따른 살의를, 말이 다 끝날 때까지도 알아차리지 못한다. 시시한 박달나무 몽둥이 따위가 어떻게 그들과 자신을 갈라놓을 수 있으랴.

그러나 그의 방심한 교만은 담숨에 쓰러진다.

미친 새끼……라고 씹어뱉고, 제일 먼저 멈춰 선 자리를 박차고 떠난 것은 박재삼의 「울음이 타는 강」을 울면서 읊곤 하던 M이고, 그의 발밑에 침을 탁 뱉고, 다음으로 돌아선 것은 멋쟁이 C, 그리고 G는 짐짓 허리를 곧추세운 뒤 이제까지와 달리 갑자기 병사처럼 그를 밀어내듯이 절도 있게 앞으로 걷는다. 그는 뒤통수를 강하게 맞은 듯 비틀하는 눈빛이 되어 마지막 남은 키가 훌쩍 큰 K를 바라본다. 삽시간의 일이다. 미리 짜둔 것처럼 M은 남쪽도로, C는 서쪽도로, G는 북쪽도로로 갈라져 걷고 있다.

함정은 깊고 깊다.

K, 넌 내 곁에 그래도 남겠지……라고, 그는 이미 생각하진 않는다. 그의 직관과 통찰력이 다시 칼날 세우고 핏빛 긴장과 본능적으로 만나고 있기 때문이다. 모든 것은 순간에 결정된다. 그는 단번에 K가 마지막으로, 그 자신을 벼랑으로 밀어버릴 것이라는 사실을, 시선이 마주치는 순간 알아차리고, 전신을 부르르 한 번 떤다.

나르시스 그룹, 앞으로 난 빠진다. 너도 인마, 정신차려.

굳이 십대라고 시간에 구획을 두어 말해야 한다면, 그가 자기 살해의 미친 골방에서 살았던 십대의 묘지 위에, 검은 휘장이 내려와 덮이는 순간이 바로 그때이다. K는 그들이 좀 전에 함께 걸어왔던 동쪽도로로 느릿느릿, 어깨를 숙이고 걸어간다. K의 집은 남쪽으로 가야 하지만, 이미 남쪽도로를 선택한 M과 결별하려고 짐짓 아무도 가지 않는 동쪽도로를 택해,

되돌아서 K는 걷고 있다.

그는 네거리에 혼자 남는다.

우리……라는 최면에 잠시나마 빠졌던 죄는 혼자 천년을 남겨져도 결코 씻을 수 없다. 그는 네 방향으로 각각 흩어진 그들을 오래오래 바라본다. 먼저 M이 보이지 않고, G가 보이지 않고, C가 보이지 않고, 마침내 키다리 K도 보이지 않는다. 길은 모두 네 개뿐이니, 그가 걸어갈 남은 길이 없어 그는 언제까지나 찬바람 부는 어두운 그곳에 장애자처럼 멈춰 서 있다.

모두 떠나고 버림받은 채 혼자 남은 그.

내가 가장 사랑하고 미워했던, 끝없는 자기 연민의 죄업에 갇힌 그가 아무리 부정할지라도, 이것만은 할 수 없다. 나는 그의 애원과 비탄의 울부짖음을 뿌리치고서라도, 결별…… 이라는 표찰을 1965년, K의 싸구려 나무관에서 떼어내어, 1964년 그날, 거울 속의 잃어버린 길……에 혼자 남겨진 그의 목에 걸어둔다. 인간은 박달나무 몽둥이만큼도 위대하지 않다.

보라, 이것이 그가 겪은 어둔 십대의 무덤이다.

대학 너, 대학에 대해 어떻게 생각하냐……라고 셋째매형은 묻고, 그는 꿀 먹은 벙어리로 가만히 앉아 있다. 왜정 때지었다는 낡은 강경읍 사무소 뒤뜰이다. 부패하기 시작한 단풍나무 잎새들이 발밑에 수북이 쌓인 걸 그는 망연히 내려다본다.

이 매형은, 대학 못 간 게 한이다.

셋째매형은 상고를 졸업하고 공무원 시험을 봐서 읍사무소 직원으로 근무하고 있다. 왜들 너나없이 대학에 가야 한다고 말하는지 그는 잘 모른다. 삶과 죽음을 이해하는 것은 자의식의 어둔 방에서 홀로 수신하는 우주적인 신호만으로도 충분하다. 매형의 말을 그는 세계의 광기에 편승하라는 권유로 듣는다.

아버지의 깡마른 손이 떠오른다.

핏줄이 툭툭 불거져나온 아버지의 손은 언제나 머리맡의 라디오 스위치를 향해 슬로비디오로 힘겹게 올라가고 있다. 읍내 구시장의 곰보네 라디오점에서 맞춰온 라디오다. 대학생들의 격렬한 대일굴욕외교 반대데모로 시작된 봄과 6·3사태에 의한 비상계엄령의 숨막히는 여름과 월남파병이 확정된 가을, 그리고 매일매일 연탄가스 중독사고가 일어나는 1964년 겨울이, 나무판대기로 틀을 짠 라디오에서 흐른다.

마장동 판잣집 어느 단칸방에서 삼대에 걸친 일곱 식구가 포
개져 잠든 채 연탄가스 중독으로 전원 사망했다는 뉴스를 듣
고 어머니가 부엌 쪽 쪽문의 문풍지를 새로 바를 때, 아침, 아
버지는 끙 하고 돌아눕는다. 아버지는 가스중독을 기다리고
있는지도 모른다. 문제는 돈이다. 굳이 대학에 가지 않겠다는
것이 아니다.

　등록금이 싼 대학이 있어.

　셋째매형은 세계의 구조를 꿰뚫어보고 있다.

　필요한 것은 구조에 대한 경제적인 학습이다. 구조가 아니
라 세계의 본질을 이해하려 하는 자는, 그 구조로부터 아웃사
이더의 위치로 나와야 하기 때문에, 일찍 죽는다. 셋째매형은
겁이 많다. 하나밖에 없는 처남이 일찍 죽을까봐 걱정하고 있
다. 교육대학 등록금이라면 이 매형이라도 대줄께……라고,
셋째매형은 아퀴를 짓는다. 그는 머물러 있고 세계는 흐를 것
이다. 대학에 가든 안 가든 그것은 확실하다.

　그는 비로소 시선을 든다.

　읍사무소 낡은 외벽에서 땜질해 바른 시멘트가 부슬부슬
떨어지고 있다. 그는 좀 전에 지나쳐온 추녀가 낮은 지붕들과
방치된 빈 왜식건물들과 냄새나는 수챗구멍들과 길바닥에
함부로 나뒹구는 연탄재들을 떠올린다. 무덤 속 같은 침침한

골목들은 철조망과 함석대문으로 이어져 마침내 신문지로
된 산의(産衣) 같은, 창이 좁은 어둔 방으로 연결된다. 라디
오 스위치로 천천히 뻗어나가는 아버지의 팔에서 살비듬이
우수수 떨어지는 것을 본다. 살해할 수 없다면 떠나는 게 좋
을 것이다.

　그는 이윽고 결연히 고개를 끄덕거린다.

3. 열아홉 살의 책상

나의 영혼……이라고 부르는 것들은 책꽂이나 서랍처럼 나눠지 않고, 나눠지 않으면서 책꽂이나 서랍보다 훨씬 더 다양하다. 분신이란 말은 그러므로 틀린 말이다. 분리된 자아도 마찬가지. 그가 열아홉에 느꼈던 삶에 대한 공포심은, 수많은…… 영혼이 깃들여진 내 책상…… 같은 것 때문인지도 모른다. 그는 삶의 효용성에 대한 정보를 나만큼 갖고 있지 않기 때문에, 수많은 영혼이 깃들여진 내 책상…… 을 나보다 더 잘 볼 수 있다. 내 책상…… 은, 그것 자체가 수많은 영혼이다.

열아홉 살　여름이 막 시작되는 1965년 6월 초. 그는 전주역 대합실에서 높이 걸린 열차시간표를 올려다보고 있다. 열차시간표는 상행선과 하행선으로 나뉘어 있는데, 상행선의 종착역은 서울이고 하행선의 종착역은 여수이다. 그는 매표구로 돈을 밀어넣으려다가 멈칫하고 다시 한번 열차시간표를 올려다본다. 서울행 열차와 여수행 열차는 영시를 막 넘긴 비슷한 시각에 전주역을 출발하도록 되어 있다.

대합실은 텅 빈 채 적막하다.

나무벤치에 몸을 잔뜩 웅크리고 누워 포개져 잠든 소년 두엇과 보퉁이를 끌어안고 겁에 질린 듯한 표정으로 대합실 창 너머를 내다보고 있는 노파를 그는 슬쩍 바라본다. 길은 항상 두 갈래다. 노파가 겁에 질려 뵈는 것도 그 때문일 것이다. 그는 이마의 땀을 손으로 훔쳐내고 나서 들고 있던 동전을 마치 실수한 것처럼 떨어뜨린다.

동전에게도 두 갈래 길이 깃들여 있다.

숫자로 촘촘히 교직된 대도시와 거북선의 바다. 대합실 천
장에 매달린 형광등 불빛은 흐릿하고 창백한 흰빛이다. 동전
에서 숫자가 위로 오면 서울, 거북선 그림이 위로 나타나 있
으면 여수행 기차를 탈 예정이다. 그는 그러나 허리 굽히기도
전에 이미 떼구르르 굴러가다가 누워자빠진 동전에서의 한
길, 거북선이 창백한 흰빛을 받고 있다는 걸 알아차린다. 그
의 두 눈에 결연한 섬광이 반짝하고 흐른다.

한번 흐르고 말면 돌아오지 못할 것이다.

이 땅의 어린 싹들에게 단백질이 자란다……라고 가르치
도록 예정돼 있는 전주교육대학 일학년인 그도 이제 곧 스무
살이 될 터이므로, 아니 한번 떠나고 말면 불과 삼 개월여 다
닌 전주교육대학과도 완전히 결별할 것이므로.

여수, 한 장요.

그는 매표구로 돈을 집어넣으며 짐짓 활달히 소리친다.

앙트완 로캉탱 · 삼십 세 그는 부빌이란 가공의 도시에
살며 만사천 프랑의 연금으로 생활하는 역사연구가이다. 전

주교육대학 도서관에서 다시 읽은 사르트르의『구토』엔, 존재는 우연이요, 우연은 소멸될 수 있는 겉치레나 가상(假象)이 아니다⋯⋯라고 씌어 있다. 고등학교 때 스치듯 읽었던 것에 비해 새로 꼼꼼히 읽고 난『구토』는 그가 가진 영혼의 한쪽 통로를 은밀히 열어준다. 시기는 좋지 않다. 그가 대학생이 된 직후이기 때문이다. 앙트완 로캉탱은 무엇이 되려고 하지 않지만, 그가 입학한 전주교육대학은 천직(天職)의 요람이다.

입학식은 충분히 엄숙하고 진지하다.

백발의 학장님이 여러 차례, 천직⋯⋯이라고 말할 때, 열아홉 살의 내가 사랑하는 그는 잔뜩 겁을 먹는다. 천직은 단단한 이데올로기의 그물코에 꿴 구조이니 영원으로 가려면 서둘러 짐을 꾸려야 할 터이다. 그는 필사적으로 입학식부터 선배들의 환영식까지 견딘다. 앙트완 로캉탱은, 나는 몽롱하다⋯⋯ 나는 결정할 수가 없다⋯⋯ 하고 말하고, 환영식에서 다가와 손을 마주 잡은 선배는 분홍색 종이로 싼 이쁜 분필을 쥐어주고, 이게 무기야, 우리들 천직을 지켜줄⋯⋯이라고, 속삭이며 등을 두드린다. 천직을 지켜줄⋯⋯ 이쁜 분필을 그는 땀을 흘리면서 내려다본다. 그것은, 괴물 같고, 부드러우며, 무질서한 덩어리, 무섭고 음탕한 나형(裸形)의 덩어리……일 뿐이다. 대체 삼십 세에 불과한 젊은 앙트완 로캉탱은 왜, 단지 음모가였던 드 로르봉이라는 역사 속 인물을 연구해야 하는가. 그는, 전주의 앙트완 로캉탱은, 더이상 참지 못하고 신입생 환영식장에서 달려나와 대강당 앞뜰 소나무 밑에 토하기 시작한다. 검붉은 액체 속에 섞인 콩나물 대가리와 반쯤 삭아버린 쌀알들과 더러운 야채들과 서둘러 입 안에 밀어넣었던 돼지비계 파편이 쏟아져나온다. 1965년 3월 초의 일이다.

고통 때문에 눈물도 콧물도 흐른다.

구토란 의식으로 파악할 수 없으며, 의식 밖에 있는 것과의 만남……이다. 괴물 같고 부드러우며 무질서한 덩어리. 그리고 천직.

눈을 감는 거야 나의 열아홉 살이 먼 이역으로 눈물겹게 흘러나갔던 그해 전주의 봄날들이, 눈을 감는 거야…… 이렇게 속삭인다. 그가 그랬듯이, 동전을 던져 얻는 운명에 따라 여수행 밤기차를 타고 떠나기 전까지, 그해 전주에서 겪었던 나의 봄날은 아직껏 계속되고 있다.

너무나도 달콤하고 맑고 부드럽다.

천상의 소리가 와 닿은 듯 라일락꽃 가지들은 바람이 불지 않아도 흔들리고, 향기는 천지로 흐르는데, 그러나 오늘, 2002년 6월, 월드컵 8강전, 한국과 이탈리아 경기를 응원하는 시청 앞 광장의 붉은 물결에 섞여 있는, 나는 어느새 쉰일곱이다. 『더러운 책상』……을 쓰면서, 어느새 내 나이테엔 한 줄기 동그라미가 더 보태져 있다. 이미 눈치챈 분이 많으리라 생각하지만, 그래서 새삼 고백하고 말고 할 것 없이, 그의 1960년대를 기술하고 있는 나는, 모국어로 밥을 먹고사는 작가이다.

당신들은 작가에 대해 아는가.

물론 세상은 작가가 누군지 잘 알고 있다. 당신들도 그럴 것이다. 이희승 편저 국어대사전에 작가는, 시가·소설·회화·영화 등 기타 예술품의 제작자, 특히 소설가를 일컬음……이라고 씌어 있고, 소설은, 상상력과 사실의 통일적 표현으로써 인생과 미를 산문체로 나타낸 예술……이라고 기술돼 있다. 하아, 그렇구나. 나는 고개를 끄덕거린다. 상상력과 사실의 통일적 표현……은 애매모호하다. 상상력과 사실 사이에 경계가 있다는 건지 없다는 건지 알 수 없다. 이를테면, 당신들도 잘 알고 있는 작가를, 정작 작가라고 불리며 삼십여 년이나 살고 있는 나는 잘 알지 못한다. 내가 사랑하는 열아홉 살의 그 또한 나의 이런 고백엔 동의하리라 본다. 세대와 시대의 간격을 뛰어넘어 그와 내가 사소한 것일망정, 동의로 결합된다는 건 반가운 일이다. 그렇지 않은가. 단언하거니와, 열아홉 살의 그는 쉰일곱 살까지 살아 있는 나 같은 작가를 결단코 이해할 수 없을 것이다. 천수를 누린 쇼펜하우어를 이해할 수 없었듯이.

　도대체.

　도대체……라고 그는 부르짖는다.

　도대체 작가가 어떻게 그처럼 오래 살 수 있는가.

　그로서는 당연한 질문이다. 더구나 내가 그 동안 쓴 작품이 수십 편에 달하는 걸 알면 더욱더 그는 경멸할 터이다. 일찍 죽지 않으면 작가가 아니다. 그건 사실이다. 작가가 일찍 죽지 않는 것은 피 같은 단 한 편의 작품을 쓰지 않았기 때문이며, 단 한 편의 작품을 쓰지 않았으므로 살아 있는 사람은 이미 작가가 아닌 것이 된다. 그가 세상이 없는 거북선을 찾아 전주역을 떠날 때, 1965년 6월, 자신의 죽음이 시작되었다는 걸 그는 이미 알아차리고 만다. 작가이면서, 쉰일곱 살까지 살고 있는 나를 그가 경멸할 수 있는 근거가 거기 있다. 내 죽음을 적들에게 알리지 말라. 남해로 행선지를 정했으니, 화살에 심장이 꿰뚫리면서 부르짖었던 이순신 장군의 마지막 당부를 그리고 몰랐을 리가 없다.

적은 처처에, 처처의 시간 속에 있다.

가령 요추골다공증과 전립선비대와 만성위궤양에도 불구하고, 붉은 셔츠 붉은 두건으로 위장하고서 시청 앞 광장의 응원 함성에 섞여 있는, 쉰일곱 살의 내가 그렇다. 단도직입적으로 말해 그는 오래 전에 이미 죽었고, 더러운 책상……이라는 제목의 이 글이, 그의 격렬했던 죽음에 대한 보고서와 같다는 건 이미 주지의 사실이다. 그가 너무도 원하지 않으리라는 걸 알고 있으면서도, 그의 죽음을 세계에 알리고 싶어 안달하는 나를 용서하는 일은, 그의 입장에서 차라리 쉬운 일인지도 모른다. 사천칠백만 온 민족이 이념과 지역과 계급갈등을 떠나서 한마음 한뜻이 되어 외치는 대, 한민국…… 오늘 시청 앞의 이 붉은 물결을 용서하는 일에 비해. 오늘의 이 붉은 물결은 그에겐 다만 세계의 광기에 편입돼 흐르는 배타적 민족주의일 뿐이다. 월드컵의 공식 축구공은 노예나 다름없는 인도와 파키스탄의 어린이들이 제국주의적 폭력 아래 지문이 지워질 만큼 기워 만든 것이다. 아무런 강요도 받지 않은 함성의 자발성에도 불구하고, 그 축구공에 묻어 있는 어린이 노예들의 지문은 지워지지 않는다.

그에겐 그럴 것이다.

나치의 살육도 알고 보면 나폴레옹의 침략에 자발적으로 저항한 방어적 민족주의에서 시작되었다는 걸 나는 알고 있다. 전체는 그 출발이 선일지라도 배타성의 피를 빨며 자라난다. 그러니 쉰일곱 살, 그 목숨의 값으로 붉은 물결에 섞여 오, 필승 코리아……를 외치는 나를 그가 어떻게 용서하겠는가. 그를 죽인 광기의 세계 속에 단단히 편입된 나를. 그러면서도 삼십여 년이나 계속해서 작가라는 이름으로 살고 있는 나를.

　그가 전주에서 머무른 것은 삼 개월여에 불과하다.

　그는 겨우 전주천 맑은 물을 알고 있고, 날렵하게 서 있는 한벽당(寒碧堂) 용마루를 넘어가는 바람 소리를 알고 있고, 오목대(梧木臺)와 경기전(慶基殿) 앞뜰의 라일락꽃을 알고 있고, 호남제일문 풍남문(豊南門)을 알고 있다. 전주교육대학은 우뚝한 기린봉이 올려다뵈는 서학동의 전주천변에 위치한 전주사범학교의 후신이다. 그의 매형은, 등록금이 싸고 이 년 만에 구조적 세계의 톱니바퀴에 편입될 것이 보장되어 있기 때문에 교육대학 입학을 권유했으나, 그는 부모 살해범의 위험에서 자신을 구하기 위해, 떠나기 위해 그곳에 입학했을 뿐이다.

　세계로의 편입은 그에겐 어떤 감흥도 주지 못한다.

그는 이미 오래 전부터 매형이 권하는 것과 전혀 다른 세계를 꿈꾸고 있었으며, 그것은 전주에 와서조차 파괴되지 않는다. 자의식의 골방은 더욱 단단해지고, 어둠이 깊으면 천지사방 별이 뜬다. 월드컵 따위는 아마 알지도 못했을 것이다. 한벽당 밑의 전주천은 특히 수심이 깊어, 산지사방 불꽃들이 마구잡이 터져나오는 봄날조차 고요하기 그지없다. 하숙집이 근처에 있었으므로, 그는 저물녘마다 한벽당 빈 누각에서 고요한 물빛에 거꾸로 비친 자신을 자주 들여다본다.

물 속에 비친 자신은 어둠침침해서 보기에 편안하다.

전주천 너머엔 오래된 임업시험장이 자리잡고 있고, 그래서 4월이 됐을 땐 온갖 꽃들이 다투어 터져나왔는데, 그 화려한 꽃들과 수심 깊은 물 속에 박힌 그 자신 사이, 또는 저승과 이승 사이, 또는 객관과 주관, 사실과 자의식 사이, 모든 것들은 완만하게 흐른다. 너무도 속절없이 몽환 속에 흘렀던 그 봄날에 잠시 동안, 불루……라고 불렀던 그 여자가 속삭이고 있다.

눈을 감는 거야.

눈을 감는 거야, 유신.

그녀가, 불루가 만약 그의 중심으로 들어오지 않았다면 열아홉 살, 1965년, 그 시간들 또한 고도 전주시를 싸안고 흐르

는 전주천처럼 무심한 몽환으로 계속 이어졌을 것이다. 그러
다가 어쩌면 세계의 톱니바퀴에 은근슬쩍 편입했을는지도
모른다.

그는 그럼 어떤 모습으로 살았을까.

대~한민국……을 외치며, 시청 앞 광장의 붉은 물결에
섞여 있는 사람들처럼 평범하고도 보편적인 인생을 살았을
그를 상상하는 건 슬픈 일이다. 그가 불루를 만나지 않았다
면, 그래서 만약 그가 거북선을 찾아 남행열차를 타고 떠나지
않았다면, 그도 지금쯤 나처럼 요추골다공증이나 전립선비
대를 앓았을까. 전라도 어디, 요람처럼 가꾼 이쁜 초등학교
교장선생님쯤 되어 있을까.

아니, 이런 상상은 부질없다.

눈을 감는 거야……라며, 경기전 라일락숲 그늘에서 첫키
스의 떨림을 가르쳐주었던 그 여자, 불루……가 없었더라도,
그는 아마 다른 핑계를 좇아 끝내 거북선을 찾아 떠났을 것이
다. 그를 보편성의 시간 속에 가두고 보는 것은, 비극적 운명
의 삶의 관성으로 볼 때, 너무도 천박한 상상에 불과하다.

다시, 2002년 시청 앞 광장.

마침내 한 젊은 여자가 나를 와락 껴안는다.

속이 텅 빈 허리뼈 안쪽으로 엄청난 함성이 쏟아져들어오

는 것에 놀라고, 낯선 나를 껴안고 펄쩍펄쩍 뛰고 있는 젊은 여자, 붉은악마 셔츠 안쪽의 붉은 젖가슴이 내 눈앞에서 쭐렁거리는 것에 놀라고, 사방에서 폭죽이 쾅쾅 터지는 것에 나는 놀란다. 대 이탈리아전 연장 후반에 터져나온 안정환 선수의 골든골 때문이다.

살아 있어 짐져야 하는 배신에 관해선 학습이 잘 돼 있다.

그의 관점에서 보면 나는 아직도 단 한 편의 작품을 쓰지 않은, 멍청한, 작가 이전의, 비겁한 작가이기 때문이다. 그러나 그가 전주를 떠나든 말든, 나는 그해 6월의 전주역을 단번에 잊는다. 월드컵 공식구 피버노바를 깁는 지문조차 닳아 없어진 인도와 파키스탄의 소년들도 잊는다. 그리고, 눈을 감는 거야…… 경기전 뒤뜰의 라일락 꽃가지를 흔드는 달콤하고, 맑고, 부드러운 속삭임도 잊는다. 세계의 광기로 편입되는 건 밥을 먹는 것처럼 쉬운 일이다. 월드컵의 스타 안정환은 그 지름길을 알고 있다. 사랑하는 그로부터 모멸받는 것은 아픈 일이지만 그라는 존재조차 광기에 취해 잊으니, 나는 아무런 방해도 없이 한순간 붉은악마가 된다. 대~한민국……이라고 외치고, 대한민국의 자랑스런 처녀를 마주 안는다.

단독자 그의 혼백은 집단을 벗어나 먼 남녘바다로 흐른다.

상관없는 일이다. 그는 대한민국, 국민……이 된 적 없으나 나는 대한민국 국민이기 때문이다. 시간은 지워지거나 멈추는 법 없이 오직 앞으로 흘러간다. 그는 꽃다운 스물에 죽었고, 나는 꽃다운 스물에 비겁해지기 시작했으며, 그는 열아홉에 떠났고, 나는 쉰일곱에 시청 앞 붉은 광장으로 돌아와, 그보다 삼십여 년을 더 산 목숨값으로 얻은 월드컵의 기쁨을 만끽하고 있다. 그게 어떻단 말인가.

자, 눈을 감는 거야.

잔인하게, 나는 그를 향해 말하고 싶다.

그는 눈을 감는다. 낯선 나를 선뜻 안고서 펄쩍펄쩍 뛰고 있는 내 옆의 이 처녀가 열아홉 살의 그라도 좋고, 그의 불루……라고 해도 좋은 일이다. 쇄골까지 가파르게 차고 올라왔다가 역시 가파르게 내려앉는 처녀의 숨결을 나는 충분히 감지한다. 안정환 덕택이다. 내 몸이 월드컵 8강 진출의 자축을 알리는 불꽃들이 연방 터지고 있는 시청 앞 광장, 그 불타는 전체 속에 편입돼 있고, 그가 사적(史蹟) 339호, 경기전 뒤뜰의 라일락꽃들에 단독자로 있다는 건, 이미 안정환의 극적인 골로 날려버렸으니 아무 문제도 되지 않는다.

나의 이름은 지금 이 순간 불루이다. 푸른, 간음의.

라일락꽃 그늘　경기전은 태조 이성계의 영정을 안치한 곳으로 정면 3칸 측면 3칸의 고풍한 누전(樓殿)이다. 열아홉 살의 푸르고 어여쁜 그녀를 역시 열아홉 살의 그는, 블루……라고 부른다. 누전 뒤뜰의 라일락은 허리춤에서 두 갈래로 나뉘어 올라가다가 이내 더 많은 갈래로 흩어져 하늘을 가만히 받치고 있다. 키가 큰 주변의 다른 나무들보다 낮지만, 라일락꽃 그늘 아래의 나무벤치에 앉아보면 꽃들이 천상에 닿아 있는 걸 느끼게 된다. 그녀를 처음 만난 것은 오르간실이다.

저기, 시집을 여기에 두고 갔거든요.

밤 깊은 경기전 뒤뜰에까지 오르간 소리보다 더 부드럽고 푸른 그녀, 블루의 목소리가 들린다. 풍금이 하나씩 비치된 오르간실의 동남쪽 끝방에 깃들인 시간을 그는 생각한다.

3월부터 5월까지……라고.

오르간을 칠 줄 모르는 그는 노래부르고, 황성옛터에 밤이 되니 월색만 고요해, 오르간 잘 치는 그녀는 반주를 하고, 3월부터 5월까지, 폐허에 쓰린 회포를 말하여 주노라, 너무 슬픈 노래만 부르면 오래 못 산대, 봄산은 오르간실 창 밑에 내려와 있고, 오래 살아야 꼭 좋은가 뭐, 아아 가엾다 저 나그네 홀로서 잠 못 이뤄, 전주교육대학 캠퍼스 후미진 남쪽 끝, 3월부터 5월까지, 끝없는 꿈의 거리를 헤매어 왔노라, 박인환처럼, 별은 술병에서 떨어지고…… '목마'를 타고 떠난 '숙녀'의 옷자락에…… 관해 말하면서.

마침내 첫사랑.

풍금 위에 놓여 있던 『박인환시선집』을 집어드는 그녀의 팔이 풍금 앞에 앉은 그의 어깨 위로 스치듯 지날 때, 어둔 골방에 비치는 섬광 같은 사랑은 시작된다.

「목마와 숙녀」, 좋아하세요?

인생은 잡지의 표지처럼 통속하거늘……은 마음에 들지 않는다. 그렇지만 상관없는 일이다. 그녀가 오르간실에 두고 간 박인환의 시집을 찾으러 왔을때 이미 모든 게 결정된 것이다. 그녀가 「목마와 숙녀」를 좋아하든 좋아하지 않든 무슨 상관이 있겠는가. 첫사랑은 이를테면…… 날카롭고 고통스런 입맞춤, 혹은 상처, 혹은 천진스러운 죽음.

새벽이 온 것일까.

멀지 않은 전동성당의 첨탑에서 새벽종이 뎅그렁뎅그렁 울릴 때, 밤새 떨어진 꽃잎이 무릎과 발과 어깨에 쌓여 있는 것을 느끼고 고개를 돌리는 순간, 불루, 한없이 투명한 그녀의 눈빛이 인광처럼 가까이 빛난다. 자의식의 검은 휘장을 단숨에 찢어내면서, 가미카제의 걸음새로, 그의 입술이 한순간 그녀에게 달려가 부딪친다. 악마적 비탄은 전혀 없다. 성스럽고, 윤리적으로 완전한 투신이다.

시큰…… 하고 그의 단단한 앞니가 땅속까지 울린다.

그녀도 그랬을 것이다. 이리시 철인동의 부스럼 바다를 지나오면서도 경험해보지 않은 첫키스이다. 입술은, 아니 그의 앞니와 그녀의 앞니는 격정에 따른 충돌의 위기를 본능적으로 수습하려고 반동의 리듬에 실려 수평을 따라 재빨리 후진한다.

새벽바람에 라일락꽃들이 우수수 떨어지고 있다.

그냥…… 가만히 있어……라고, 잠시 사이를 두었다가 그녀가 양손으로 그의 어깨를 따뜻이 잡으면서 속삭인다. 경기전 앞마당의 수은등 불빛이 그녀의 눈동자 중심에서 황홀하게 발화하고 있다. 석관처럼 단단한 그녀의 앞니에 충돌한 그의 뿌리 깊은 곳으로, 동통이 전동성당 새벽종 소리처럼 아스라이 퍼지고 있는 걸 그는 느낀다. 그냥, 가만히 있어……라고 말하면서, 발화된 그녀의 두 눈이 그에게 천천히 다가오고, 그는 나아갈 수도 물러설 수도 없는 위기의 벼랑 끝에서 결박된 채 떨면서, 그러나 격렬하게, 마치 날카로운 칼끝에 가슴을 내밀듯, 그녀를 본다.

눈을 감는 거야.

그녀가 한순간 속삭인다.

칼끝은 소리없이 다가와 이윽고 그의 입술에 닿고, 눈을 감는 거야, 칼의 혀가 마른 꽃잎 같은 그의 입술을 쓰윽 핥고 지나고, 그리고 세계는 완벽하게 지워진다. 영원까지도. 그녀의 혀가 따뜻이 문을 열고 들어와 먼 시간을 기웃거릴 때, 눈을 감는 거야, 그녀의 목소리가 천지를 지우고 되돌아와 자신의 중심에 새로운 탄생으로 깃들이는 것을 그는 본다. 슬픈 노래를 계속 부르지 말아야 할, 오래 살아야 할 이유를 발견해낸 최초의 경험이다. 불멸은 꿈이 아니라고 그는 적어도 그 순간 생각한다. 사랑을 처음으로 찾았기 때문이다.

살인　　살인……이라고 나는 쓴다.

확실한 것은 그가 예민하기 이를 데 없으면서 그러나 멍청했다는 사실이다. 고등학교 동기동창이면서 함께 교육대학에 재학중인 F가 한 말에 아무런 주의도 기울이지 않은 것이 멍청한 첫번째 증거이다.

어제 이런 일이 있었어, 라는 F의 말.

빈 오르간실에 들어가 막 연습을 시작하려는데 어떤 여학생이 들어오더라구. 시집을 놓고 갔다는 거야. 그래서 알게 됐어. 진짜 이쁜 애야. 첫눈에 반했다구. 그는 그 시집이 누구의 시집이었느냐고 반문했고, F는, 몰라, 김소월이나 뭐 윤동주 시집이었겠지…… 대답했는데, F의 관심은 여학생에게, 그의 관심은 시집에 가 있었기 때문에, 평소 친하게 지내는 처지도 아닌지라 아무런 주의도 기울이지 않고 말았던 것이다.

그는 한벽당 근처 천변에 앉아 있다.

경기전 뒤뜰에서의 첫키스를 경험하고 얼마쯤 후, 그러니까 6월 초의 일이다. 날은 저물고 달이 떠오른다. 달빛은 전주천 수면에서 사금처럼 부서져 반짝거리는데, 저물녘에 나와 앉은 그는 밤이 사뭇 깊어도 요지부동이다. 사랑이라고 믿었던 것들의 축복이 그의 내부에 등불처럼 환히 깃들여 있다. 사랑하는 그녀, 불루가 있으므로 그는 혼자 머물러 있지만 더이상 어제의 그가 아니고, 또 그는 오래 머물러 있지만 새로운 탄생의 예감으로 불멸을 향해 흐르는 중이다. 미지의 젊은 시간이 자신을 향해 가쁜가쁜 오고 있다고, 그는 느끼고 믿는다. 불루는 틀림없이 신이 보낸 성처녀일 것이다. 그는 어리석게도 그렇게 생각한다. 이놈의 것…… 발기발기…… 찢었으면. 툇마루에 걸레질을 하다 말고 인광을 번뜩이며 어머니가 걸레를 북북 찢는 걸 본 후로, 생애 처음 느끼는 향일성의 강렬한 확신이다.

맑고 환한 여자의 웃음소리가 그때 들린다.

그는 여전히 달빛을 온몸으로 받아내고 있는 활달한 전주천의 수면을 볼 뿐이다. 불루의 눈빛이 흐르는 물을 닮았다고 그는 생각한다. 개천 건너편엔 일자형의 둑길이 놓여 있고, 둑길과 교육대학 사이엔 지붕이 낮은 몇몇 집들과 숲이 울창한 임업시험장이 자리잡고 있다. 다시 한번 웃음소리가 들린다. 이번엔 남자와 여자가 함께 웃는 소리이다. 그는 비로소 고개를 들고 개천 건너편의 일자형 길을 올려다본다.

한 남자와 한 여자가 가로등 밑을 지나고 있다.

왠지 낯이 익다. 가로등 불빛을 등뒤로 받고 있어, 달이 떴음에도 불구하고 얼굴은 흐릿하게 지워져 있었으나, 고요한 천변을 울리고 가는 그 목소리와 흐르는 것처럼 천천히 나아가고 있는 그 걸음새, 분명히 어디선가 본 듯하다. 전생에서 보았던 것일까. 그는 다음 순간 벌떡 일어서다가 아랫배를 칼에 찔린 것처럼 허리를 굽힌 채 스톱모션이 된다. 남자와 여자는 천천히 개천 건너편 일자형 길을 수평으로 지나쳐 임업시험장 부서진 후문 속으로 슬쩍 자맥질해 들어가고 있다.

멍청이.

다시 말하거니와 그는 멍청이다.

그가 멍청이라는 두번째 증거는 아무것도 준비하지 않고

무릎까지 물이 차오르는 개천을 직진보행으로 건넜다는 것이다. 하숙집 주방에 있는 식칼이나, 헛간 외벽에 걸어놓은 낫이나, 하다못해 십자형 드라이버 한 가지라도 들고 갔더라면 장 주네가 말한바, 활짝 열린 눈으로, 천진스럽게, 콧구멍에 비극적인 주름살이 잡히지 않도록 하면서, 그러나 일찍이 소망했던 대로 악마적인, 황홀한 고독의 비탄……을 맛볼 수 있었을 게 아닌가. 나는 그를 사랑하지만, 멍청이라고 부르고 싶을 때, 이럴 때의 나는 그가 밉다. 두 눈에서 다투어 별이 뜰 만큼 호되게 그의 뺨을 후려갈기고 싶다. 이 멍청한 놈…… 하면서 신발이라도 벗어 더러운 뒤축으로 그의 머리통을 후려치고 싶어 미칠 지경이다. 눈을 감는 거야……라는 말을 듣고 나서, 정말 눈을 감고 떨면서, 제 입술을 여자의 칼끝에 가만히 내밀어주는 멍청이, 바보, 머저리.

그 무엇을, 나의 머저리는 그곳에서 보았을까.

허둥지둥, 천변 모랫길을 걸을 때, 무릎까지 젖은 바지에서 전주천 물이 주르르륵 흘러내려 모랫길을 적신다. 그 또한 자신의 동선을 드러내는 멍청한 짓이다. 아니야, 불루일 리가 없어. 그는 본능적으로 중얼거리면서, 좀 전에 남녀가 슬쩍 끼어들어간 임업시험장의 부서진 후문 안으로 비칠비칠 젖은 발을 들이민다.

젖가슴을 드러낸 여자를 그는 먼저 본다.

그는 놀라 헉 하고 숨을 멈추고 한 발 뒤로 물러선다.

여자는 임업시험장 안쪽, 키 큰 전나무에 어깨를 기댄 채, 불과 삼사 미터 저편에서 허리선을 활등같이 휘어 앞으로 한껏 내밀고 있다. 전나무 숲그늘에 은신하고 선 그와 불과 십여 미터 거리에 불과하다. 모든 것은 달빛에 아낌없이 드러나 있다. 한 손으로는 걷어올린 블라우스와 브래지어를 잡고 다른 한 손으로는 남자의 머리를 쓰다듬는 듯 끌어안은 불루의, 여자의 젖통은 나리 누나의 젖통보다 크고 우유통 창녀의 젖통보다 작다. 전나무 가지가 이리저리 찢어놓은 달빛이 여자의 젖통에 그물무늬를 음각으로 새겨놓고 있다. 남자의, F의 머리는 두 개의 젖통 사이를 분주하게 수평으로 오가면서 굶주린 아이처럼, F는 여자의 젖을 빨아먹는다. 여자는, 눈을 감는 거야…… 말하지 않고, 남자는 눈을 활짝 뜨고 있다.

혹은 드라이버, 혹은 송곳.

다시 생각해도 뚜렷한 결론은 나지 않는다.

그의 오장육부를 다 꿰뚫고 있다는 내 생각의 오만 때문일는지 모른다. 만일에 드라이버나 송곳이 그의 손에 쥐어져 있었다면, 그리고 그가 멍청하지 않다면, 악마적인 황홀한 비탄을 부르기 위해 누구의 눈을 찔렀을까.

불루? F? 아니면 자신?

예상할 수 있는 일이지만, 나의 멍청한 그는, 아무것도 준비해가지 않았기 때문에, 그 핑계를 대고, 남자와 여자의 또랑또랑한 눈빛에 완전히 기가 질려서, 멍청하게, 저 혼자만 눈감은 채, 부딪히고 엎으려져 이마 찧고 코를 깨며, 그곳으로부터 뒷걸음질쳐 도망친다. F에게 젖을 먹이고 있는 불루의 음탕한 얼굴은 그에게 하나의 흉기가 된다. 그는 비명을 지를 듯 입을 벌리고 눈을 감은 채 달린다.

그가 남쪽 해안으로 흘러나가기 며칠 전의 일이다.

틈 눈을 감는 거야……라고, 물처럼 해맑은 처녀, 불루의 속삭임이 아직껏 들린다. 그는 여수행 열차의 난간에 서서, 결코 돌아오지 않으리라는 예감에 붙들려, 열차가 영시의 한벽당 부근을 지날 때, 실루엣으로 시선에 잡혀드는 한벽당과, 전주천과, 천변 모랫길과, 임업시험장과 교육대학 도서관 건물 모서리를 마지막으로 내다본다.

도서관엔 불이 켜져 있고 임업시험장은 캄캄하다.

만월처럼 떠올라 있는 불루의 젖통으로부터 땀을 흘리며 뒷걸음질치고 있는 자신을 그는 남처럼 본다. 경기전 뒤뜰의 라일락꽃은 이제 다 졌을 것이다. 불과 삼 개월 남짓 머물렀던 곳이지만, 전주의 그 봄날들, 라일락 향기와 함께 오래 자신의 피 속에 남으리라는 걸 예감하고 그는 한차례 전신을 부르르 떤다.

그리고 점퍼 포켓에 숨겨온 면도날 하나.

하숙집 마당을 지나오다가 무심코 집어들고 온 양날의 도루코 면도날이다. 대서소를 하는 하숙집 주인아저씨가 면도기에 새 면도날을 끼워넣으면서 수돗가에 빼놓은 것이다. 그는 그 여자, 해맑은 성처녀, 혹은 모든 남자들에게 젖을 먹이는 음탕한 창녀, 불루가 그 선물을 주었다고 생각한다. 열차는 남쪽으로 남쪽으로 미끄러져 흐르고, 면도날은 그의 품속에서 그와 함께 거북선을 찾으러 떠나고 있다. 면도날은 너무 얇아서 삶과 죽음 사이의 틈과 같다. 전주에서 머물렀던 열아홉 살의 짧은 봄날들도 어쩌면 유장한 시간의 면도날 같은 틈이었을지 모른다.

얇고 깊은…… 불루의.

장마 여름이 왔지만 그의 셔츠는 여전히 긴 팔이다. 떠나올 때 입었던 것이 봄옷이기 때문이다. 바지 또한 제법 두꺼운 겨울바지이고, 떠나올 때 신었던 양말의 뒤꿈치엔 어느덧 구멍이 숭숭 뚫려 있다.

남해안의 여름은 후텁지근하다.

매일 비가 내리고 때때로 태풍이 지나지만, 갯비린내 섞인 후텁지근한 불연속선은 끝내 걷히지 않는다. 후텁지근하게 비가 내리고 있다……라고, 모라비아는 쓴다. 이탈리아 작가 알베르토 모라비아의 소설 「멕시코 여인」의 첫 문장은, 후텁지근하게……라고 시작된다. 네오리얼리즘……이란 말을 그는 모라비아 때문에 처음으로 익힌다. 남자 주인공 세르지오는 후텁지근하게 비가 내리는 열대기후에서…… 겨울 양복에 외투까지 걸쳐 입고, 셔츠 속에는 털내복, 발에는 털양말, 목에는 털목도리, 그리고 한 손으로 우산을, 다른 한 손으론 장갑을 든 채…… 쓰레기가 너절하게 흩어져 있고 유령처럼 고양이가 기어다니고 있는, 축축하고 음산한 좁은 거리……를 걷고 있다. 그는 세르지오의 미칠 듯한 하루 이야기를 여수항이 멀지 않은, 쓰레기가 너절하게 흩어져 있고 유령처럼 고양이가 기어다니고 있는…… 침침한 뒷골목의 낡은 여인숙 좁은 방에서 읽는다. 창이 있지만 불과 한 자쯤 떨어진 곳에 드높은 냉동창고 외벽이 가로막아 서 있으니 창은 있으나마나, 한낮에도 침침하다. 부패하는 생선 냄새와 함께 냉동을 위한 전기모터 소리가 온종일 창고 벽 너머에서 들려온다. 권태와 분노의…… 이중적인 자기 자신을 점잖은, 그러나 숨막힐 듯한 겨울정장으로 간신히 감추고 있는 세르지오를 향해 그는 칵 가래를 뱉는다.

기관지엔 언제나 뱉어낼 가래가 가득 차 있다.

세르지오는 친구의 애인 알비나를 향한, 미친 듯한 욕망……을 억제하려고 어색하게 소파에 앉고, 바로 그때, 냉동창고 벽에 부딪힌 가래가 주춤주춤 흘러내리다가 잡초가 자라나 있는 냉동창고와 여인숙 사이의 비좁은 틈으로 뚝 떨어진다. 그 틈은 고양이만큼씩 살이 오른 쥐떼들이 밤낮없이 풀섶 사이를 왕래하는 쥐떼들의 길이다.

바다는 물론 보이지 않는다.

창 밖으로 한껏 빼낸 머리가 냉동창고에 닿으면 바다, 사람들이 바다라고 부르는 것이 보이긴 보이는데, 건물 외벽으로 날카롭게 잘린 그것은 바다라기보다 하나의 좁고 예리한 틈, 이를테면 면도날 같다. 머리를 그 앞으로 숙이면 날카로운 바다 칼에 의해 이마가 아마 세로로 쪼개질 것이다. 세르지오는, 목이 굵고 어깨와 가슴은 풍만하며 피부는 갈색……인 알비나가 슈미즈 바람으로 앉아 있을 때, 부드럽고 검고 털이 무성한 겨드랑이……와, 슈미즈 레이스 장식 밑에 갈색 젖가슴이 팽팽히 차오르는…… 것을, 본다.

자, 그럼 누우세요.

알비나의 한마디를 세르지오는 기다리고 있다.

그는 습기가 잔뜩 밴 냄새나는 요 위에 누워 바지 앞단추를 푼다. 권태와 분노의 감정이 솟구치고 있었다……라고, 알베르토 모라비아는 쓰고 있다. 정말 권태와 분노의 감정이 맹렬히 솟구친다. 한낮인데도 여인숙 방은 저물녘처럼 침침한데, 그러나 알베르토 모라비아의 문장들은 선이 분명하고 또 역동적으로 움직인다. 그녀는 코트의 단추를 잠갔다…… 허리께에 옷이 꽉 끼어 엉덩이와 가슴이 지금이라도 비어져나오는 것 같아 보였다……라고, 그는 소리내어 읽는다. 비가 내리기 때문에 공기는 더욱 질식할 것 같았다……라고.

모라비아는 이야기를 이야기하지 않는다.

그에겐 새로운 경험이다. 이야기는 대부분 가로등처럼 기계적으로 배열되어 있고, 그와 달리 세계는 부조리하게, 불치의 병균들로 감염되어 있다. 그러므로 알베르토 모라비아는 냉동창고와 낡은 여인숙의 벽 사이, 쥐떼들이 지나다니는 더럽고, 냄새나고, 질식할 듯 숨막히는 여수항 뒷골목의 어느 좁은 틈, 아직 스무 살은 되지 않았으며 이제 십대라고 부를 수 없는, 열아홉, 어둡고 예리한 시간의 틈에 그 여자, 불루가 아니지만 불루인, 알비나, 슈미즈 찢어진 틈으로 통통한 사타구니까지, 맨살이 비어져 드러난…… 알비나를 뉘어놓고 있다.

그는 옷을 벗는다.

세르지오가 양말을 벗을 때 그는 바지를 벗고, 세르지오가 털셔츠를 벗을 때 그는 봄셔츠를 벗고, 세르지오가 바지를 벗을 때 그는 오랫동안 빨지 않은 썩은 생선 냄새가 밴 팬티를 벗는다. 자지는 이미 참을 수 없는, 권태와 분노…… 때문에 청대(靑竹)같이 직립해 있다. 쓰레기가 흩어져 있고, 유령처럼 고양이가 기어다니고 있는 축축하고 음산한 좁은 거리……가 아니라, 쓰레기가 흩어져 있고, 쓰레기 속에서, 사람들이 내다버린 반쯤 부패한 생선대가리와 내장들을 향해 느릿느릿 움직이는 살찐 쥐들의, 침침하고, 습한, 자의식이 여인숙 앞의 비좁은 골목을 상상 속에서 빠져나와, 세르지오와 알비나처럼, 모라비아처럼, 허물어져가는 어두운 광장에 닿았을 때, 더러운 권태와 날카로운 분노로 생살을 찢어발기면서, 그는, 맹렬히 수음을 한다. 세르지오는, 미친 듯이 무거운 의복을 벗어버리고 싶은 욕망이 차오르는 것……을 속수무책 땀을 흘리며 보고 있다. 모라비아가, 면도날 같은 틈으로, 멕시코 여자를 향해 짐승처럼 달려드는 그를 보고 씩 웃는다.

멕시코 여자는, 불루는, 젖통이 갈색이다.

장마는 보나마나 오래 계속될 것이다. 꿀럭꿀럭, 그의 자지 끝에서 솟구쳐나오는 정액은, 그가 매일 냉동창고 외벽을 향해 내뱉는 가래와 같다.

그의 자지는 가래를 뱉고 나서도 쉽게 쓰러지지 않는다.

권태와 분노, 그리고 장마, 기관지에 언제나 뱉어낼 가래가 차 있는 건 견딜 수 있지만, 틈과 같은, 자지 속에 정액이 언제나 차 있다는 건 정말 참을 수가 없다.

여심여인숙 여수항엔 여심다방이 있고, 여심여인숙이 있다. 여심이 무슨 뜻인데요, 라고 그는 묻고, 나그네 맘(旅心)이라는 뜻도 있고 여자 맘(女心)이라는 뜻도 있지…… 여심다방 안주인은 뻐드렁니를 드러내고 웃는다. 여심다방 안주인은 뻐드렁니만 빼곤 이쁜 얼굴이다. 무엇보다 피부가 뽀얀 것이 분통처럼 새하얗고 눈도 컸으며 입술은 통통하다. 살집이 노상 없다곤 할 수 없으나 허리는 호리낭창하니 한눈에 색기가 있어 뵌다.

그러나 여인숙을 주로 지키는 바깥주인은 형상이 우습다.

눈은 작고 코는 도톰한데 도톰한 코에 촘촘히 깨알 같은 잡티가 박혀 있다. 이른바 딸기코다. 동란 때 팔 하나를 잃은 외팔이이지만 어깨는 떡 벌어져 있고, 목이 굵은 게 힘깨나 쓸 것처럼 보인다. 고양이만하게 살이 찐 쥐도 외팔이는 맨손으로 때려잡는다. 한번은 여인숙 현관 앞으로 길을 잘못 든 쥐에게 체를 씌워 오도가도 못 하게 해놓곤 외팔이가 맨손으로 잡아 배를 터뜨려 죽이는 것도 목도한 적이 있다. 나이는 알려진 것이 맞는다면 외팔이, 여심여인숙을 맡은 바깥주인은 쉰하나, 뻐드렁니, 여심다방을 맡은 안주인은 서른셋이다. 동란 때 어찌어찌 마누라를 잃고 홀아비로 살던 외팔이가 여심다방 레지로 처음 흘러들어온 뻐드렁니를, 여심다방과 함께 엮어서 이태 전에 사들였다고 한다.

　임자 땜에 샀지, 임자 없었음 다방은 내가 왜 샀겠어.

　외팔이가 말하는 걸 직접 들은 일도 있다.

　뻐드렁니로선, 외팔이가 외팔로서 나이도 좀 많다는 게 흠이었겠지만 여심다방 여심여인숙의 안주인이 돼서 좋고, 외팔이로선, 색기 넘치는 젊은 여자를 얻고 사업까지 확장할 수 있으니 일석이조라, 어화둥둥 내 사랑, 피차 배가 딱 맞아떨어졌을 것이다. 이상한 것은 외팔이가 성불구라는 소문이다. 팔을 잘라간 폭탄 파편이 외팔이의 사타구니에도 날아왔었다는 뜬소문인데, 자지가 제대로 박혀 있지 않다면 분통처럼 뽀얀 속살에 호리낭창한 젊은 여자 뻐드렁니를 그 자가 왜 짝으로 얻어들였겠는가.

각설하고,

그는 여심다방에 들렀다가 여심여인숙을 잠자리로 얻은 것이 천만다행이라고 생각한다. 방값이 하룻밤 백오십원이라고 해서 들었는데 이틀 만에 백이십원으로 깎을 수 있었고, 그나마 일 주일 후부터는 아예 내지 않아도 됐기 때문이다. 외팔이가 상이용사회라든가, 시내에 회의가 있다면서 여인숙을 봐달라고 부탁해온 게 구체적 인연의 시작이다. 그는 허드렛일이나 여인숙 지키는 일을 가끔 하는 대신 방값을 내지 않았고, 배고프면 다방에 가서 역시 공짜로 밥을 먹었으며, 외팔이와 뻐드렁니로부터 정하지 않은, 그렇지만 적지 않은 용돈을 받기도 한다. 특히 뻐드렁니는 통이 크고 인정이 많아서 매상이 웬만큼 올랐다 하면 옛다, 천원을 주기도 한다.

여심다방에선 바다가 내다뵌다.

다방을 나서서 왼쪽으로 돌아들면 곧 냉동창고가 나오고 냉동창고의 모서리를 지나면 여심여인숙 간판이 코앞이다. 여심여인숙에선 물론 바다가 보이지 않는다. 말이 여인숙이지, 외팔이가 주로 지키고 있는 문간방을 빼곤 어두운 복도 좌우로 아홉 개의 방이 배치돼 있는 헐벗은 단층건물인데, 방은 장정이 네활개를 펴고 누우면 꽉찰 만큼 좁고 방과 방 사이는 베니어판으로 막아놨을 뿐이어서, 옆방 사람의 숨소리까지 들리는 데다가, 공동으로 쓰는 변소와 세수간이 따로 있으니, 손님이 들 리 없다. 그래서 궁여지책, 아홉 개의 방 중에서 그가 쓰는 방과 다방레지 미스 김 미스 송이 함께 잠만 자는 방까지 포함, 여섯 개의 방은 장기투숙자에게 내주고 있다. 장기투숙자에겐 무조건 월 삼천원을 받는다.

하룻밤 백원꼴이니 여수시에서 이렇게 싼 방은 없다.

문간방과 붙은 1호실엔 맹인 이씨가 다섯 살짜리 딸과 함께 들어 있고, 2호실엔 부둣가에서 하역잡부로 일한다는 탁씨, 3호실엔 여심다방 옆의 '서울집' 작부로 있는 강 과부, 4호실엔 하는 일이 뭔지 모를, 그러나 장기투숙객 중에서 유일하게 넥타이를 매고 시내로 나다니는 점박이 오씨가 들어 있으며, 맞은편 맨 끝방을 그가, 그 다음 방을 여심다방에서 일하는 미스 김 미스 송이 쓴다. 그는 불과 오 분 안에 가고 올 수 있는 여심다방 · 여심여인숙을 오가면서 되는 대로 일을 한다. 바쁠 때 다방 주방에서 연탄불도 갈고 여인숙의 공동 세수간과 변소 청소도 하며 뜨내기 손님이 머물고 간 방의 이부자리도 갠다. 틈날 때 부둣가에 가서 막배를 놓친 섬사람을 꼬드겨 데려오는 것도 그의 일이다. 남은 방 세 개를 다 채우면 외팔이로부터 한 방 방값을 구전으로 받는다. 외팔이가 여인숙을 비우지 않는 한낮에는 사실 별로 할 일도 없다.

그는 자주 걸어서 여항중·고등학교 앞까지 간다.

도서대본소가 그곳에 있기 대문이다. 책을 빌릴 때마다 이리시 도서대여소의 뿔테안경이 떠오른다. 대여소가 원인 모를 화재로 불타고 뿔테안경이 화상을 입은 채 이리시에서 종적을 감추었다는 소문을 생각하면 눈시울이 뜨겁다. 생텍쥐페리와 카뮈와 헤르만 헤세와 『사상계』와 이광수 염상섭 채만식을 일러준 뿔테안경은 지금 어디에 흐르고 있을까. 신이 우리의 죄, 다시 말하면 우리 죄의 모든 결과와 귀결을 우리에게 돌려주지 않기를……이라고, 그는 여항고등학교 앞의 대본소 서가 사이에서, 파스칼의 『팡세』를 펴 읽는다. 뿔테안경은 죄가 없으니, 신이 죄의 결과를 뿔테안경에게 되돌려주었다는 건 말도 되지 않는다고 그는 생각한다.

대여점에서 곧장 걸어나오면 멀지 않은 곳에 바다.

그는 여수반도 끝에서 작은 짐승처럼 웅크리고 앉아 바다의 끝을 본다. 녹색의 이끼가 낀 종처럼…… 바다는 자주 포악스럽게 울리고, 그는 더 갈 수 없는 땅의 끝으로부터 되구부러져, 한참 만에 어둑한 여인숙의 방으로 돌아온다. 고통스러운 것은 통금시간을 알리는 자정 사이렌이 울고 나면 전깃불을 꺼야 한다는 것이다. 20촉짜리 낡은 형광등이 그가 쓰는 방과 미스 김 미스 송이 쓰는 옆방 천장에 반씩 걸쳐 있다. 옆방 미스 김이 불을 끄면 그의 방도 캄캄해지고 그가 불을 끄면 미스 김 방도 캄캄해진다. 두 방에서 반씩 사용하는 하나의 형광등 때문에 손님끼리 싸움이 붙는 일도 자주 있다. 그러나, 자정 사이렌에 맞춰 불을 꺼야 하는 것은 미스 김 미스 송 때문이 아니다. 자정 사이렌이 울리고 나면 외팔이가 슬리퍼를 지익직 끌면서 불 켠 방마다 찾아다니며 쾅쾅, 문이 떨어져라 두들겨댄다.

불이 켜져 있네요. 불 꺼요잉.

외팔이의 목소리는 드세게 갈라져 위협적으로 들린다.

외팔이가 혹시 여인숙을 비우면 그가 그 일을 또한 해야 한다. 슬리퍼를 신고, 천천히 음산한 시간 속을 부유하듯 걸어가, 탕탕탕, 불을 꺼주세요, 사이렌이 울어요……라고, 그는 숨을 모아쉬면서 속삭인다.

자정엔 어쨌든 모든 방이 불을 꺼야 한다.

빌려온 책도 더이상 볼 수 없다. 모든 방에 불이 꺼지고, 미스 김 미스 송이 돌아눕는 소리가 나고, 그리고 바닷소리 들린다. 가끔 서울집 작부인 강 과부가 웩웩거리며 토하기도 하고, 여수역에서 어린 딸과 함께 온종일 깡통을 놓고 앉아 있다 돌아왔을 맹인 이씨가 오랜 지병 때문에 자지러질 듯 기침을 쏟아놓기도 하고, 하역작업부 탁씨가 술에 취해 들어와, 이봐, 강 과부, 한 코만 하지잉, 돈 줄게 씨팔, 한 코만 달라구, 부둣가 온갖 놈들한테 밑구멍 다 퍼주면서 씨팔 것, 왜 나만 안 주는 거냐구…… 술 안 마시면 다른 이 얼굴도 제대로 못 쳐다보는 새댁 같은 사람이 술만 취했다 하면 강 과부 방문에 매달려 이렇게 애원하는 것도 이맘때쯤이다. 강 과부는 고향이 흥남이라 했고, 일사후퇴 때 남쪽으로 넘어오다가 나이 어린 신랑과 젖먹이 어린것하고 생이별로 쪼개졌으며, 이곳저곳 세월따라 흐르며 때로 살림도 차렸으나 종내 서울집에 머물러 주방도 보고 술도 따르고 하는 처지가 됐다는데, 이 강산 낙화유수 흐르는 물에 새파란 젊은 꿈을 엮은 맹세냐…… 한 곡조 술에 취해 구슬프게 늘여 뺄 때면, 마흔예닐곱은 족히 됐음직도 하고 서른을 채 넘겼을까 싶기도 하니, 요령부득, 나이는 종잡을 수가 없다. 어여번듯 넥타이 매고 시내 어디로 출근한다는 4호실 오씨는 말수가 적지만 형광등 때문에 가끔 불을 켜라 마라, 3호실 강 과부와 말다툼을 하고, 글쎄 말야, 오씨 있지, 전문적인 소매치기래, 옆으로 지나가기만 해도 안주머니가 쓱 베어져 있다던걸…… 하고 미스 송이 미스 김에게 속삭이는 소리가 베니어판을 타넘어 들리는 것 역시, 자정을 넘긴 다음의 일이다. 그러나 모든 소리가 속절없

다. 밤이 깊으면 불 꺼진 방들 젖은 틈새로 한낮과 달리 바닷
소리가 파죽지세로 파고들기 때문이다.

밤바다는 아무도 이기지 못한다.

피곤한 늑골들이 하나씩 방바닥에 내려앉고 나면 시간도 멈
추고 침묵이 온다. 캄캄한, 무형의 덩어리, 자궁 속, 바다……
라고 그는 중얼거리며 누에처럼 등을 구부리고 만다. 침묵과
어둠은 너무 무거워, 캄캄한 모든 방이 다 석관 같다. 석관 속
에서 무형의 덩어리……들이 칸칸이 잠들어 있다.

아사(餓死)   그가 글을 쓴 적이 있었던가. 아니다. 그는 열
여섯 살부터 스무 살에 이르는 가파른 분열의 시간 속에서 책
은 이것저것 닥치는 대로 거의 미친 듯 읽었지만 글을 쓴 적
은 없다.

따라서 작가나 시인을 꿈꾼 적도 없다.

그에겐 책상도 단지, 무형의 고체이자 괴물 같고 딱딱한 덩
어리……일 뿐이다. 그는 책상 앞에 단정히 앉아본 적도 별
로 없었으며, 쓴다……는 행위가 요구하는 구조의 덫에 걸려
고통받는 일 따위도 하지 않는다. 단지 그에게 쓴다는 행위와
관련된 한 가지 버릇이 있었다면, 쓰지도 않으면서, 여러 해

동안, 언제나 원고지 한 권쯤은 곁에 두고 살았다는 것이다. 돌이켜보면 여심여인숙 구석방에 엎드려, 그가 딱 한 번 글을 쓴 일도 원고지에 대한 그의 집착 때문이었을 것이다. 아니면 자정이면 반드시 불을 끄고 누워 있어야 하는 여심여인숙의 규칙 때문이었는지도 모른다. 어떤 날 밤, 여느때와 달리 여심다방 미스 송이 술에 취해서 밤늦도록 벽을 두드리며 노래를 부르다가 외팔이에게 머리끄덩이를 잡혀 태질을 당했던 그 밤에, 캄캄한 어둠 속에서 더듬거리다가, 자기 자신이 더듬더듬 만지고 있는 것이, 전주교육대학 입학식날, 교문 앞에 토악질을 하고 난 후 불현듯 사두었던 원고지라는 걸 알았을 때, 그 원고지를 벌써 반 년 동안이나 지니고 다녔다는 걸 자각했을 때, 그리고 여전히 불을 켤 수 없는 방에 버려진 나형(裸形)의 덩어리로 그 자신이 버려져 있다고 인식했을 때, 그는 어딘가, 먼 우주로부터 수신되어오는 듯한 이상한 한기를 느끼면서 엎드려 글을 쓰기 시작하고 만다.

그걸 소설이라고 불러도 좋은지는 알 수 없다.

아마 삼사 일쯤, 그는 썼을 것이다. 낮 동안은 물론 밤에도 형광등을 켜놓을 수 있는 자정까진 전혀 쓸 생각도 하지 않다가, 별일이지, 외팔이의 불 꺼요잉, 소리만 나면 캄캄한 무덤 속에 엎드려 그는 쓴다. 어둠 속에서의 작업이니 제대로 원고

지를 채우지 못해 밝은 날 보면 문맥이 닿게 읽히지도 않는 불구의 글이다.

　때는 늦가을,

　변산반도 남녘의 격포 채석강이 배경이다.

　그 자신이라고 불러도 좋을 한 젊은이가 채석강에 찾아와 스스로 굶어죽는 스토리다. 아니 스토리라고 하고 말 것도 없다. 서해로 쑥 나가앉은 채석강은 수십길의 절벽으로, 동북방향에서 접근하면 언덕길 오르듯 절벽 위에 닿을 수 있으나 바다 쪽에서 접근하면 절대 절벽 위로 올라갈 수 없는 지형을 가지고 있다. 그가 꼭 한 번 가본 곳이다. 젊은 주인공, 어떤 날 저물녘, 밧줄을 절벽 위 소나무에 걸고 단애를 타고 내리다가 단애 한가운데쯤 뚫려 있는 자연 동굴로 들어간 후, 자신이 타고 내려온 밧줄을 풀어 바다로 버리는 게…… 최초로 그가 쓴 글의 시작이다.

　그가 어둠 속에서 쓴 소설은,

　소설이라고 불러도 좋다면, 제목이 아사(餓死)로서, 아흐레 동안 그 동굴 속에서 젊은이 하나, 굶어 죽어가는 걸 기록한 것이다. 첫째날, 둘째날, 셋째날, 넷째날, 다섯째날, 여섯째날, 일곱째날, 여덟째날, 마지막 날……이라는 소제목이 차례로 붙는다.

동굴은 불과 깊이가 삼 미터밖에 되지 않는다.

서해 한가운데로 뚫린 깊지 않은 굴이니 그의 주인공이 앉은 자리까지 바다 습기가 들어와 질척질척한 형편이다. 보이는 것은 바다뿐이다. 늦가을이라 바다엔 하루 종일 배 한 척 지나가지 않고, 그래서 보이는 풍경의 변화라곤, 아침 점심 저녁, 시시때때 달라지는 빛의 밝기뿐이다. 밝은 바다, 더 밝은 바다, 더더 밝은 바다, 그리고 어두운 바다, 더 어두운 바다, 더더 어두운 바다가 세계의 전부이다. 그의 젊은 주인공은 조금씩 살이 빠져서 마지막 아흐렛날엔 거의 뼈만 남는다. 그의 주인공에게 살이 쏙 빠지는 것은 놀라울 정도의 기쁨이자 극적 오르가슴이다.

이야기는 아무것도 없고 발언도 또한 전혀 없다.

그가 최초이자 마지막으로 쓴 그것, '아사(餓死)'는 그러므로 아주 맹목적이다. 사르트르에 따르면, 그는 왜 안 하던 짓을 했던 것일까. 쓰는 것은 그에게 무엇이었던가. 맹목적이라는 그 점 또한 마찬가지이다. 아마 그는 지니고 다녔던 원고지를 오로지 버리기 위해 그 짓을 했던 것인지도 모른다. 「아사」를 써서 바다 속에 내다버린 이후 그는 다시 글을 쓴 일이 없었으니까.

해보다도 밝게 타는 별이 되리라   그가 사용하는 방의
얼룩진 벽지엔 그 방을 흘러갔던 이름 모를 사람들의 낙서가
남아 있다. 사랑해……라고 씌어 있고 그 밑에 다른 이의 글
씨체로, 나도……라고 씌어 있다.

속초항의 낯선 주소도 보인다.

주소 밑에는, 펜팔 원합니다, 김영철……이라고 씌어 있
고, 그리고 반대편 바람벽엔 적나라한 성기의 그림과 함께 당,
당신은 당나귀신(腎), 여, 여보는 여우보지의 준말……이라
고 씌어 있으며, 단기 4294년 음 8월 24일 내 생일 이곳에서
홀로 보내다…… 청운의 꿈…… 불효자는 웁니다…… 행
복…… 쌀밥…… 따위의 글귀들도 보인다. 그렇지만 무엇보
다 그의 마음을 사로잡은 것은 단 두 줄, 나는 슬픈 고향의 한
밤/해보다도 밝게 타는 별이 되리라……이다.

꾹꾹 눌러쓴 힘 있는 글씨체다.

처음 그 두 줄의 시구를 보았을 때, 그의 가슴은 홧홧하게
타오른다. 나는 슬픈 고향의 한밤/해보다도 밝게 타는 별이
되리라. 하룻밤 뜨내기로 거쳐간 사람이 즉흥적으로 써놓고
간 단시인지, 아니면 어디 원전이 있는 잠언인지는 알 수 없
다. 그는 새로 산 공책의 첫장에 역시 꾹꾹 눌러쓴다.

나는 슬픈 고향의 한밤
　　해보다도 밝게 타는 별이 되리라

칼　　여심여인숙 바깥주인 외팔이는 전쟁이 끝날 때 군대
에서 슬쩍해온 군검 한 자루를 갖고 있다. 손잡이와 칼날을
합쳐 한 자쯤 되는 양날의 칼이다.

　애지중지, 잘 갈린 칼은 늘 외팔이를 떠나지 않는다.

　조리할 때는 물론 생선의 포를 뜨거나 고기를 자를 때, 심
지어 손톱을 깎을 때에도 외팔이는 그 칼을 쓴다. 손톱을 깎
거나 생선의 포를 뜨는 걸 본 적이 여러 번 있는데, 칼 다루는
외팔이의 솜씨는 보는 사람 입이 벌어질 만큼 전광석화, 아주
일품이다. 외팔이가 전쟁중에 인민군의 머리가죽을 벗기기
도 했다는 소문이 그래서 났을 것이다.

　칼을 사용할 때의 외팔이는 말이 없다.

　평소와 달리 아주 진지하고 단정하고 그리고 고독해 보인
다. 저 사람이 고독해 뵈는 것은……이라고, 그는 포를 뜨고
있는 외팔이를 바라보며 생각한다. 칼을 정말 제대로 쓸 찬스
가 없기 때문……이라고. 전쟁이 끝난 게 외팔이에겐 불행

해 보인다. 칼은 피를 묻혀야 아름답다.

참을 수 없는 풍뎅이처럼 부푼 것들   자정 직후, 평소
보다 늦게 여인숙 문을 열고 들어서는 미스 김 미스 송에게서
술냄새가 확 풍긴다. 다방 문을 닫고 나서 뻐드렁니 안주인과
함께 한잔한 눈치다. 장마 끝물의 날씨는 후적후적, 비가 여
전히 내리고 있는데도 짜증이 날 만큼 후텁지근하다.

   사장님이 잠깐 왔다가랬어.

   미스송이 그의 옆구리를 쿡 찌른다.

   여심여인숙 바깥주인 외팔이는 상이용사회 전라남도 총회
에 참석한다면서 오후에야 광주로 떠났으니, 미스 송이 사장
님이라고 부르는 사람은 여심다방 안주인 뻐드렁니가 틀림없
다. 오씨가 아직 귀가하지 않은 것만 빼면 여인숙은 여느때처
럼 고요하다. 이제 문을 닫고, 통금 사이렌이 운 지 한참 됐어
요, 불 좀 꺼주세요…… 불 켜진 방문마다 두드리며 소등을
요구하는 일만 남아 있다. 통금 사이렌이 울리고 나서 안주인
이 살림방으로 그를 호출하는 것은 물론 처음 있는 일이다.

   지금요?

   반신반의, 그는 반문한다.

응. 지금 바로 오랬어. 미스 송은 방문을 탁 닫는다. 벌써 모든 방에 불이 꺼져 여인숙은 무덤 속 같다. 현관문을 열고 나서니까 비 젖은 쓰레기더미에서 쥐 몇 마리가 후두둑 하고 흩어진다. 길은 캄캄하고, 습하고, 그래서 썩어가고 있는 생선의 내장 속과 다름없다. 먼 곳에서 야경꾼들의 호루라기 소리가 간헐적으로 들리고, 그는 악취가 잔뜩 밴 캄캄한 냉동창고 옆길을 잰걸음으로 지나 이내 여심다방 뒤편의 쪽문 앞에 와 선다. 불 꺼진 다방은 캄캄하다. 살림방은 다방의 주방 뒤편으로 잇대어 새로 지은 블록건물에 들어 있는데, 다방을 통해 갈 수고 있고 뒤켠 쪽문을 통해 드나들 수도 있다. 평소엔 잠겨 있는 쪽문이 손을 대자마자 가볍게 열린다.

박군 왔어?

네, 사장님.

들어와. 어머, 이마가 젖었네. 닦아.

뻐드렁니 안주인은 슈미즈 바람으로 비스듬히 누워 있다가 들어서는 그를 향해 수건을 가볍게 던져준다. 그는 얼결에 받아들었지만 향긋한 화장 냄새가 나는 그 수건을 짐짓 들고만 있다.

뭐 해. 어서 닦고 이리 와 앉아봐.

우선 시선을 둘 데가 없다. 화장대 거울과 반대편의 잘 닦인 검은 자개장롱에도 슈미즈 바람의 안주인이 들어 있으니 보기에 민망하다. 방은 세로로 긴 일자형의 큰방으로서 한쪽 켠을 꽃무늬 커튼으로 막아 두 방처럼 쓰고 있다. 다방엔 음료수 박스를 많이 쌓아둘 만한 공간이 없기 때문에 꽃무늬 커튼 너머의 한쪽켠을 작은 창고처럼 사용하고 있는 셈이다. 음료수 박스를 들고 그도 살림방에 들어와본 일이 여러 번 있다. 그러나 한밤중, 환한 갓등의 조명, 반질반질한 장롱과 진열대, 꽃무늬 치렁한 커튼, 화사하고 푹신해 뵈는 보료, 진한 분냄새, 그리고 슈미즈만 걸친 반라의 안주인은 낯설다. 왜 그렇게 죄지은 사람처럼 서 있니······라고, 안주인이 등을 보이고 보료 위에 엎드리며 말한다. 오늘 매상이 진짜 좋았거든. 대신 어깨가 빠질 것 같네. 이리 와서 어깨 좀 주물러봐. 뻐드렁니 안주인의 머리맡에 삼천원이 놓여 있다. 삼천원이면 여심여인숙 한 달 숙박료다.

　그는 떨지 않는다.

　죄지은 사람······처럼 뻐드렁니 안주인이 그를 봤다면 잘못 본 것이다. 아니 잘못 본 것이 아니라 그가 연출한 대로, 순진하고 착한 청년의 이미지, 그의 의도대로, 멍청한 뻐드렁니 안주인이, 멍청하기 때문에 그렇게 본 것이다. 그는 의도하는 대로, 떨면서, 되도록 머뭇머뭇, 아 뭐 해, 빨리 주무르지 않고…… 그 여자가 재촉하길 짐짓 기다렸다가, 불타는 서른 세 살, 색정에 잔뜩 독이 오른 뻐드렁니 안주인의 어깨를 주무르기 시작한다.

속살은 뽀얗고 매끄럽다.

브래지어까지 풀어버린 뻐드렁니 안주인의 맨살이 슈미즈 때문에 더 뽀얗게 보인다. 허리는 잘록하고 엉덩이는 풍뎅이처럼 부풀어 있다. 더, 더, 밑으로……라고 말할 때, 뻐드렁니의 목구멍 너머에서 참을 수 없다는 듯 낮은 신음소리가 트림처럼 올라온다. 그는 토하고 싶은 걸 참느라 소리 없이, 입술을 깨물면서, 속으로 씹할 년…… 한다. 보나마나 씹할 년, 뻐드렁니의 보지는 질퍽한 토사물에 젖어 충혈된 채 잔뜩 부풀어 있을 것이다. 모든 계집들은 이중 플레이를 한다……라고, 그는 생각한다. 세계의 구조가 그렇듯이……라고 덧붙이려다가 그 문장의 상투성에 갑자기 진저리를 치면서, 그는 곧, 여보는 여우보지니까……라고 덧붙이고 만다. F에게 젖을 빨리고 있는 불루, 의 보지도 젖어 있었을 것이다. 창문까지 닫아놨으므로 그의 전신에서 이내 땀이 비 오듯 한다. 땀방울이 역시 땀에 젖기 시작한 뻐드렁니 안주인의 속살에 뚝, 뚝, 뚝, 떨어지고 그때마다 멍청한 뻐드렁니 안주인의 몸에 경련이 지나간다.

갓등은 홰처럼 불붙고 있다.

바다가 돌아눕는 소리 들리는가.

슈미즈 속으로 손을 집어넣어 뻐드렁니 안주인의 엉덩이
를 잡았을 때, 그는 한순간, 시선을 홱 돌리고 치렁한 꽃무늬
커튼을 바라본다. 바닷소리가 들렸다면 꽃무늬 커튼의 반대
편 자개장롱 쪽을 향해 고개가 돌아갔을 것이다. 그의 시선은
그러나 꽃무늬에 못 박힌다. 천박한 원색의 꽃무늬 커튼은 움
직이지 않는다.

이상한데.

그는 고개를 갸웃한다.

멍청한 뻐드렁니 안주인의 손이 불문곡직 옆으로 뻗어나
와 그의 사타구니를 콱 잡는다. 더러워……라고 말하려는
듯, 그의 자지는 한사코 무골충(無骨蟲)이다. 빳빳이 목을 곤
두세우는 것만이 젊은 프라이드라고 할 수는 없다. 분명한 것
은 음료수 박스나 쌓아두는 윗목의 꽃무늬 커튼 너머로부터
내쏘아지는 어떤 빛, 어떤 시선, 어떤 기척을 예민한 감각의
안테나가 한순간 수신한 것인데. 그러나 고개를 돌렸을 때,
그곳엔 아무것도 없다. 하기야 꽃무늬 커튼 너머에 무엇이 있
다는 건 말도 되지 않는다. 만약 무엇이 그 너머에서 이쪽 편
을 향해 어떤 빛을 쏘아보내고 있다면, 그 무엇은 아마……

살찐 쥐일 것이다. 박군은…… 죽만 먹고 살았나봐……라고 뻐드렁니 안주인이 몸을 뒤채면서 말하고 있다.

좀더 세게…… 거칠게……라고.

더러운…… 무형의 덩어리…… 멍청한 안주인의 대퇴부와 정강이뼈를 그는 계속 주무른다. 발목을 주무르자 무형의 덩어리……가 몸을 뒤채며 깨득 깨득 웃는다. 아이, 간지러워……라고 뻐드렁니 안주인은 말하고, 내장으로부터 부글부글 끓어올라오려고 아우성치는 토사물들은 그의 목젖에 위태롭게 걸려 있다. 토사되려고 아우성치는 그것들을 억제하느라 그는 눈을 부릅뜬 채 침을 꿀걱 삼킨다. 꽃무늬 커튼 너머에선 더이상 아무런 빛도 수신되지 않는다.

내가 잘못 느낀 거야.

그는 소리 없이 중얼거린다.

공포　여름이 끝날 무렵, 그는 여심여인숙 9호실 방으로 돌아가지 않는다. 외팔이가 자신을 잡아 잘 갈린 군검으로 포를 뜰 거라는 공포감 때문에 밤새 부둣가 근처 폐선에 은신해 있다가, 여명이 틀 때쯤, 여수항을 떠나는 첫배를 탄다. 외팔이에게 붙잡히면 틀림없이 껍질은 껍질대로 다 벗겨지고 뼈는 뼈대로 발릴 것이다.

그는 남해를 거쳐서 삼천포, 통영까지 숨가쁘게 흐른다.

외팔이가 그 꽃무늬 커튼 너머, 은신해 있기 때문이다.

그로선 정말 놀랍고 끔찍한 경험이 아닐 수 없다. 그는 통영에 이르러서야 어느 정도 공포감에서 벗어나 거제도를 남북으로 가로질러 걷는다. 여름은 급격히 침몰했고, 해금강에 도착했을 때, 그는 어느새 억새풀 씨가 껍질을 벗어던지고 햇빛에 제 몸을 쬐고 있는 걸 본다.

한려수도의 가을빛깔은 조금씩 깊어지고 있다.

그는 한산도, 비진도, 매물도까지 나아간다. 더 나아갈 수 없을 때까지. 때로는 밥을 구걸하고 때로는 더러운 개울물을 마시고 또 때로는 풍찬노숙을 피하려고 상엿집이나 사당에서 잠든 적도 있다. 꽃무늬 커튼 너머에서 살의로 번뜩이는 시선을 들어 그 자신을 바라보고 있는 여심여인숙 바깥주인 외팔이를 그는 상상한다. 외팔이의 시선 속에서 그는 벌겋게 부어오른 뻐드렁니 여심다방 안주인의 살을 핥고 빨고 있다. 토사물을 핥고 빨듯이.

외팔이는 보고, 뻐드렁니는 보여준다.

보고, 보여주는 것은, 암묵적으로 맺어져 있으며, 그 맺어진 틈에 맺어지지 않은 그가 노출돼 있다. 외팔이는 얼마든

284

그를 포획하여 회를 치거나 포를 뜰 수 있었을 것이다. 어떻게 그런 일이 일어날 수 있단 말인가.

매물도는 한려수도의 남쪽 끝이다.

그는 썰물 때만 길을 열어주는 돌밭길을 걸어 매물도와 밀물·썰물에 따라 붙었다 떨어졌다 하는 등대섬으로 간다. 동쪽 해안의 깎아지른 절벽 위엔 괭이갈매기떼 하얗다. 등대를 오른쪽으로 끼고 돌아 섬의 남단에 당도했을 때, 때맞추어 해가 진다. 발은 부르트고 신발 밑창은 너덜너덜 떨어져 있다.

벌써 9월, 저물녘의 바다 끝은 쌀쌀하다.

그는 때가 새까맣게 낀 점퍼의 깃을 올리고 먼 데, 갈색 놀빛에 물든 수평선을 바라본다. 더이상 갈 곳이 없다. 외팔이가 쫓아온다면 외팔이의 칼을 맞기에 아주 좋은 곳이라고 그는 상상해본다. 붉은 피는 쪽 빠져나가 바닷물에 섞이고 눈알과 내장과 생살은 괭이갈매기떼에게 파먹힐 것이다. 그리고 세계의 끝에서 해체되어 남은 뼈들은, 남해의 맑은 바닷물에 씻겨 은백색이 되겠지.

꼬박 이틀째 굶었지만 배고프다는 생각도 들지 않는다.

빨아봐……라고 속삭이며 샅을 벌리고 누운 뻐드렁니 여심다방 안주인도, 무섭기는 마찬가지다. 외팔이의 칼과 뻐드렁니의 샅이 끔찍한 욕망으로 서로 결합되어 있다고, 그는 확실히 느끼고, 본다. 이해할 순 없지만 그러나 그는 알 건 다 알고 있다.

어, 어, 어머니.

그는 자신의 가슴을 껴안고 수평선을 향해 불러본다.

공포감 때문에 발음이 잘 되지 않는다. 차라리, 공포감을 끝장내기 위해 여심다방 안주인의 살림방으로 되돌아가고 싶다. 그만 몰랐지, 처음부터 계획된 일이다. 그가 여심다방 안주인에게 불려가 온몸을 주무르거나 그 여자 샅을 빨 때, 외팔이 바깥주인은 언제나 음료수 박스를 쌓아둔 꽃무늬 커튼 너머 좁은 공간에 은신해, 보고 있었던 것이다.

보고, 보여주는, 그 틈에 그가 있다.

어떻게 그런 일이 벌어질 수 있단 말인가.

자, 내 몸을 가지고 차라리 포를 떠봐요, 외팔이 아저씨. 그는 소리치려고 입을 쩍 벌린다. 그렇지만 역시 말은 나오지 않고, 들고 있던 검정 노트 첫 페이지에 끼어 있는 면도날이 쨍 그를 노려보고 있다. 정 그렇다면 나를 사용해보시지……라고, 면도날은 말하는 듯하다. 검정 노트 첫 페이지엔 여심 여인숙 9호실 바람벽에서 베껴온 대로, 나는 슬픈 고향의 한밤, 해보다도 밝게 타는 별이 되리라…… 이렇게 씌어 있다. 그는 전주의 하숙집 수돗가에서 집어들고 온 양날의 면도날을 눈썹에 대고 조금씩 눈썹을 자른다. 보세요, 어머니.

내가 자를 수 있는 건 겨우 내 눈썹뿐인걸요.

진실로 잘라버리고 싶은 생의 공포는 털끝 하나 건드리지 못한다. 이윽고 어두워져 바다는 더이상 뵈지 않는다.

4. 스무 살의 책상

나는 마침내, 1966년, 스무 살이 되었으나,

얼음같이 찬 세상의 한 켠에서,

나의 스무 살은 속절없이 부서지고 있는 걸 느낀다.

돌아가아 해, 라고

나는 이윽고 중얼거린다.

희망은 패(敗)하여 울고 고뇌의 검은 기(旗)를 꽂는 ……

보들래르의 …… 나의, 그의, 우리들의 도시는 불가사리,

가만있으면 도시가 조만간 나를 먹어버릴 것이므로.

내 책상　어떻게 설명해야 좋을까. 나는 누구이고 그는 누구인가 하는 문제. 나와 그의 관계는 무엇인가 하는 문제. 분신? 혹은 분리된 자아? 혹은 타인? 그를 충분히 알고 해석할 수 있다고 믿고서 그에 대해 쓰기 시작했지만, 오만한 선입견이었음을 나는 이제 느낀다. 어떤 순간의 그는, 그가 나를 모르는 것만큼, 나도 알 수 없다.

긴 시간의 간격 때문이라고 핑계대고 싶진 않다.

내가 아직도 그를 끔찍이 사랑하는 건 사실이지만, 사랑하는 것만큼 그는 내게서 분리돼 있다. 그에 대해 글을 쓰기 시작한 처음만 해도 상상하지 못했던 일이다. 쓰면 쓸수록 그가 오히려 내 몸 안으로 들어오고, 그래서 마침내 우리는 사랑으로 감히 한몸이 될 줄 알았는데, 결과는 오히려 반대로 나타나고 있으니, 그를 사랑하는 나로선 정말 마음이 아프다. 어째서 그에 대해 구체적으로 보려 하면 할수록 그는 나로부터 더욱 멀리 분리되는가.

죄업의 한 가지는 이를테면 관점이다.

가령 사랑에의 쓰린 상처를 짊어지고 그가 떠나기 위해 전주역 대합실에 도착했을 때, 고개를 한껏 젖히고 올려다봐야 되는 기차시간표에 적힌 상행선과 하행선의 분리 같은 것. 돌이켜보면, 그가 동전을 떨어뜨리고, 마음속으로 생각했던 바에 따라, 거북선이 나왔으니 거북선을 찾아 여수행 기차를 타도록 하는 상투적인 배치는, 그를 나에게서뿐만 아니라, 그에게서 분리시킨다. 여심다방 안주인의 부풀어오른 샅을 빨 때, 썹할 년…… 한다든가, 매물도를 넘어 등대선 끝에 앉아 면도날을 만지작거리면서, 자, 내 몸을 가지고 차라리 포를 떠봐요. 외팔이 아저씨…… 하는 것도 그러하다. 그리고 무엇보다 나와 그의 단순한 비교, 분리에 바쳐진 문장들은 정말 죄가 많다. 그는 세계의 구조에 대한 격렬한 분노 때문에 통렬한 죽음을 꿈꾸며 남행하고, 나는 세계의 구조에 편입되어 살고자 북행했다, 는 식의 문장들 속엔 죄 많은 단순구조의 이분법이 깃들여 있다.

자아란 겨우 두 가지로 분리되는가.

겨우 네 가지, 여덟 가지, 예순네 가지로 분리되는가.

내 안엔…… 수많은…… 나의, 각각 다른 영혼이 깃들여 있다. 나는 그렇게 믿는다. 그것은 편입된 세계 속에서 살아 남기 위한 방편으로 시시때때 골라 쓰는 가면과 근본적으로 다른 것이다. 가면들은 가지런히 정리된 책꽂이나 칸칸으로 나누어진 서랍 속에 들어 있지만, 내가, 나의 영혼……이라 고 부르는 것들은 책꽂이나 서랍처럼 나뉘지 않고, 나뉘지 않 으면서 책꽂이나 서랍보다 훨씬 더 다양하다. 분신이란 말은 그러므로 틀린 말이다. 분리된 자아도 마찬가지. 그가 열아홉 에 느꼈던 삶에 대한 공포심은, 수많은…… 영혼이 깃들여 진 내 책상…… 같은 것 때문인지도 모른다. 그는 삶의 효용 성에 대한 정보를 나만큼 갖고 있지 않기 때문에, 수많은 영 혼이 깃들여진 내 책상……을 나보다 더 잘 볼 수 있다.

내 책상……은, 그것 자체가 수많은 영혼이다.

무당이 되지 않고선 볼 수 없는, 바다 밑의 내 책상에, 그 어 떤, 굴껍질 같은 것이 다닥다닥 붙어 있는 것을, 해초들이 엉 겨붙어 있는 것을, 그는 보지만, 나는 보지 못한다.

그러므로, 나를 용서하기 바란다.

나는 작가라고 불리는 사람으로서, 내 책상……을 갖고 있지만, 분리하지 않고선 내 책상을 보지 못한다. 결국 작가 는, 바다 밑의, 내 책상……을 보지 못한다. 결국 작가는, 내 책상……을 보지도 못하면서, 어떤, 굴껍질이 다닥다닥 붙어 있는 바다 밑 내 책상……을 분리해내려는 꿈을 포기하지 않는다.

죄업이 크고 크다.

이를테면, 그가 거북선을 찾아서…… 남행열차에 실려 전주천, 한벽당, 임업시험장, 전주교육대학 도서관 한쪽 모서리를 바라보고 있는 순간, 나는 그와 달리, 그에게서 분리되어, 광기의 중심 서울로 가는 북행열차에 실려, 덕진호수, 터를 닦기 시작한 전주공업단지, 개발을 위해 땅을 까뒤집어놓은 삼례벌판 따위를 내다보고 있었다는 것이다. 단순하고 상투적이지만, 두 갈래, 네 갈래, 여덟 갈래로 분리하지 않고는 내 책상……에 가는 길을 찾지 못했으니, 파렴치할지언정 나는 나를 먼저 용서하고 만다. 용서할 수밖에 없다. 그의 소망과 달리, 그가 오히려 내게서 분리되고 멀어진다고 하더라도 되돌아가기에 이미 너무 먼 길을 걸어왔으니 어쩔 것인가. 애당초 이 글을 시작하지 않았다면 좋았으련만, 다 부질없는 짓이다.

그렇게…… 나는 서울로 간다.

서울이다.

그가 여수항 부근의 침침한 길을 걸을 때, 여심여인숙과 여심다방을 오가며 위태로운 통절한 산화를 꿈꾸고 있을 때, 나는 서울 외곽, 모래내 천변, 다닥다닥 붙은 판잣집 사잇길을 걷고 있다. 이런 식의 분리가 현실적으로 가능한 것이냐는 질문엔 대답하지 않기로 한다.

나는 이미 분리했고, 나의 문장들은 되돌아오지 않는다.

내가 그곳 서울에 머물러 있는 동안, 모래내는 장마를 못 이겨 두 번이나 물이 넘쳤는데, 다른 사람들이 다 그랬듯이, 나 또한 떠나지 않고, 닦아내고 또 닦아내도 오물과 흙탕물 냄새가 가시지 않던 큰누님네 작은방을, 네 명이나 되는 조카들 사이에 끼어 지킨다. 큰누님네 판잣집은 은좌극장 확성기 소리가 환히 들리는 모래내다리 아래에 있다. 허리 꼿꼿이 세우면 머리가 천장에 꽉 닿는 방 두 칸짜리 큰누님네 판잣집은 가마니때기로 달아낸 한뎃부엌은 있으나 변소와 수도가 없다.

그곳에 누워 있는 열아홉 살의 내가 지금도 보인다.

그가 아니라, 나……라고 쓴 것에 유의해주기 바란다. 그가 여수로부터 남해의 끝까지 쓸쓸하게 흐르고 있을 때의 일이다. 나는 아침마다, 싸지 않으면 먹을 수 없기 때문에, 미로를 걸어 각목과 베니어판으로 얼기설기 엮어 만든 모래내 천변의 더러운 공중변소로 간다. 종일 줄이 길게 늘어져 있는.

가난의 고통은 싸는 것이다 서울에 오기 전엔 미처 몰랐던 사실이다. 모래내를 중심으로 남쪽, 북쪽으로 나뉘어 있는 천변 판잣집 동네엔 변소가 두 군데 있다. 남쪽 동네 변소와 북쪽 동네 변소는 하천을 가운데 두고 서로 마주 보고 있는데, 남쪽 동네 변소는 세 칸, 북쪽 동네 변소는 네 칸이다. 은좌극장 뒤편까지 이어지고 있는 북쪽 동네 인구가 훨씬 많기 때문에 남쪽 동네보다 한 칸 많은 건 별로 의미가 없다. 변소 앞의 줄이 가장 길게 늘어서는 아침시간, 남쪽 동네 변소 앞의 줄이 삼십여 미터쯤 된다면 북쪽 동네 줄은 오십 미터를 보통 넘는다. 변소라야 시멘트 위에 거적이나 다름없는 바람벽이 세워진 푸세식인데, 제때 똥차가 오는 일이 드물어 하천 쪽 바람구멍에서 노상 오물이 비죽이 흘러나오고 있는 형편이다. 냄새는 진동하고 똥파리는 들끓고 변소 앞은 질척질척 젖어 있다. 싸겠다고 줄서서 수인사하기도 민망하지만, 안면이 있는 자가 앞뒤에 서면 말없이 헛기침만 날리기도 어색하다.

하이고요, 한참 만에 뵙네요.

예, 영순 아부지. 여전히 가내 무고하시겠지요.

무고하시다가 뭡니까. 예펜네가 동교동 공사장에 나갔다가 허리를 다쳐 몸져누웠으니 그저 죽을 맛입니다……라고,

줄을 서서 얼마 되지 않는 사람끼리는 이런저런 허드렛말들
이 오고가기도 한다. 5개년 경제계획이 두 번만 지나가믄 우
리 같은 사람덜 살림도 확 편다는디…… 하는 말에, 살림이
야뭐 피든 말든 똥구멍이나 좀 확 펴고 살면 좋겠습니다……
너스레가 좋은 사람은 딴엔 농담이라고 제 똥구멍 툭툭 치면
서 말하기도 하지만, 웃는 사람은 드물다. 볼일이 급해 똥구멍
에 잔뜩 힘을 주고 있었기 때문이기도 하나, 그 보다 그냥 무
심한 표정 너머로 짐짓, 숨겨두고 싶은 걸 확 드러낸 것에 대
해 모멸감을 느끼기 때문이다. 천변동네라고 다 막일꾼만 사
는 게 아니다. 출근 준비를 끝낸 허여멀쑥한 신사도 있고 뾰
족구두를 신은 요조숙녀도 있고 허리가 잔뜩 굽은 노인도 있
다. 웬만하면 노인에게 양보하는 미덕 하나는 아직 버리지 않
고 사는 천변사람들이지만, 아침시간, 변소 앞에선 양보가 있
을 수 없다. 모두 절박하기 때문이다. 넥타이를 척 잡아묶은
신사도 똥이 똥구멍을 비집고 나오는 데는 속수무책이다.

어이 좀, 빨리 합시다, 빨리요.

변소 문을 탕탕탕, 두들긴다.

변비에, 그러지 않아도 변소 앞에 수십 미터 늘어선 줄 때
문에 당황하여, 힘을 아무리 주어도 굵은 똥자루가 똥구멍의
괄약근을 넘지 못해 미끈미끈, 나올 듯 들어갈 듯하는바, 변

소 안에 들어앉은 숙녀는 땀을 뻘뻘 흘리면서도 미처 노크로도 대답할 겨를이 없다. 앗다, 제기랄. 변소간 안에서 대체 죽은 거야 산 거야, 대답도 없고, 탕, 탕, 탕, 아가씨, 탕탕탕, 이봐요 아가씨, 탕탕탕탕, 사람 좀 살리고 보슈…… 신사는 아예 변소문을 강제로 열 기세이고, 그러다 보면 싸움이 붙는다. 신사와 숙녀, 노동자와 아줌마, 노인과 젊은이 가릴 것 없다. 변소 앞에선 아침마다 악다구니를 쓰는 소리가 나고 드잡이도 다반사로 일어난다. 설사병에 걸려 끝내 참지 못하고 주저앉아 우는 사람도 있다.

큰누님은 아침마다 양동이로 물을 받으러 간다.

가끔 은좌극장 쪽에서 물을 받아 이고 비탈진 천변골목을 위태롭게 내려오는 큰누님과, 오만상을 찌푸린 채 체면불구 똥구멍을 붙잡고 변소 앞에 서 있는 내 시선이 마주친다. 큰누님은 그러면 갑자기 양볼을 씰룩거리며 뭐라는지 계속 중얼거리기 시작하고, 나는 얼른 시선을 모래내 시멘트다리 쪽으로 돌린다.

이것만이 살길이다.

제1차 경제개발5개년계획……이라고 씌어진 현수막이 오물과 먼지를 뒤집어쓰고 다리난간에 걸려 있다. 장마로 한때 모래내가 넘쳐 그 물이 다리난간까지 닿았기 때문이다. 누나네 집이라고 예외일 리 없다. 넘친 개천물이 들어와 천장까지 들어찼는데, 다리난간에서 천변 판자촌을 내려다보니, 그야말로 변소와 살림집이 한덩어리 거대한 분뇨탱크.

1965년 여름의 일이다.

한·일협정 반대데모로 봄이 가고, 무장군인들이 연·고대의 난입, 마침내 위수령으로 꽁꽁 묶인 서울이지만, 1965년 9월, 모래내 천변 네 칸짜리 변소 앞에선 날마다 위수령으로도 붙잡을 수 없는 삶의 에너지가 오물처럼 넘친다.

큰누님은 시선이 마주칠 때마다 뭐라고 중얼거렸을까.

하나밖에 없는 귀한 남동생이라, 가랑잎으로 똥 싸먹을 푼수인 살림인데도 큰누님은 투구같이 고봉으로 담은 쌀밥, 꼬박꼬박 거르지 않고 내게 바쳤는데, 그 남동생이 똥을 제때 못 싸 고생하는 걸 보곤, 내가 미쳤지, 내가 미쳤어. 많이 먹여야 젤이 아닌데…… 하고, 중얼거렸을지 모른다. 먹는 전쟁도 그렇거니와 싸는 전쟁이야말로 눈물겹고 참혹한 전쟁이다. 적들 사이를 낮은 포복으로 기면서, 필요하다면 온갖 지략과 술수로 적들을 때려눕히면서,

1965년 여름의 수도 서울에선 일단, 싸야 산다.

혁명 동대문시장 부근의 직업소개소에서 거금 삼천원의 수수료를 내고 얻은 서울에서의 첫번째 직업은,

버스 계수원.

천호동·서울역을 왕복하는 만원버스가 떠오른다. 천호동에서 동대문운동장까지가 비포장도로였기 때문에, 장마철의 천호동·서울역 버스는 왕복 세 시간이 걸린다. 버스는 신당동에 이르기 전 이미 초만원을 이루고 을지로 입구에 들어서면 차장이 버스문을 닫을 수조차 없게 된다. 출입문을 닫지 못하고 버스가 출발하는 일도 다반사이다. 팔힘이 부치는 차장은 버스 내부로부터 밀려나오는 힘을 이기지 못해 버스 손잡이를 놓칠 수도 있다. 도로에 팽개쳐지고 나면 반병신이 되거나 죽는다. 보험도 없고 보상금은 있어봤자 후유증의 치료비에도 미치지 못한다.

오라잇. 쾅쾅, 오라잇.

차장들은 그래도 버스 외벽을 쾅쾅 두들기며 소리친다.

더이상 들어설 수가 없어 층계에 겨우 발을 디딘 채 몸이 차 밖으로 밀려나오는 몇몇 승객들의 무게를 차장은 배와 가슴으로 막고 견뎌야 한다. 버스운전사는 짐짓 급브레이크를 서너 차례 밟는다. 그래야 손님들이 뒤로 쏠리면서, 밟히고 눌려 비명 소리는 낭자하지만, 어쨌든 몇 사람이 더 들어설

수 있는 공간이 마련되기 때문이다. 간신히 버스 출입문을 닫고 나서는 미처 받지 못한 요금을 또 일일이 받아야 한다. 옆구리에 두른 전대의 지퍼를 열고 차장은 요금을 받는 대로 민첩하게 쑤셔넣는다. 농사일로 단련된 시골 출신 우직한 처녀들의 몫이 차장이다. 그들에겐 병든 부모나, 대학까지 반드시 가르쳐 수직이동의 감격적인 팡파르를 끝내 울려줄 자랑스런 남동생이나, 식모로 팔려가 언젠가는 데려다가 함께 살고 싶은 어린 여동생 등이 있다. 그나마 몸매가 나고 이목구비 얇실한 처녀들은 공장으로 가서 공순이가 되거나 변두리 유곽으로 팔려가고, 차장들은 한결같이 어깨는 떡 벌어져 있으되, 젖가슴은 있는 둥 마는 둥 하고, 입술은 썰면 한 접시 족히 되는, 그런 타입의 처녀들이다.

한 번 왕복에 백팔십원이야.

노무부장은 눈썹이 짙고 몸이 땅딸한 사람이다.

일은 새벽 다섯시 반, 첫버스부터 배당된다. 버스요금은 승객과 차장 사이 현찰로 계산되므로 견물생심이라, 전대 속 돈의 일부를 슬쩍하고 싶은 삥땅의 유혹은 상존해 있다. 버스운전사와 차장이 미리 짜고 해먹는 삥땅이 보편적 방법이다. 돈의 일부를 버스 속에 교묘히 감추기도 하고, 중간에 타고 내리는 인척에게 은밀히 건네주기도 하고, 브래지어, 팬티, 심

지어 보지 속에 감추는 일도 있다고 한다. 내게 배당된 일은
차장의 삥땅을 찾아내기 위해 차장이 알게 모르게, 가급적 손
님처럼 가장해 버스에 타고 앉아, 정류소마다 내리고 타는 승
객들 머릿수를 꼼꼼히 기록해 노무부장에게 보고하는 것이
다. 노무부장은 내 보고서와 차장이 가져온 전대 속의 요금이
일치하는지를 확인하는 사람이다. 만약 일치하지 않으면 차
장은 노무부장에게 불려가 즉시 팬티와 브래지어 속까지 까
보여야 한다.

　구타와 성희롱은 다반사다.

　모자란 돈이 끝내 나오지 않고, 어디에 어떻게 숨겼는지 이
실직고조차 하지 않으면 발가벗겨진 상태로 두들겨맞거나
성폭행을 당할 수도 있다. 심지어 반라의 차장 머리끄덩이를
잡아, 사람들이 있거나 없거나 사무실 벽에 패대기쳐 잡도리
하는 노무부장을 목격하는 일도 어려운 일이 아니다. 경찰에
신고해도 소용없다. 제1차 경제개발의 눈에 보이지 않는 시
행규칙 중 한 가지는 우선 덩어리를 키워야 한다는 것, 먼저
파이를 키워야 나눌 것도 생긴다는 것이다. 그러므로 권력은
철저히 사용자 편이 된다.

　나는…… 버스 계수원이야.

　천호동·서울역을 다섯 번쯤 왕복하면 밤 열시쯤. 구백원

의 일당을 받아들고 모래내 천변으로 돌아올 때, 허기와 피로에 지쳐 나는 곧잘 중얼거린다. 버스 계수원……은 자기 모멸과 자학의 이름이다. 통행금지에 가까운 모래내 천변동네는 유난히 더 어둡고 습하다. 비탈진 골목마다 오물 냄새가 꽉 차 있다. 어두운 미로를 쫓아들어가 오물 냄새 깊숙이 들이마시면 비로소 마음은 편안해진다.

오물이 오물통에 들어왔기 때문이다.

그 무렵, 나는 혹시 작가가 되기를 꿈꾼 적이 있었던가.

카프카나 도스토예프스키나 염상섭, 최인훈 같은. 앙드레 말로 같은. 아니, 단언하지만 나는 작가를 꿈꾼 바 없다. 그가 여수의 여심여인숙 캄캄한 방에서 '아사' 라는 글 아닌 글을 쓰고 있을 때쯤이었을 것이다. 그가 글을 쓰면서도 작가나 시인을 구체적으로 꿈꾸지 않았듯이 그 무렵 모래내 천변동네의 오물통 속에 들어와 누워 있을때 나도 작가를 꿈꾼 적이 없다. 현실이 너무 가파르고 절박해서 차마 글로서, 그 무엇도 분리할 수 없었으므로. 굳이 말하자면 방화, 혹은 방화범을 꿈꾸었다고 해야 할 것이다. 덩어리째 한통속으로 불태우기. 발소리도 내지 않고, 형상도 없이, 아무도 몰래, 광기의 세계를 전광석화 넘나들며 불을 지르기.

이를테면 혁명을.

임화 · 1908 · 1953   참으로 아이러니컬하지 않은가.
내가 혁명을 꿈꿀 때, 전혀 혁명을 꿈꾼 적 없는, 단지 자기 살
해의 욕망만을 쫓아 남해를 끝간데없이 흘러온 나의 사랑하
는 그가, 체제수호의 신성한 임무를 부여받고 있는 경찰로부
터 발가벗기고 무릎꿇린 채 고문받고 있다. 흘러흘러 부산에
도착한 다음의 일이다.

이새끼, 너 빨갱이지?

고문자는 턱이 뾰족한 대머리다.

저, 저는 학, 학생입니다……라고 그는 벌벌 떨면서 대답
한다. 그가 자신을 수호하는 방법은 천직에의 편입이 두려워
스스로 버리고 온 전주교육대학 학생이라는 신분을 밝히는
것뿐이다. 그는 비겁해져서, 마음속으로 이미 예전에 버린 학
생증을 가슴에 다시 주워단다.

어떤 놈이 널 부산으로 불렀는지 말해.

부, 부른 사람, 없, 없습니다.

없다구? 대머리의 구둣발이 대퇴부로 냉큼 올라온다. 부른
놈도 없고 아는 놈도 없다구? 접힌 다리 사이엔 각목이 끼워
져 있다. 취조실엔 그와 대머리뿐이다. 대머리의 구둣발이 그

의 대퇴부를 콱 밟는다. 생각해봐, 널 부른 놈, 너한테 이걸 일러준 놈. 그는 비명을 지른다. 각목이 생살을 찢고 들어와 뼈를 바스러뜨리는 것 같다.

횃보다도 밝게 타는 별이 되리라.

단초는 그것이다. 데모대가 교문 안으로 우르르 밀려 달아나고 난 부산대학 옆골목을 우연히 지나가다가 난데없이 연행될 때만 해도 상황이 지금처럼 심각하진 않았었다고 그는 생각한다. 전주교육대학 학생인 것만 입증되면 오해가 풀릴 터이고, 그럼 즉각 풀린 것이라고 믿었었는데, 횃보다도 밝게 타는 별이 되리라…… 때문에 단단한 공권력의 그물코에 꿰인 것이다. 대머리가 그의 코앞에 노트를 들이댄다. 두 달여에 걸쳐 흘러온 아름답고도 쓸쓸한 남해의 길들이 떠오른다. 여수에서부터 이곳 부산까지 함께 여행해온 그 노트의 첫 페이지엔 이렇게 적혀 있다.

　나는 슬픈 고향의 한밤
　횃보다도 밝게 타는 별이 되리라

그것은 여심여인숙 침침한 9호실 서쪽 벽에 힘찬 글씨로 씌어 있던 낙서를 베껴온 것에 불과하다. 파리똥이 점점이 찍힌 더러운 바람벽 한쪽 모서리에, 펜팔 원합니다······ 청운의 꿈······ 여보는 여우보지의 준말······ 따위와 함께 섞여 있던. 죄가 있다면 많은 낙서 사이에서 그것, 홰보다도 밝게 타는 별······에서 가슴이 홧홧하게 타올랐다는 것이다. 그는 그래서 낙서의 글씨체가 그러했듯이, 홧홧하게 타는 가슴으로, 꾹꾹 펜을 눌러, 노트 첫장에 베껴써왔을 뿐이다.

너, 임화, 존경하지?

대머리가 다시 묻기 시작한다.

임, 임화라니요?

시치미 떼지 마. 대머리의 구둣발이 또 대퇴부로 올라온다. 구둣발만 살짝 올려놓았는데 다리 사이에 낀 각목은 벌써 살속으로 파고들기 시작하고 있다.

네 애비보다도, 임, 임화를 더 존경하고 신봉하지?

이번에도 모른다고 하면 대퇴부에 올려놓은 구둣발이 맷돌 같은 무게로 내려올 터이다. 그는 미칠 것 같다. 임, 임화라니, 처음 듣는 이름이다. 어머니가 조양 임씨니, 그럼 임화라는 사람이 혹시 죽은 외삼촌들 중의 한 사람은 아닐까. 그는 부산하게 머리를 굴린다. 대머리는 분명히 좀 전까진 부산에 왜 왔느냐, 누가, 홰보다도 밝게 타는 별이 되리라······를 가르쳐주었느냐, 물었던바, 그렇다면 임화는 곧 자신을 부산으로 부른 사람, 해보다도 밝게 타는 별……을 가르쳐준 사람이 되는 게 앞뒤 이치가 맞다. 그는 너무도 공포에 질려 이윽고 화급히 고개를 끄덕거린다.

네, 존경하고…… 신, 신봉합니다.

옳지, 착하다. 그래야지. 그렇게 씨원씨원 대답해야지.

대머리가 머리를 쓰다듬어준다. 구둣발은 아직 대퇴부에 놓여 있다. 발가벗긴 상태이기 때문에 뾰족한 구두코가 역시 뾰족한 자지 끝과 맞닿아 있다. 모멸감과 공포심을 자극하려고 대머리는 일부러 구두코를 자지코에 맞춰 대놓았는지 모른다. 그는 그래도 정겨운 대머리의 말씨와 따뜻한 대머리의 손길 때문에 금방 눈물이라도 날 것 같다.

도대체 이곳에 끌려오고 얼마나 시간이 지난 것일까.

열 시간쯤 된 것도 같고, 사나흘이 넘은 듯싶기도 하다. 해보다도 밝게 타는 별……이 문제되기 전엔 여러 명의 형사들이 근무하는 근무실 책상 옆에 무릎 꿇고 앉아 있었을 뿐인데, 해보다도……가 문제되면서 이 취조실로 옮겨왔고, 취조실로 옮겨온 후부터는 계속 고문받고 있었으므로, 아무리 미간을 모아도 시간은 계산되지 않는다. 대머리가 담배를 피워물고 나서 불문곡직 그의 입에도 담배를 물려준다. 고문도 고문이려니와 오랫동안 잠자지 못했기 때문에, 담배연기가 한 모금 폐로 들어가자 눈앞이 아찔해진다.

한 가지만 더 불면 돼.

대머리가 그의 눈을 들여다본다.

네가 그렇게 존경하는 임화를 네게 가르쳐준 사람 말야. 설마, 어린 네가 뭐 빨갱이겠니. 임화를 가르쳐준 그 사람 이름만 대. 너를 학습시킨 그 사람 말야, 부산 사람이냐.

주름살 많은 대머리의 눈이 부드럽게 웃는다.

코에 주전자째 물을 붓던, 다리 사이에 각목을 끼워놓고 마구 짓밟던 그 사람의 눈이 아니다. 그리고 애야, 이 시가 실린 시집도 있을 테지……라고 말할 때, 대머리의 눈은 시인의 눈빛 같다. 그 사람이 누구냐. 임화의 시를 네게 가르쳐준, 빨갱이 임화의 시집을 갖고 있는 그 사람이 누군지만 대면 넌 풀려날 거야.

임화라는 이름을 가진 사람은, 그렇다면 시인이구나.

그는 비로소 깨닫는다. 시인이라니, 놀랍다.

이 시 제목이 뭐라드라. 옳거니. 「현해탄」, 아니아니 「해협의 로맨티시즘」. 캬, 홰보다도 밝게 타는 별이 되리라……라고, 목소리 톤을 높이는 대머리는 잔뜩 신명이 오른 표정이다. 처음 듣는 시인의 이름이다. 빨갱이 시인이 뭔지, 또 그가 어떤 시인인지는 모르지만, 홰보다도 밝게 타는 별……로 미루어볼 때, 임화는······ 좋은 시인이다. 그런데 왜 시와 시인이 문제되는가. 시인이 정말 빨갱이일 수가 있는가. 대머리가 격정적인 목소리로 읽으니까 더 뜨겁게 울리는 저 시를 어떻게 악독한 빨갱이가 쓸 수 있겠는가.

우리에게도, 우리를 도와주는 애국 시인들이 아주 많아.

대머리는 내처 앞으로 나아간다. 네 노트에 써놓은 걸 읽어주었더니, 글쎄, 서울 사시는 그 애국 시인이, 너도 알 만한 아름다운 시인인데, 친절하게도 원본을 찾아 보내주었다 그말이야.「해협의 로맨티시즘」, 캬, 제목 죽인다 죽여. 청년, 오오, 자랑스런 이름아. 적이 클수록 승리도 크구나. 대머리는 자신의 메모지를 펴들고 열혈청년처럼 소리쳐 읽는다.

삼등 선실 밑
똥그란 유리창을 내다보고 내다보고
손가락으로 입을 깨물을 때
깊은 바다의 검푸른 물결이 왈칵
해일처럼 그의 가슴에 넘쳤다

감정을 최대한 고양시켜 시를 읽는 대머리의 이마에서 땀방울이 굴러떨어지고, 그의 이마에서도 식은땀이 흐른다. 대머리가 격렬히 시를 읽을 때, 한 행씩 앞으로 나아가는 것에 맞추어 조금씩조금씩 위로 올라온 대퇴부 위의 구두코가, 이제 자지 한켠 거죽에 물려 있다. 각목이 살 속에 파고드는 고통과 공포심 때문에 시의 이미지는 잘 머릿속에 들어오지 않는다. 그렇지만 대머리의 격정적인 목소리는 충분히 감동적이다.

오오, 해협의 낭만주의여.

대머리가 양손을 높이 들며 외친다.

눈물이 울컥 솟구친다. 눈물이, 눈물인지 비명인지 알 수 없다. 그는 마침내 비명을 지르듯이 뜨겁게 운다. 오오, 해협의 낭만주의여……라고, 울면서 그 또한 대머리를 따라 속으로 부르짖어본다. 남해, 삼천포, 통영, 장승포, 진해, 낙동강으로 이어지는 조국의 진녹색 바닷길이 꿈같이 떠올랐다가 꺼진다. 이제 가을의 끝물, 여름부터 가을까지, 때론 굶고 때론 풍찬노숙을 하면서 죽을 것처럼 흘러온 열아홉의 시간들이 해협을 따라 역시 꿈같이 떠올랐다가 속절없이 스러지고 있다.

청년, 오오, 자랑스런 이름아!
적이 클수록 승리도 크구나

청년이라는, 알고 보면 하나도 '자랑'스러울 것 없는 어둔 날들의 그 위태로운 해협 때문에, 그는 주먹으로 눈물을 씻는다. 아무리 생각해보아도 임화라는 이름은 처음 들어본 이름이다. 임화가, 일찍부터 카프에 가입해 좌익운동을 해온 시인이자 평론가였다는 것을, 일찍이 월북한 '빨갱이' 시인이라는 것을, 임화의 시를 읽고 베껴쓰는 것만으로도 죄가 될 수 있다는 것을, 그는 물론 아직도 알지 못한다. 그가 아는 것은, 반공이 제일의 국시……라는 것뿐이다. 빨갱이는 온몸이 빨갛고 머리엔 뿔이 돋아 있을 것이라고 그는 상상한다. 그런데 왜, 머리에 뿔이 돋은 빨갱이가 여수의 침침하고 습한 여심여인숙 9호실 바람벽에서, 열아홉 살의 그를 유혹해 맞아들였단 말인가.「현해탄」……이라고, 대머리는 계속 소리친다. 나는 슬픈 고향의 한밤 / 홰보다도 밝게 타는 별이 되리라……에서, 대머리의 대머리가 붉게 충혈된다. 대머리가 오히려 빨갱이일지 모른다고 상상하자 온몸에 와락 소름이 끼친다.

말해봐. 시집『현해탄』을 갖고 있는 사람.

대머리가 구두코로 자지를 툭툭 건드리며 묻는다.

그는 절망에 차서 움츠린다. 여심여인숙 9호실을 대머리는 결코 믿지 않을 것이다. 속수무책이다. 대머리의 웃고 있는 눈이 빨갛다.

『현해탄』과 낭만주의　임화……를 시인으로서, 나는 지금 별로 좋아하지 않는다. 임화가 그의 열아홉 살 어느 언저리에, 청년 오오, 자랑스런 이름……으로 끼어든 것은 정말 느닷없는 우연이다. 「해협의 로맨티시즘」……이라는 시가 수록된 것은, 1938년 2월에 출간된 임화의 시집 『현해탄』이다. 눈바람 찬 불상한 도시 종로 복판에 순이야/너와 나는 지나간 꽃피는 봄에 사랑하는 한 어머니를/눈물 나는 가난 속에서 여의었지……라고 쓴 「네거리의 순이」가 첫머리에 실린.

순이는, 근로하는 용감한 사내……의 연인이다.

꺼질 줄 모르는 청춘의 정열…… 속에 엎드린, 내 사랑하는 오직 하나뿐인 누이동생……이다. 그것은 프롤레타리아의 고통보다 차라리, 해협의…… 낭만주의적 영탄에 머물러 있다. 그렇지 않은가. 적은 클수록 승리도 크……지만, 삼등 선질 밑/똥그란 유리창을 내다보고 내다보고/손가락으로 입을 깨물었을 때…… 검푸른 물결이 왈칵 넘치는…… 오오, 해협의 낭만주의여.

그는 사흘 만에 풀려난다.

1965년 늦가을의 부산 거리는 차가운 바닷바람 때문에 더욱더 쓸쓸하고 황량하다. 그는 절뚝이면서 영도다리를 넘어 해협으로 간다. 임화의, 청년들이 어떤 열차를 탔는가를……열아홉 살의 그는 모른다.

이데올로기는 바다보다 훨씬 멀다.

그는 절뚝절뚝, 큰 적도 없고 큰 승리도 없는, 그러나, 홰보다도 밝게 타는 별……을 좇아 생의 끝을 향해 걷고 또 걷는다. 단지 현실을 자연스럽게 모방하지 않고, 모방을 위대한 몽상에 종속시킴으로써, 그것에 보편적 성질을 부여하는……임화의 해협은, 낭만주의는, 그의 것이 아니다. 정말 임화는 그에게 느닷없는 우연이었을까.

바다야
너는 몸부림치는
육체의 곡조를
반주하라……

그의 것이 아니라 임화의 것인, 해협은…… 소리친다.

그가, 꺼질 줄 모르는 청춘의 정열……로 그리운 것은 오직, 눈바람 찬 불상한 도시 종로 복판에 순이…… 혹은, 홰보다도 밝게 타는 별…… 그리고, 패랭이의 분홍꽃, 클로버의 긴 줄기. 불멸, 또는 낭만주의이다.

해협의.

장렬한 죽음의.

독살 어느 날, 그는 한 소녀를 본다.

영도다리 너머 봉래산은 해발 394미터이다. 언덕빼기로 빽빽이 들어찬 판잣집들 사이로 뚫린 길의 초입에 소녀가 서 있다. 똥구루마가 지나고 물차가 지나고 똥구루마, 물차 같은 사람들이 지나는 분주한 길 가운데, 찬바람이 씽씽 불어도, 소녀는 붙박인 듯 움직이지 않는다. 영도다리 너머, 용두산공원과 광복동거리와 연안부두가 손바닥처럼 내려다보인다. 사람들이 더러 먹을 것을 쥐어주며 이렇게저렇게 달래보기도 하지만 아무 소용없다.

쯧쯧, 저러다가 쟤, 얼어죽고 말지.

가겟집 여자가 혀를 찬다.

그는 그곳에서 동래까지 왕복하는 시내버스 계수원이다. 동래의 종점까지 다녀오는 데 두 시간. 버스가 영도다리를 넘어 대교동 입구로 들어서면 곧 소녀가 보인다. 하루 종일, 소녀는 말이 없다. 가족들 모두가 연탄가스 중독으로 죽어넘어진 것을 보았을 때, 이미 말조차 잃어버렸기 때문이다. 가겟집 여자의 말에 따르자면 소녀의 어머니는 자갈치시장의 선술집에서 애초에 부엌일을 했고, 소녀의 아버지는 부둣가에서 날품을 팔았던 모양이다. 김해 신여산 아래에서 농사일로 살던 소녀네가 경제개발바람을 타고 보다 잘살아보자며 부산으로 나온 것은 불과 일 년여 전.

말이 그렇지, 고향 떠나 잘살게 된 사람 내 본 적이 없네.

가겟집 여자는 입에 거품을 문다.

밤낮 독한 술에 취해 돌아와 행패를 부리던 지아비를 못 견뎌 지어미가 봇짐을 싼 것이 파국의 시작이다. 열두 살짜리 소녀가 광복동 뒷골목의 피복공장 시다로 들어간 건 9월이고, 집 나가 소식 없는 어미를 뺀 나머지 가족이 몽땅 죽은 것은 11월의 일이다. 아직 '기술'을 익히지 못해 월급도 정한 바 없이, 실밥이 나는 어두컴컴한 지하실에서 꼬박 밤새워 일하고 돌아온 소녀가 목도한 것은, 단칸방 구석에 쥐새끼처럼 포개져 죽은 어린 세 동생과 막소주병을 끌어안고 죽은 아버지.

소녀는 영도다리를 보고 있다.

폐일언하고, 세상이 자꾸 사람을 죽인다니깐.

가겟집 여자는 가래침을 칵 뱉는다. 소녀는 영도다리를 넘어 타박타박 돌아올 어미와 아비를 기다리고 있다. 티끌 하나 없이, 맑은, 텅 빈 눈빛이다. 그는 부산의 버스 계수원. 차장 몰래 승객의 머릿수를 헤아려 적으면서, 동래까지 두 시간여, 영도다리 넘어 돌아올 때마다 소녀가 먼저 눈에 들어온다.

소녀 때문에 세계는 지워지고 보이지 않는다.

그가 부산에서 그 겨울에 보는 것은 그것뿐이다. 절실한 소원은 소녀가 영도다리를 넘어 세계의 겨울 속으로 편입해 들어가는 것이다. 살아만 있으면 언젠가 원수를 갚을 날이 올지도 몰라, 그는 붙박여 서 있는 소녀에게 속삭인다. 그러니 걸어라, 그러니 떠나라……라고. 그렇지만 소녀는 떠나지 않는다. 태평양을 넘어온 바람은 칼날보다 차고 날카롭다. 사람들은 새마을노래……를 따라 도시로 도시로 모이고 석탄광은 날이 갈수록 호황을 누린다.

그것이 그가 기억하는 1960년대 중·후반이다.

일산화탄소는 어디든지 무색무취의 독기로 스며든다. 죽음의 길은 도처에 있다. 면도날 같은 틈으로 난 길들 위에, 겨울이 온다. 사람들은 계속 죽는다. 소녀로서는 붙박여 서 있는 것이 유일한 반항이었을 것이다. 그는 떠나라, 는 자신의 주문이 어리석은 주문이었음을 이내 깨닫는다. 어디로 떠날 것인가.

세계는 일산화탄소로 뒤덮여 있다.

해수(海獸)·오장환 항구야／환각의 도시, 불결한 하수구에 병든 거리여!／얼마간의 돈푼을 넣을 수 있는 죄그만 지갑／유독식물과 같은 매음녀는／나의 소매에 달리어 있다.

매음녀는 나의 소매에 달리어 있다 그해, 12월이었을 것이다. 그는 부산역 뒷길에서, 나는 서울역 앞의 유곽 어귀에서 한 처녀를 만난다. 그와 내가 각각 부산과 서울에 위치해 있다는 걸 유의해 기억해주기 바란다. 그러나 그와 나의 거리가 무슨 상관인가. 다시 말하거니와, 그는 부산에서, 나는 서울역 앞 양동유곽에서 동시에, 꼭 동시가 아니라도 괜찮지만, 운명적으로 문제의 처녀와 마주치는 것이다.

이마가 쨍쨍한 처녀이다.

12월, 싸락눈이 싸락싸락 내리다 말다 하고 바람이 씽 불고 가는 한밤. 아니 한밤 같은 이른 저녁, 가로등이 꺼져 있는 부산역 뒤꼍의 침침한 길가 전봇대 아래, 혹은 제1차 경제개발의 찢어진 현수막이 걸린 서울역 맞은편의 어느 낡은 빌딩 그늘에 그 처녀, 이마가 쨍쨍한 그녀가 서 있다.

그런데.

나는 느닷없이 고개가 갸웃해진다.

그해 12월, 나는 서울에 있고, 그는 정말 부산에 있었을까. 우리가 아무리 멀리 분리돼 있었다고 하더라도 그렇지, 그와 내가 동일한 처녀를 동시에 만날 때, 부산·서울이라는 위치 설정은 생각해보면 아무 의미도 없다. 부산·서울을 한 장소의 두 가지 이름이라고 단정해도 상관없는 말이다. 그러니 부산에 있었던 것은, 알고 보면 그가 아니라 나이고, 젊은 내가 흘러다녔던 1965년의 거리는 서울이 아니라 부산이었는지도 모른다. 가령, 나의 큰누님 판잣집이 꼭 모래내에 있어야만 되는 것은 아니다. 내가 그해 12월, 서울에 있었다……라고 말할 때의 서울이 지금 우리가 보고 걷고 생생히 느끼는, 월드컵을 치러낸, 세계화 속의 국제도시 서울이라는 보장도 없다. 부산역 뒷길, 또는 서울역 앞 유곽 어귀 따위의, 지정도 마찬가지. 부산역이 아니라 동래온천 어귀나 자갈치 시장이나 광복동 뒷길이라고 하면 어떤가. 채 스무 살이 되기 직전의 젊은 내가 걸었던 그 길이, 내가 기억하듯 서울역 앞의 유곽 어귀가 아니라 청량리역이나 영등포 후미진 선술집 골목이었을 수도 있다. 자고 나면 새로운 유곽들이 '유독식물'과 같이 번지던 1960년대가 아닌가.

기억이란 정말 믿을 수 없는 것이다.

그것은 흐르는 시간 흐르는 사물을, 멈추어서, 붙박이로 보는 어리석은 관습을 갖고 있기 때문이다. 그러므로 배경은 차라리 날려버리자. 부산이냐 서울이냐 하는 것도 똑같은 이치로 날려버리는 게 더 좋을 것이다. 필요한 것은 그곳이 끝없이 흐르고 흐르는, 우주의 먼 변방 한 귀퉁이, 화류항(花柳巷)이었다는 사실이다. 가로등이 깨져 침침한 길가 전봇대 아래, 흐르는 연대의 어느 섣달 그믐께, 차가운 칼바람에 어깨를 잔뜩 웅크리고 떨면서, 한 처녀가 나의, 또는 그의, 소매에 매달리어…… 종종걸음을 치는 중이다.

쉬어가세요, 아저씨.

처녀가 소매를 슬쩍 잡으며 말하고 있다.

방도 따끈해요. 야끼모처럼요.

소녀는 아직도 가을옷을 입고 있으며, 그나마 종아리가 다 드러난 짧은 치마 차림이다. 호객을 위해서가 아니라 겨울옷을 살 만큼 돈을 벌지 못했기 때문이다. 아이, 아저씨……라고, 짐짓 코맹맹이 소리를 내보려고 하지만 너무도 추워서 콧

스무 살의 책상   319

소리가 섞이지 않고 앞니 부딪치는 소리가 먼저 섞인다. 돈이 있다면 군고구마처럼 따끈하게 데워놓는 방까지 있다는 그 처녀를 왜 뿌리치는가. 나는, 그는 그러나, 그 매음녀 처녀처럼, 돈이 없다.

싸게, 깎아드릴게, 아저씨이.

정말, 정말로 돈이 없어서요……

간신히 대꾸하면서, 내가 혹은, 그가 가던 길을 멈추고 선 채 절대로 놓치지 않겠다는 듯 자신의 팔을 붙잡고 있는 처녀를 돌아다본다. 분가루를 하얗게 뒤집어쓴 처녀의 눈과 우물처럼 깊은 그의 눈이 마주친다. 나의, 나의 눈이 마주친다. 미안해요……라고 덧붙일 참이다. 그러나, 미안하다는 말이 나오기 전에 감각의 어느 한켠이 날카롭게 울부짖는 걸 나는, 그는, 한순간 느낀다. 처녀도 뭔가를 느낀 듯 갑자기 거칠게 나에게서, 그에게서, 손을 빼가며 한 발짝 뒤로 물러선다. 오똑한 콧날, 도톰한 입술, 쨍쨍한 이마가 점령군의 군화처럼 나의, 그의, 가슴을 밟고 들어온다. 단발로 자른 머리가 꼼꼼히 땋아내린 쌍갈래로 바뀌고, 분홍빛 가을셔츠와 스웨터 차림 위로 흰 칼라 덧댄 여학교 검정교복이 입혀진 것은, 순식간의 일이다.

저, 저, 혹시 강경……

320

그의 비명 소리는 그곳에서 끊어진다.

어느새 쌍갈래로 머리를 땋고 교복 차림이 된 처녀가 갑자기 격렬해진 몸짓으로 퉤, 침을 뱉더니 돌아서서 뛰기 시작했기 때문이다. 유곽으로 이어지는 비탈길엔 수많은 다른 창녀들이 역시 떨면서 손님을 기다리고 있다. 잠깐만요……라는 말은 목젖에 걸려서 밖으로 터지지 않는다. 잠깐만요, 재, 재클린. 그는 살쾡이처럼 잽싸게 달아나는 처녀를 향해 소리없이 소리쳐 부른다.

재클린…… 재클린……이라고.

쉬어가요. 진짜 끝내줄게. 또다른 창녀들이 처녀를 향해 나가려는 그의 허리와 팔과 소매를 붙잡으며 속삭인다. 그는 재클린……을 쫓아갈 수도 없고 재클린……으로부터 도망칠 수도 없다. 불구자처럼 스톱모션이 되어 어둠 속을 노려볼 뿐이다. 재클린……이 달려들어간 골목 안쪽은, 싸락눈과 어둠에 묻혀, 이미 텅 비어 있다.

유독식물과 같은 매음녀는
나의 소매에 달리어 있다.

시인 오장환(吳章煥)의 처녀시집 『성벽』이 출간된 것은

1937년으로서 그가 스무 살 때. 항구⋯⋯라고, 스무 살의 시인 오장환은 쓰고, 푸른 입술, 어리운 한숨, 음습한 방 안⋯⋯이라고도 쓰고, 젖가슴이 이미 싸늘한 매음녀는 파충류처럼 포복한다⋯⋯라고, 꽃다운 젊은 시인은 계속 쓴다.

　오, 한없이 흉측맞은 구렝이의 살결과 같이
　늘실거리는 검은 바다여

　검은 바다는 부산항에 가야만 볼 수 있는 게 아니다.
　1963년. 충청남도 논산군 강경읍 채산리 242번지.
　무늬 채(彩) 구름 운(雲) 채운산 허리께 퇴락한 고아원 앞에도 검은, 흉측맞은 구렝이의 살결과 같은⋯⋯ 바다가 있다. 요새, 가발공장 다니는 어린 처녀들이 걸핏하면 애를 밴다더라만⋯⋯이라고, 어머니는 말하고 있다. 어느 새벽 고아원 문 앞에서 주운, 인중에 보랏빛 점이 박힌, 콧잔등 쫑긋쫑긋하던 핏덩어리 계집아이⋯⋯에게도, 역시 구렝이 살결⋯⋯ 같은 검은 바다가 깃들여 있었다고 나는, 그리고 그는 생각한다. 케네디의 죽음으로부터 미시마 유키오의, 신문지로 된 산의(産衣)까지, 임업시험장과 달빛 아래⋯⋯ 불루의 젖통⋯⋯ 젖은 항구까지, 푸른 입술⋯⋯의 그녀, 나의,

그의 재클린을 나는, 그는 본다.

나의, 그의, 재클린을.

재클린……은 서울역 앞의 빌딩 그늘에서나, 부산역 뒷길 침침한 골목에서나 여전히, 고아원의 닫힌 철제 정문을 향해 탁, 탁, 탁 격렬히 걷는다. 쨍쨍한 이마와 곧게 솟아나온 콧날과 도톰한 입술은 단단하면서도 뜻밖에 요염하다. 불멸의 빛을 훔치려는 절박한 염원의 기세로, 재클린은, 앞길 가로막고 선 나에게, 혹은 그에게, 뭐예요……라고 물으면서, 호선으로 돌아빠지는 호남선 철로에 기차가 지나갈 때, 갑자기 눈에 섬광을 담으면서, 찍, 침을 뱉고 만다. 정말 재수없는 날이야……라고. 이제 서울역 앞 양동의, 부산역 뒷길의 창녀가 된 나의, 또는 그의 재클린……은 밤새, 침을 뱉고 있을지도 모른다.

대체 그녀는 누구일까.

1963년, 강경, 채운산……이라고 말하는 것은 그녀의 정체를 확인하는 데 아무런 단서도 되지 않는다. 나의 그녀, 혹은 그가 고아원으로 올라가는 길 어귀에서 기다렸던, 그의 그녀라고 말하는 것도. 처음의 재클린은 갓난아이로 포대기에 싸여 고아원 정문 앞 풀섶에 놓여 있고 소녀 때의 재클린은 탁, 탁, 탁, 고아원 안마당에서 별빛 퉁겨내며 세상을 향해 내

닿고 있다. 아니, 그는 죽어 세상에 없으니, 그의 재클린은 알고 보면 지금껏 나랑 같이 살며 세 아이의 엄마가 된, 자궁에는 성장을 멈춘 혹이 있고 턱 밑엔 침샘제거수술자국이 있는 중늙은이, 내 아내, 혹은 숨겨놓은 내 정부일 수도 있다. 아니면 그가 죽을 때 이미 함께 죽어 묻혔을 수도. 천년 전에. 또는 삼천 년 전에. 바이칼 호 너머 예니세이 강 안에서. 아라비아에서. 북극해로 가는 신대륙의 장엄한 끝에서. 시간이 언제나 날렵하게 흐르고 있는 화류항의 젖은 그늘 속에서.

내 사랑 재클린, 오늘도 콧잔등을 쫑긋쫑긋하는.

수평이동 버스 계수원 일은 한 달도 채우지 못하고 그만둔다. 나의 밀고로 어떤 처녀가 발가벗기운 채 머리끄덩이를 잡히는 걸 보았기 때문이다.

차라리 굶어죽을 수 있다면 얼마나 좋을까.

미장이 뒷모도 일도 하고 중국집 접시 닦이도 하고 건축공사장 야방도 한 적 있으나, 힘이 부쳐 그 모든 뜨내기 일을 오래 계속하지 못한다. 인사동의 오래된 낡은 여관에 얹혀 지내면서 방마다 연탄불 가는 일을 가장 오래 했는데, 두 달 정도. 하루에 두 번씩 백 장이 넘는 연탄을 갈고 나면 한 시간씩이

나 누워 일어날 수 없으니, 그래도 살려면 이 짓을 그만두어야지, 하고 생각한 건 1966년 2월 초의 일이다.

수직이동의 찬스는 어디에고 없다.

수평이동이란 곧 유랑이다. 생활은 나아지지 않는다. 끝없는 유랑의 수평이동을 따라 추락하면서, 나는 마침내, 1966년, 스무 살이 되었으나, 얼음같이 찬 세상의 한켠에서, 나의 스무 살은 속절없이 부서지고 있는 걸 느낀다. 돌아가야 해, 라고 나는 이윽고 중얼거린다. 항구도시 부산에서 나와 같은 노선을 따라 유랑을 거듭하던 그도 마찬가지였을 것이다. 희망은 패(敗)하여 울고 고뇌의 검은 기(旗)를 꽂는…… 보들레르의…… 나의, 그의, 우리들의 도시는 불가사리. 가만있으면 도시가 조만간 나를 먹어버릴 것이므로, 나를 구하기 위해선 전주로 돌아갈 수밖에, 다른 길이 없다. 모래내는 겨울이 와도 피고름과 같은, 온갖 병균이 섞인, 매일 죽어가는 자들의 배설물이 걸쭉하게 흐른다.

때맞추어 내가 사랑하는 부산의 그도 스무 살이 된다.

엽기　그가 마침내 항구도시 부산을 떠나기로 한 것은 문제의 신문기사 때문이다. 기사가 줄 정서적 충격을 고려한 듯

사회면이 아니라 지방면 한켠에 박스로 처리한 기사의 발신지는 여수이다.

상이용사의 엽기적인 살인.

기사의 제목이다. 기사에 따르면, 상이용사회 여수지부 일을 맡고 있는 곽아무개(51세)……는 부둣가 뒷골목의 여심여인숙 주인이다. 곽아무개는 내연의 처 김아무개(33세) 여인을 자신이 운영하는 여인숙 내실로 불러들여 칼로 찔러 죽이고…… 시체를 여럿으로 토막내어…… 내장은 내장대로…… 살은 살대로…… 뼈는 뼈대로…… 발라내 처리했다는 것이다. 곽아무개는 1) 피부를 일일이 벗겨낸 순살덩어리만 여러 개의 비닐봉지에 나누어 싸서 여수항 주변 쓰레기통에 분산해 버리고 2) 장기들은 무쇠솥에 바싹 구워 익힌 뒤썩은 생선을 찾아헤매는 부둣가의 주인 없는 고양이, 개, 쥐떼들에게 먹이고 3) 뼈는 절굿공이로 일일이 빻아 하수구로흘려보내고 4) 벗겨낸 살가죽은 주머니를 만들어 그 속에 무거운 돌을 넣은 연후 오동도 동쪽 끝까지 걸어가 바다에 가라앉힌다. 하루아침에 실종되고 만 김아무개 여인이 살해됐을것이라는 단서는, 여심여인숙에 장기투숙하고 있는 맹인 이아무개(40세)의 어린 딸 아무개(5세)양이 하수구에서 우연히 주워온 여자의 매니큐어 일부가 남은 온전한 엄지손톱 하나에서 처음 잡혀든다.

아부지, 하수구에서 이거, 손톱 주웠어.

다섯 살짜리 소녀는 또랑또랑 말했을 것이다.

희대의 엽기적 살인자는 연행되고 나서 너무도 순순히 범행 일체를 자백했는데, 살인이 일어나고 두 달이나 지난 다음의 일이다. 김아무개 여인이 살해되고 포로 떠진 것은 그러니까 역산해서 1965년 섣달 중순께가 된다. 신문기사에서 곽아무개……라고 표기된 살인자는 두말할 것 없이 여심여인숙 바깥주인 외팔이다.

그는 살인자가 외팔이라는 걸 너무도 빨리 알아차린다.

언제나 몸에 지니고 다니던 그의 잘 갈린 군검이 명백히 눈앞에 떠오른다. 전광석화처럼 생선의 포를 떠내고 고기의 뼈를 발라내고 심지어 손톱도 자르던. 하루도 거르지 않고 시시때때 커다란 숫돌에 갈아 날을 세우던.

그는 공포에 질려서 곧 부산을 떠날 채비에 몰입한다.

색정으로 가득 찬 여심다방 안주인 뻐드렁니가 그를 불러 갈 때마다, 여심여인숙 바깥주인 외팔이가 군검을 들고 여심다방 살림방의 꽃무늬 커튼 너머에 은신해 있었다는 걸 돌이켜 생각하면, 숨이 턱 막힌다. 그가 떠난 후에도 그 살림방에 불려온 남자들이 계속 있었을 것이다. 핥아봐……라고 뻐드렁니 안주인이 속삭이는 소리가 들릴 듯하다. 그것은 안주인이 말하지만, 사실은 커튼 뒤에 은신한 바깥주인 외팔이가 요구하는 것과 같다.

핥아보라구, 이 쪼끄만 새꺄.

군검을 든 외팔이가 계속 명령하고 있다.

전쟁이 끝난 게 오직 불행의 이유였던, 군검을 군검으로 사용할 명분과 찬스가 없는 것이 오직 병이었던 무섭고 불쌍한 외팔이. 스무 살이 된 그는 목을 움츠리고 식은땀을 흘린다. 신문지로 된 피 묻은 산의(産衣)로부터 외팔이의 잘 갈린 군검까지…… 그 광기의 공포가 그를 짓누르고 있다.

아직 겨울이 끝나지 않은 2월에 그는 부산을 떠난다.

풀잎처럼 눕다 어디로 갈 것인가. 부산역에서 그는 거의 충동적으로 강경까지의 기차표를 끊는다. 대전을 경유해야 하는 기나긴 코스에서, 이윽고 돌아가는가……라고 생각하고 또 생각하지만, 실감은 전혀 나지 않는다. 돌아간다…… 는 것은 본성의 회복이 필연적 전제일 터인데, 그에겐 아무런 감회도 느껴지지 않는다.

어쨌든, 강경역에서 그는 기차를 내린다.

그는 돌아온 것일까. 역광장 끝의 파출소와 배전반 건물 사이, 녹슨 철조망 옆길을 걸을 때만 해도, 돌아왔다……라고, 언뜻 생각한 건 사실이다. 그러나 강경읍에서 여산 금마 삼례 전주로 빠져나가는 비포장 국도와 호남선 철도가 엇갈리는 지점에 왔을 때, 건널목을 지나 지붕이 주저앉다시피 한 장공장 퇴락한 외벽을 바라보면서, 지렁이처럼 뻗어 있는 정맥들의 그물망을 거느리고 천천히 머리맡의 낡은 라디오 스위치를 향해 올라가고 있는 아버지의 앙상한 팔과, 팥죽색 볼 합죽하게 파인 어머니와, 그리고 함석대문……을 지척에 두었다고 실감나게 느꼈을 때, 그는 중얼거리고 만다.

　아니야, 나는 돌아온 게 아니야.

　그는 갑자기 격정에 휩싸여 방향을 홱 바꾼다.

　건널목을 곧장 건너가지 않고 방향을 틀면 갈 길은 하나뿐이다. 이리시를 향해 호선으로 구부러져나가는 호남선 철길이다. 그는 탁, 탁, 탁, 철도의 침목마다 오금을 박듯 소리내어 걷는다. 눈빛은 곧고 걸음걸이는 결연하다. 침목 하나하나 밟아가면서, 그는 계속 소리내어, 나는 돌아온 것이 아니야…… 한다. 그가 건널목을 넘어가는 신작로를 선택하지 않고 철길을 선택했기 때문에, 돌아온 것이 아니야……의 신념은 더 강고해진다.

기차는 결코 돌아오는 법이 없다.

그에게 있어 기차는 언제나 떠날 뿐이며, 그러므로 형식적으론 돌아왔으면서도 내용적으로는 새롭게 떠날 길의 초입에 그는 서 있다. 호선으로 돌아빠지는 철길의 왼편엔 그가 떠났던 강경집이 있고, 오른편 논 너머로는 그가 다녔던 강경중학교 대운동장이 보인다. 저기쯤일까. 그는 짐짓 목을 빼고 낮은 기와집을 둘러싼 블록담장 안쪽, 그 자신, 버리고 떠났던 작은방을 보려 하지만, 어두워서 아무것도 보이지 않는다. 아버지와 어머니는 초저녁부터 잠들어 있을 것이다. 불 꺼진 강경집 작은방에서, 밤마다 내다보던 밤기차의 불빛들이 떠오른다.

어떤 차창은 밝고 어떤 차창은 흐릿했었지.

그는 어둠 속의 자기 방을 보려고 다시 두 눈 부릅뜬다.

그 어두운 방에서 이쪽켠을 바라보고 있는 자기자신의 자의식에 빛나는 눈이 보일 것만 같다. 열다섯, 또는 열여섯 살의. 머문 듯이 흐르는 남행열차의 밤불빛을 내다보면서, 그 자신이 상상했던 멀고 먼 남쪽바다, 젖은 꿈, 한숨 소리, 그리고 시간의 유속(流速)을 그는 기억한다. 그 방에서 상상으로 보았던 남쪽바다는 또렷한데, 그 방을 박차고 떠나 직접 떠돌았던 훗날의 남쪽바다는 오히려 흐릿하다.

그는 이윽고 철길에 엉덩이를 내려놓고 앉는다.

전주를 떠날 때 하숙집 수돗가에서 주웠던 양날의 면도날이 품속에서 그의 손길을 기다리고 있다. 저만큼, 강경집 블록담장 너머, 어둡고 작은 방에 웅크리고 앉아서 이쪽편을 내다보고 있던, 가령 1963년, 열여섯 살의 그와, 먼 시간 먼 길을 흘러왔으되 불 꺼진 그의 집 작은방엔 차마 들지 못한 채, 이쪽, 호남선 철로에 앉은 스무 살의 그 사이에 별빛이 흘러든다.

그는 별을 본다.

채운산 꼭대기에서 금강 쪽으로 별똥별 하나 지고 있다.

수많은 별들이 다투어 눈 속으로 뛰어내린다. 어떤 별들은 홀로 독야청청하고, 어떤 어린 별들은 무리져 있고, 또 어떤 별들은 독특한 빛의 형태를 그려내고 있다. 이렇게 수많은 별의 군무를 예전엔 본 적이 없는 것 같다. 모든 별들이 너무도 가깝다. 심지어 은하수조차 너무 가까워 보여 그는 한 차례 전신을 부르르 떤다. 은하계만 해도 삼백억 개 이상의 별이 있으며, 은하계보다 크고 작은 수많은 또다른 은하계가 존재한다는 사실을, 그는 잠깐 생각한다.

그의 온몸이 속수무책으로 별빛에 흥건히 젖는다.

그를 적시는 어떤 별빛은, 이미 백 년쯤 전에 제 빛의 몸주를 떠났을지도 모른다. 일 광년은 빛이 일 년 동안 달려가는 거리이다. 수만 광년의 먼 길을 달려온 별빛들이 막힘없이 자신의 눈 속에 뛰어드는 것을, 그는 온몸으로 서늘하게 느낀다. 때가 마침내 온 것이다.

그는 왼손을 별빛 속에 수평으로 들어올린다.

주저흔(痕)은 남기고 싶지 않다. 양날의 도루코 면도날 역시 이내 별빛에 흥건히 젖고 만다. 어느 방향에서인지, 밤기차의 목쉰 기적 소리가 짧게 들려온다. 주먹을 콱 쥔 왼손 팔목에 검푸른 동맥 한 줄기가 별빛 사이로 솟구치고 있다. 별을 통해 불멸을 이미 보았으므로, 두려운 건 이제 아무것도 없다.

그의 눈빛에 섬광이 번쩍하고 지나간다.

면도날을 쥔 오른손이, 별빛을 정확하고 날카롭게 쪼개면서 전광석화, 수직으로 내려박힌다. 동작은 민첩하고 정밀하다. 팔뚝의 대동맥이 단번에 두 동강이 나면서 피가 분수처럼 솟구칠 때, 또다시 별똥별이 진다. 고통은 전혀 없다. 오히려 온몸의 피가 들끓는 듯한 희열에 그는 한 차례 부르르 떨고 조용히, 마치 풀이 눕듯 철로를 베고 눕는다. 끊어진 대동맥 주둥이에서 피가 용솟음쳐나와, 침목과, 철길을 받친 자갈밭 사이로 소리없이 스며든다. 그는 다시 한번 전신을 떨며, 수만 광년의 어둔 길을, 그러나 이제 한순간에 흘러갈 수 있으리라고 확신한다.

남쪽으로 가는 밤열차가 먼 데에서 다가오는 소리 들린다.

1966년 2월 19일 자정 무렵의 일이다.

살인자 어떤 예감이 내게 있었는가. 인식하진 못했더라
도 내 오감은 뭔가, 느끼고 있었던 게 아닐까. 그러나, 나는
차마 대답할 수 없다. 너무나 오랜 세월이 지났기 때문이 아
니다.

그날, 1966년 2월 19일.

여수까지 가는 제66호 열차 1호차 19호석에 앉아 있는 스
무 살의 내가 보인다. 무릎을 단단히 모으고 허리는 꼿꼿이
세운 경직된 모습이다. 고백하거니와, 논산역을 지나면서부
터 내가 갑자기 불안해진 것은 확실하다. 아직 3월이 되지 않
았으므로, 강경역에서 내려 오랫동안 만나지 못한 아버지와
어머니를 뵙고 간다고 하더라도, 전주교육대학에 복학하는
건 충분히 가능했을 것이다.

그렇지만, 나는 물론 강경역에서 내리지 않는다.

막 자정이 되고 있는 강경역에서 기차가 머문 것은 불과 일
분여. 오른쪽 창으론 텅 빈 역광장, 왼쪽 창으론 채운산 어둔

능선이 들어와 있으니, 애틋한 자기연민에 빠져 추억의 서랍이라도 뒤적여보는 게 자연스런 일일 터인데, 추억의 방을 들여다보기는커녕, 나는 의자를 박차고 벌떡 일어나 1호차 승강구로 나오고 만다. 논산역에서 시작된 이유 없는 불안감이 강경까지 오는 십 여분 동안 급격히 고조되었다가, 마침내 기차가 섰을 때, 더이상 참을 수 없을 지경이 됐기 때문이다. 기차는 곧 강경역을 출발하고, 나는 1호차 승강구 손잡이를 잡고 목을 한껏 뺀 뒤에 앞쪽을 본다. 여산 금마 삼례 전주로 빠지는 국도가 철길을 가로질러간, 너무도 낯익은 건널목이 삽시간에 다가온다.

웬일인지, 가슴은 곤두박질하고 있다.

대체 무슨 일이 전방에서 일어나고 있단 말인가.

나는 참을 수가 없어서 비명을 지를 듯 입을 쩍 하고 벌린다. 기차는 이리로 뻗어나간 활시위 같은 호선을 힘차게 도는 중이다. 고개만 돌리면 그리운 함석대문의 강경집 내 방 창이 보일 만한 지점인데도 나는 죽어라 기차가 가는 방향을 좇아 전방의 어둠만을 눈 부릅떠 본다. 가까운 전방에서부터 나를 끌어당기는 강력한 힘에 의해 기차 난간 손잡이를 붙잡은 내 손이 저절로 벌어질 것만 같다.

나는 정말 아무것도 몰랐단 말인가.

물론 나는 기차 바퀴가 어떤 순간 덜컹…… 하고 무엇인가에 걸리는 듯한 느낌을 사실적으로 느꼈을 수도 있고, 알싸하게 퍼져오르는 피냄새를 맡았을 수도 있다. 그 호선의 한 곳에, 동맥을 자른 그가 피를 흘리면서 철로를 베고 누워 있었던 것은 확실하다. 지금 생각하면 그렇다. 내가 난간에서 미칠 듯이 어둔 전방을 내다보던 기차, 내 기차 바퀴에 의해 그의 핏물과 살점들이 별빛에 흐르는 허공으로 산지사방 흩어지는 것까지 지금은 낱낱이, 슬로비디오로 보인다. 나의 기차 바퀴에 퉁겨져오른 그의 핏물이나 살점 일부가, 난간 손잡이를 붙잡고 선 내 머리, 콧잔등, 점퍼 깃에 날아와 달라붙었을는지도 모른다.

그래도 여전히 나는 대답할 수가 없다.

세계로의 비겁한 편입을 꿈꾸면서 전주교육대학으로 돌아가고 있는 나의 철로를 베고, 나와 똑같은 스무 살의 그가, 바다 밑 내 책상……처럼 누워 있었다는 사실을, 나는 사전에 알고 있었는가.

정말 알고 있었는가.

만약 알고 있었다면 나는 확신범으로서 살인죄를 면할 수 없고, 불안함을 느꼈으나 분명히 인식한 게 아니라면 미필적 고의(未必的故意)로 간주되어 죄업은 보다 가벼워질 터이다.

부디 오해하지 말라. 죄업을 가벼이 하려고 짐짓 모른다는 것이 아니다. 확실히 대답할 수 없는 건 정말 모르기 때문이며, 모른다는 그 사실이 이제 형벌이 되고 있다. 그래서 지금, 나는 다시 계속해서 묻는다.

나는 그가 거기 있다는 걸 미리 느끼고, 알고, 보았는가.

우주에서 늑대들이 울부짖는다 내가 글을 쓸 때만 주로 이용하는 용인 굴암산 아래의 오두막을 나는 한터산방……이라고 부른다. 한터라는 동네에 있기 때문이다. 한터는 물론 큰 터라는 뜻인데, 본디 살아 진천, 죽어 용인이라는 말도 있거니와, 용인의 산세는 이쪽저쪽 할 것 없이 모두 음택(陰宅)에 어울리게 혈이 좁은지라, 들동네 출신인 나 같은 사람에겐 옹색하기 이를 데 없는데도 이름 하나 번듯하지, 한터라고 붙어 있다. 용인에서 곤지암으로 넘어가는 샛길에 위치한 한터산방은, 굴암산 부드러운 능성이들에 폭 싸여 있어, 시선은 좀 협소할망정, 홀로 앉아 있으면 어머니의 자궁 속에 든 듯 마음이 안온해지는 곳이다. 산의 깊은 중심부에 굴이 숨겨져 있어 굴암산이라 이름 붙어 있으니, 미상불 어머니의 자궁 속이라 해서 크게 어긋날 것도 없다.

내가 이곳에 터를 잡은 건 어머니 때문이다.

오래 전에 이미 이승을 떠나셨지만, 어머니가 바로 굴암산 너머, 반대편 산허리에 말갛게 씻긴 백골로 누워 계신다. 밤 늦어 홀로 깨어 있으면 쉰일곱 살, 여직껏 살아온 세월과 아무 상관없이, 비로소 어머니의 등에 기대고 누운 기분이다. 어머니의 밭은 가래 끓는 소리와 성긴 늑골 사이로 통과하는 바람소리도 금방 들리는 것 같다. 창을 가만히 내다보면, 별빛에 흥건히 젖은, 굴암산의 은밀한 중심을 향해 자맥질해들어간 산 속 굽이길이 어렴풋이 보인다. 굽이길은 울타리도 없이 휑하니 산으로 열려 있는, 한터산방의 뜰에서 시작되고 있다. 그냥 내박쳐둔 뜰엔 키재기하며 억새가 자라고 개망초 달맞이꽃 등이 한창 피어 있는데, 별빛 때문에 꽃들의 희고 노란 수액이 끈적하게, 창 안쪽까지 흘러드는 것 같다.

길은 있는 듯 없는 듯하다.

가끔 밤새들이 울고, 별빛에 버무려져 한통속이 되고 만 망초, 달맞이, 억새, 상수리나무, 아카시아, 떡갈나무, 산초나무, 칡덩굴, 밤나무…… 가만가만 흔들리지만, 뜰에서 시작되어 굴암산 숲 사이로 휘돌아 뻗은 굽이길은 밤새 비어 있다. 수만 광년을 날아온 별빛들만 흥건히 젖어든다. 그 길은 어머니에게로 가는 길, 너무도 어린 나이에 죽은, 고아원 앞

풀섶에 버려졌던 갓난쟁이 재클린……에게 가는 길, 멀고 드
넓은 세계의 자유를 향해 내달리듯 고아원 마당을 달려나오
던 여학교 교복 차림의 소녀 재클린……에게, 또는 부산역
후미진 뒷길이나 서울역 앞의 화류항에 추위로 떨면서 서성
이고 있는 창녀 재클린에게 가는 길. 그리고 오래 전 호남선
철로를 베고 누운 스무 살의 피 흘리는, 그에게 가는…… 초
월적인 길이다. 별빛이 쏟아지던 호남선 철로, 침목과 자갈
사이로 실뱀처럼 흘러들던 그의 젊은 피를 생각하면 쉰일곱
이라니, 너무나 오래 살았다고 느낀다. 나의 배신을 그러므로
그는 용서하지 않을 것이다.

나는 참지 못하고 뜰로 나와 서성거린다.

살아 있다는 것의 끔찍한 죄업을 내가 왜 모르겠는가.

굴암산 중심으로 가는 산속 길은 더욱 깊어지고, 그 젖은
길로 가뭇없이, 밤기차가 밝고 흐릿한 창의 연속체로서, 아주
천천히, 영원으로 가려는 것처럼 흐르는 것을 나는 본다. 어
떤 차창엔 그의 그림자, 어떤 차창엔 어린, 소녀인, 유곽의 어
두운 빌딩 사이로 달아나던 재클린……의 그림자, 어떤 차창
엔 수수깡처럼 마른 K의 그림자도 있고, 어떤 차창엔 여심다
방 안주인 뻐드렁니의 그림자가 들어 있다. 한터산방의 뜰로
부터 그 길들 사이엔 알고 보면, 거리가 없다.

나는 기차에 오르려는 것처럼 짐짓 손을 뻗는다.

별빛이 손가락 사이로 끈적하게 달라붙고, 기차는 천천히, 스무 살에 죽은 그와, 쉰일곱까지 살아남은 나, 사이로 흐른다. 바다 깊이, 불멸의 고요 속으로, 해면질의 유기물질처럼, 내 책상……이 가물가물 가라앉고 있는 것도 보인다. 나는 별빛을 좀더 열렬하게 받아내려고 하나씩 옷을 벗는다. 팬티도 벗고, 양말도 벗고, 개망초와 달맞이꽃 사이, 억새와 달맞이꽃 사이, 상수리나무 산초나무 밤나무와 달맞이꽃 사잇길로 척 들어선다. 밤기차와 바다 밑 내 책상……은 이윽고 한 몸뚱어리, 무형의 덩어리……가 된다. 서쪽으로 떨어져 앉은 마을은 물 속처럼 고요한데, 세계를 등지고서, 무형의 덩어리…… 속으로 걷기 시작한, 나의 앞길은 황황하다.

길은 도처에 있다.

창 안쪽에서, 길이라고 불렀던 것들의 경계는 이제 사라지고 없다. 거울 안에서의 길……이라고 장 주네가 말하는 소리 들린다. 분홍빛과 흰줄이 쳐져 있는 복역수의 의복, 또는 도형장(徒刑場), 또는 사랑스런 휴식 상태에 있는 대담성을 가지고, 신속히 정신을 강화해서, 눈시울이나 콧구멍에 저 비극적인 주름살이 잡히지 않도록 유의하며, 천진스럽게, 깜짝 놀랄 때처럼, 악마적인 비탄을 만지듯이…… 나는 걷는다.

별빛이 쏟아지고 나는 진저리를 친다.

벌거벗은 몸에 쏟아지는 별빛은 정액보다 더 끈적하다.

수많은 내 책상……들은 아직껏 천천히, 아주 천천히 심해의 푸른 광채 속으로 가라앉고 있다. 나는 소리칠 것처럼, 그러나 깜짝 놀랄 것처럼, 천진스럽게…… 입을 한 차례 벌린다. 더이상 그를 향해, 내가 사랑하는……이라고 말하고 싶지 않다. 내가 죽이고 싶었던 그……라고도.

언제까지 나는 그를, 그라고 불러야 한단 말인가.

분리하는 것은 정말 지긋지긋하다. 작가로 계속 살아가야 하는 것만큼. 나의, 그의 기차가 수만 광년의 별빛을 따라 우주로 흘러가는 것을, 벌거벗은 채 길 없는 어둔 길로 내달리며, 쉰일곱 살의 나는 본다. 수많은 야생늑대의 울음소리가 우주로부터 내 거울 속의…… 안테나에 예민하게 수신되고 있다. 밤이 깊었으므로 굴암산의 어느 한 가지도 벌거벗고 달려가는 나를 방해하지 않는다. 알고 보면 변한 건 아무것도 없다. 늙지 않는 야생의 짐승이 아직껏 내 안에 깃들여 있으니 시간에 의해 내 한밤의 질주가 어찌 완전히 멈추겠는가. 나는 내부의 놀라운 희열에 의해, 그가 동맥을 자르고 철길에 누웠을 때처럼, 부르르 부르르 몸을 떨며 달려가고 있다. 그의 흩어졌던 뼈와 살점들이 삽시간에 다시 모이고, 천지로 흩러나간 생피들이 다시 흘러들고, 그리하여 온전해진 젊은 그가 철길에서 벌떡 일어나 나를 맞이하려고 달려오는 게 너무도 선연히 보이는 순간이다.

나는 두 팔을 활짝 연다.

별빛보다 빨리, 우주에서 울부짖는 늑대들의 울음소리보다 더 생생하게 그가 내 영혼의 과녁으로 들어오고 있다. 황홀하고 끔찍하다.

한터산방 그 여자는 서른아홉 살로, 존 에프 케네디가 죽던 1963년산이다. 그 여자가 유부녀인지 이혼녀인지 과부인지, 아니면 노처녀인지, 그런 건 모른다. 나도 묻지 않고 그 여자도 말한 바 없기 때문이다. 가끔 그 여자는 아무런 사전예고 없이 흰색 아반떼를 몰고 한터산방에 온다. 왔네……라고 나는 덤덤하게 말하고 그 여자는 어린애처럼, 천진스럽게 웃는다. 웃을 때 그 여자의 콧잔등은 쫑긋쫑긋 올라가고 인중의 보랏빛 점은 중심선을 벗어난다.

그 여자의 젖통은 탄탄하다.

허리는 펑퍼짐하고 장딴지 또한 덕성스럽게 퍼졌는데, 웃을 때마다 너무 천진한 것이 눈매 하나는 여남은 살을 막 넘겼음직한 소녀의 그것이다. 우리는 밤이든 낮이든 만나면 옷을 다 벗고 논다. 한터산방은 외딴집으로 타인의 시선에서 벗어나 있으므로 밤낮의 경계가 전혀 없다. 나의 자지가 설 때도 있고 서지 않을 때도 있지만, 우리에게 그런 건 아무 문제도 되지 않는다.

간지러워, 재클린.

나는 곧잘 키들키들 웃는다.

창 밖엔 뜨거운 한여름의 뙤약볕, 가끔 흐뭇하게 핀 망초꽃이나 달맞이꽃 대궁 위로 제비호랑나비가 날기도 하고 어린 동박새가 지나가기도 한다. 시를 읽어줘요……라고 그 여자가 내 사타구니에 박혀 놀면서, 말할 때도 더러 있다. 가령 그 여자가 내 자지로 피리를 불 때, 나는 잠깐씩 노래를 부르기도 하고, 시를 읽기도 하고, 심지어 놀다 말고 잠들기도 한다. 그 여자를 나는, 재클린……이라고 부른다. 그 여자는 틀림없이 1960년대 초반에, 유난히 우후죽순처럼 강경읍에 많이 생겨났던 가발공장 어떤 처녀가 낳아 버렸던, 콧잔등 쫑긋한 그 아이일 것이다.

나의 재클린……이 있어 이 여름이 충만하다.

시를 읽어달래두. 그 여자, 재클린이 여전히 땀에 담뿍 젖은 내 사타구니에서 저 혼자 놀면서 코맹맹이 소리를 낸다. 나의 재클린은 자라지 않는다. 나는 팔을 뻗어 집히는 대로 시집

한 권을 꺼내고, 노래 부르듯이 읽는다. 서출로서, 1930년대에 이미 혁명을 꿈꾼 바 있는, 『성벽』의 시인 오장환의 시, 「The Last Train……」을 읽을 때, 한여름, 정오의 일광 때문에 창 밖은, 살기처럼…… 하얗다.

관뚜껑　　내가 끔찍하게 사랑하는, 그러나 끔찍하게 죽이고 싶던, 그가 거기 있다. 너무 오래되어 모든 것들이 위태롭게 내려앉을 것 같아 뵈는 낡은 소읍, 강경읍 채산동 434번지. 기차에서 내려 그의 집을 가려면 하행선 철로를 따라 쳐놓은 녹슨 철조망 옆으로 걷는 게 제일 빠른 길이다.

역광장 오른편의 파출소를 표지로 삼는 게 좋다.

파출소 남쪽 담벼락과 철조망 안쪽에 자리잡은 배전반 사무소 사이로 그 좁은 샛길이 뚫려 있다. 파출소엔 늘 태극기가 걸려 있고, 역광장으로부터 남쪽으로 방향을 잡아 샛길로 돌아들 때, 먼지 낀 파출소 유리창 너머로 흔히 박정희 최고회의 의장 초상이 눈에 들어온다. 군복 차림인 박정희 의장의 표정은 그물코처럼 단단하다. 여름엔 철조망을 따라 닭벼슬 같은 맨드라미가 피어 있으며, 가을엔 코스모스가 무리져 한들거린다.

기차가 오지 않으면 철조망의 이쪽과 저쪽 다 고요하다.

호남선과 전라선 철로가 이리(裡里)에서 합쳐져 외길로 강경역까지 뻗쳐나온 철로 끝엔 매양 햇빛이 반짝거린다. 정거장 너머에서, 완만히 치켜오르다가 번듯한 팔각정 기와지붕으로 아퀴를 짓고 있는 어여쁘고 정다운 산의 이름은 무늬 채(彩) 구름 운(雲) 채운산이다. 지붕이 낮은 집들이 채운산 발치를 남북으로 휘감아 돌아들고 있지만, 읍내 변두리 동네라, 사시사철 빈 것처럼 적막하다. 이따금 심심한 개 몇 마리가 반대편 철조망까지 내려와 이쪽편의 행인을 향해 두어 번 짖다가 이내 그만둔다. 철조망을 따라가는 길은 넓지 않은 채마밭의 한편을 반듯하게 가르고 나가는데, 행인이 많지 않은 길이라서 여름엔 잡초가 발끝에 차인다.

그는 그러나 그 길을 따라 끝까지 걷는 법이 없다.

여기저기 뚫린 철조망 개구멍으로 머리를 들이밀고 나면 곧 철길이다. 이리까지 기차통학을 시작한 후부터 그는 철길을 따라 걷는 게 무엇보다도 좋다. 가끔 철로 위에 못이나 다른 쇠붙이를 올려놓고 기차가 그 위를 지나가기를 기다린 적도 있고, 철로 위에 귀를 바싹 대고 먼 곳으로부터 다가오는 기차 소리를 가슴 설레는 느낌으로 들어본 적도 많다. 한번은 맨드라미 붉은 꽃을 철로 위에 잔뜩 올려놓아본 적도 있는데,

맨드라미 살점들이 점점이 흩어져 붉은 피에 젖어 있는 걸 보고 눈시울 붉힌 일도 있다.

열여섯 살, 그는 가끔 햇빛 때문에 울기도 한다.

철로의 침목 하나하나를 헤아리듯 걷다가 어떤 순간, 햇빛이 너무도 투명하고 날카로워, 주름진 큰골 작은골과, 금관악기 소리통 같은 성대와, 끈끈한 점액질로 한덩어리 포개진 위장 간 쓸개 지라 염통 창자 십이지장 오줌통까지 꿰뚫어 흐른다고 느낄 때, 그는 무섭고, 더러워서, 울고 만다.

진짜 무섭고 더러운 것은 물론 그 자신, 목숨이다.

어머니가 명줄이라고 믿어 의심하지 않는 쌀밥과, 명태국과, 김치와, 쑥갓, 시금치나물과, 등 푸른 고등어자반이 아침마다 똥이 되어 나오는, 그 더러운 길을 따라 샘물보다 맑은 햇빛이 흐르는 것이다. 햇빛을 따라, 때로는 금강둑을 넘어온 청량한 바람도 더러운 그의 장기들을 관통한다. 그의 눈물은 그러므로 관통되는 자의 공포이자 수치이다.

정거장 구내를 완전히 빠져나오면 곧 건널목이다.

읍내에서 여산 금마 삼례 전주로 빠져나가는 비포장국도가 철길과 엇갈려 만나고 있다. 철길은 그곳에서부터 왼쪽으로 활대같이 휘어져 돌아나가고, 그 호선 안쪽켠에 우뚝 선 공장 굴뚝이 올려다보인다. 왜정 때는 장공장이었다지만, 지금은 석재공장으로 몇몇 인부가 황등쑥돌을 받아다가 상석이나 막돌주추나 문지방돌 따위를 다듬고 있다. 공장굴뚝은 사철 연기가 나지 않으므로 이미 굴뚝이 아니다. 삼남에서 가장 으뜸가는 장공장이던 시절, 까마득한 굴뚝 꼭대기까지 올라가 굴뚝 안으로 뛰어내려 자진한 사람이 더러 있었다는데, 그 신산한 삶을 살았던 혼백들이 지금껏 떠나지 못하고 어두운 굴뚝 속에 똬리를 틀고 있을지도 모른다고, 그는 이따금 생각한다. 밤이 깊으면, 금강둑을 넘어온 서풍이 굴뚝 꼭대기에 목매달며 내는 소리가, 영락없이 소복하고 산발한 여인의 울음소리같이 들릴 때가 더러 있기 때문이다.

건널목을 왼쪽으로 돌면 이제 집은 지척이다.

포장되지 않은 신작로라서 차라도 한 대 지나가면 먼지 속에 뿌옇게 갇히고 만다. 그는 더욱더 어깨를 오그라뜨리고서 장공장의 긴 외벽을 따라 걷는다. 장공장의 외벽이 끝나고 주저앉을 듯한 키 작은 초가 한 채 지나면, 그의 집, 함석대문과 만난다. 불과 석 자나 될까 말까 한 넓이의 함석대문은 대부분 닫혀 있으나 잠겨 있지는 않다. 먼지 낀 기와집 한켠과 초가의 담벼락 사이를 가로막고 있는 함석대문은 열릴 때마다 삐그덕, 하고 요란한 소리를 낸다.

그는 손으로 함석대문을 여는 법이 없다.

오른발 앞부리만 들어 바닥과 함석대문에 사선으로 갖다 댄 뒤, 지그시 힘을 주어 대문을 여는 게 그의 버릇이다. 함석 대문은 발끝에 밀려 까불까불 상체를 흔들면서 천천히 후진 하다가 문틀에서 빠져나온 순간, 제풀에 넘어지듯 재빨리 물러나 초가의 담벼락에 탕 하고 부딪힌다. 닫을 때도 마찬가지다. 그는 손을 대지 않고 발끝으로 당긴 후에 등으로 천천히 밀어 녹슨 함석대문을 닫는다. 그러므로 길에서 마지막 볼 수 있는 것은 함석대문을 천천히 뒤로 밀고 있는 그의 등 한켠뿐이다.

함석대문은 아귀가 딱 들어맞는다.

대문이 닫히고 나면 신작로는 일시에 텅 빈다.

가끔 먼지를 뽀얗게 날리면서 낡은 트럭이 지나가기도 하지만 잠시뿐이다. 그가 무섭고, 더럽고, 수치스럽게 걸어온 젊은 날의 흔적은 텅 빈 길의 어디에도 남지 않는다. 달리는 트럭이 피워올린 흙먼지 다 내려앉고 나면 그제서야 다시 닫힌 함석대문이 보인다. 내가 평생 가장 사랑했고, 또 가장 미워했던 열여섯 살의 그가 사용한 자신의 관뚜껑은, 말하자면 녹슨 함석판이다.

관뚜껑 닫고 나면…… 그가 없다.

The Last Train

저무는 역두에서 너를 보냈다.
비애야!

개찰구에는
못 쓰는 차표와 함께 찍힌 청춘의 조각이 흐터져 있고
병든 歷史가 화물차에 실리여 간다.

대합실에 남은 사람은
아즉도
누굴 기둘러

나는 이곳에서 카인을 맛나면
목노하 울리라

거북이여! 느릿느릿 추억을 싣고 가거라
슬픔으로 통하는 모든 路線이
너의 등에는 지도처럼 펼쳐 있다.

　　　　　　　　　— 오장환, 「The Last Train」 전문

해설 **책상의 기원**

황현산(문학평론가, 고려대 불문과 교수)

이 소설의 현재형은 무엇보다도 그와 나 사이의 분리의 전략에 속한다. 저 결정적인 분리의 순간에도 불구하고, 그는 나로부터 단 한 번에 멀어져 나가지 않는다. 소설가는 내내 비루한 세월 속을 걸어왔고, 분노는 이룩되지 않는 혁명의 좌절에 직면했으며, 그때마다 소설가는 제 순결한 혼을 분리하여 책상 아래 깊은 곳에 묻는다. '그'가 현재 속에 떠오르는 순간은 또 한번의 분리를 요청하는 순간이다. 그러나 거꾸로도 말해야 한다. '그'가 현재 속에 떠올라 소설가에게 분리를 요청하기만 하는 것이 아니라, 소설가가 '그'의 젊은 갈망에 끝없는 순결을 요청할 때도 '그'는 오염된 시간의 흐름 위에 분리된 현재를 만든다. 단 한 차례도 포기되지 않는 이 소설의 현재형은 이 지속되는 분리작업의 현재성이다.

어느 맑은 날에 한 청년이 자아와 세계라는 말을 머릿속에 떠올리고 소스라친다. 그는 다른 누구도 아닌 그 자신이다. 그에게 자아는 단단하고 투명한 점일 수도 있고, 암흑 그 자체와 구별되지 않는 욕망의 덩어리일 수도 있다. 그는 자신을 낯설게 느끼고 자신이 처한 세상을 또한 낯설게 느낀다. 그는 세계를 진리의 도량으로 바라볼 수 있다. 나무건 바위이건 바람에 날리는 종이봉지이건, 만나는 사물들은 제각기 그가 마침내 깨달아야 할 지혜의 상징이며, 그는 안개 덮인 지혜의 오솔길을 가장 멀리까지 따라가려는 탐험가이자 순례자이다. 세상의 낯설음은 그에게 진리의 친근한 시선과 다른 것이 아님이 이내 밝혀진다. 그는 문학청년이 된다. 그러나 그의 감정이 어디에서도 위로를 얻지 못할 만큼 고독하게 솟구치고 그의 감각이 저 자신을 후비는 칼이 될 때, 그가 보는 세계

는 적대적인 물질들의 우연한 집합에 불과할 수 있다. 거기에
는 상징이 없다. 알려진 길도 알려지지 않은 길도 없다. 물질
적 무기성의 빈틈을 타고 일어나 가련하게 얽혀 있는 욕망들
의 씻을 수 없는 죄업과 돌이킬 길 없는 광기가 오직 세상을
가득 채우고 있다. 그는 자아의 의지와 욕망으로, 또한 광기
로, 전대미문의 예리한 무기를 갈아 세상의 광기와 대적하려
한다. 이때에도 그는 문학청년이 된다. 그는 자신의 체질이
순결한 무기질로 바뀌기를 희망하며, 주어진 삶의 국외에 서
서 비천한 것으로만 파악되는 세상의 의무를 거부할 뿐만 아
니라, 때로는 체제의 주춧돌을 허물어서, 때로는 인간 의식의
밑바닥을 뒤엎어서, 최초의 순결을 회복하려 한다. 세상은 강
고하고 그는 실패한다. 어쩌다 크고 작은 성공을 거둔다 해도
그것은 세상의 완악함을 더욱 명료하게 확인하는 계기가 될
뿐이다. 게다가 종종 자신이 그 배반의 중심에 서 있음을 확
인하기까지 한다. 자신의 열정에 배반당하거나 열정을 배반
하는 그는 상징적으로건 실제적으로건 자살을 감행한다. 그
는 죽은 시인의 이름으로 반항의 형이상학이 된다. 박범신의
『더러운 책상』은 그 죽은 시인에 대한 고찰이다.

　죽은 시인의 신화에는 물론 문학적 전통이 있으며, 그 결정
적인 암호는 쿤데라가 랭보에게서 인용하여 자기 소설의 제

목으로 삼았던 '삶은 다른 곳에'이다. "거북선을 찾아" 바다
속으로 들어가 해초와 굴껍질에 덮인 깨끗한 책상을 누리고
있는, 박범신의 '그' 역시 우리에게 낯설지 않다. 그를 랭보
나 마야코프스키, 또는 쿤데라의 야로밀과 같은 반열에 놓고
그 순결한 정열과 의지를 분석하고, 침묵과 파멸의 적막한 순
간을 이야기한다는 것은 어렵지 않은 일이다. 그들은 같은 정
열을 각기 독특한 운명으로 반복하나, 추락의 위험한 지역으
로 자신을 몰아가는 이 백열의 운석을 바라보는 시선은 그러
나 사람마다 다르다. 이를테면, 랭보의 침묵에 대해 모든 것
을 말했고, 말하기 위해 모든 것을 시도했던 끝에 더이상 말
할 것이 없어진 자의 결단이라는 문학 내부의 공식적 의견이
준비되어 있지만, 거기에서 블랑쇼는 삶에 지친 인간이 갈구
하게 마련인 긴 휴식과 영원한 잠을 본다. 쿤데라가 시인 야
로밀을 동유럽의 사회주의 혁명 속에 투입할 때, 그의 관심은
한 시대의 역사가 맹렬한 서정과 경험 없는 젊음을 어떻게 빈
틈없이 옭아넣는 함정으로 작동하는가를 인류학적으로 실험
하는 데 있었다. 박범신의 관심은 문학 신화의 설정이나 파괴
도 아니며, 한 열정의 역사적 숙명을 실험하는 일에 그치지도
않는다. 그는 자신의 문학청년에게 상징적인 죽음을 마련하
고 있지만 기억을 더듬어 이미 끝나버린 이야기를 하려는 것

이 아니다. 그에게 중요한 것은 녹슨 함석의 관 뚜껑을 닫아 버리면 없는 존재가 되어버리는 '그'와 그가 알지 못하는 시간 속에서 여전히 소설가의 삶을 이어가는 자기 사이의 관계를 설정하는 일이다. 그와 나는 어디서 갈라섰으며, 다시 합류할 수 있는 지점은 어디인가, 그는 존재하기라도 하는가, 나는 왜 그를 다시 만나려고 하는가, 박범신이 스스로 제기하는 것은 이러한 질문들이다. 그의 독창성은 바로 이런 질문들에 있다.

열여섯 살에서 열아홉 살까지 '그'의 삶과 생각은 명료하고 일관된 줄기를 지니고 있지만, 그것들을 엮어내기 위해 소설가는 단장의 형식을 이용한다. 단장들의 길이는 일정하지 않으나 그것들은 모두 첫머리에 굵은 글자로 찍힌 제목을 달고 있다. 사십 년 전의 기억이 간헐적인 맥락을 지닌 때문일까. 그것은 아니다. 하나의 단장은 항상 뒤이어 올 단장을 예비한다. 소설가가 이미 분리되어버린 자아로부터의 전언을 옮겨 적고 있기 때문일까. 그것도 아니다. 소설가는 들린 사람으로 글을 쓰는 것이 아니라 생애의 탄생과 소멸을, 그리고 소생을 또렷한 의식으로 '고찰'하고 있다. 단장은 하나의 주제를 그 빛이 가장 강렬한 순간에 포착하고 드러내는 글쓰기이다. 열여섯 살에서 열아홉 살까지 네 해에 걸친 '그'의 삶은 순간순간이 주제적 가치를 지니고 있었다. 구슬을 명주실에 꿰듯이 그는 어떤 관념들이 차례차례 그의 육체의 의지로 화신하는 순간들을 꿰뚫으며 살려 했다. 이미 살아온 이력에 주제 하나를 덧붙여 설명하는 것이 아니라 주제와 함께 발생하는 삶을 말하려 할 때 단장의 형식은 필연적이다.

삶이 주제와 동시에 발생한다는 것은 삶에 대한 종교적이고 극단적인 개념이 삶을 유도하고 있다는 뜻이다. "너무 오래되어 모든 것들이 위태롭게 내려앉는 것 같아 보이는 낡은 소읍" 강경의 한 마을에서 그가 이리로 가는 통학열차를 타기 위해 녹슨 함석대문을 나서 철길을 따라가는 그의 태도는 성지를 순례하는 자의 그것과 흡사하다. 그는 세상의 수성과 연결되어 있는 자신의 육체가 수치스럽다. 그는 당연히 책을 읽는다. 통학 길에 개성베에 싸서 버린 아이를 발견했을 때도 그가 맨 먼저 떠올리는 것은 "신문지로 된 산의(産衣)"라는 미시마 유키오의 표현이다. 그는 장 주네의 『도둑 일기』를 읽으며, "범죄의 길에 의해 천국으로 인도되는 영혼"을 직감으로 이해하며, 의지적 결행의 "출발점은 윤리적 완전성에 가까운 가장 성스러운 지점"에 두어야 한다는 확신을 프랑스의 작가와 함께 느끼기 위해 돌멩이로 제 검지손가락을 깨뜨린다. 그는 쇼펜하우어를 읽으며, "세계는 나의 표상"이라는 말

을 노트에 옮겨적는다. 그는 "악마적인 고독의 비탄" 속에 또
다른 폭력을 결행하고, 열일곱 살 때 "일관된 신념으로 사모
은" 수면제 육십 알을 이리역 광장에서 "씹어먹는다". 아마도
그는 장 주네가 말했던바, "위기의 사랑스런 휴식 상태에 있
는 대담성"을 자신이 확보했다고 믿었을 것이다.

   다시 살아난 그는 이리의 하숙집으로 거처를 옮기고 대본
소에서 빌려온 온갖 책들을 두서없이 읽는다. "목숨의 굴욕
을 견디려면 더 많은 거짓말이 필요할 것"이라고 그는 확신
한다. 그는 교묘하게 잔인한 더러움을 체득한 끝에 악마의 성
스런 재능이 될 것을 두려워하지 않는다. 그는 마치 『악령』의
키릴로프처럼 행동하고 그와 방불한 위악의 프로그램을 계
획한다. 그는 일군의 모범생들의 중심에 군림하여, 알을 깨고
나와 아브락사스를 향해 날아가는 새가 될 것을 가르친다.
(지난 60년대의 거의 모든 문학청년들처럼 그도 헤세에게서 하
나의 행동강령을 발견한다.) 그들이 "숨어 있는 단독자의 실
존과 상관없는" 외부세계의 가짜 프로그램에서, 학교와 가정
과 국가의 이데올로기에서, 벗어나게 하기 위해 이용할 수 있
는 약점으로는 성적 콤플렉스보다 더 좋은 급소가 없다. 그는
그들을 창녀촌으로 인도하고 같은 또래의 여학생들과 짝을
짓게 한다. 그의 계획은 성공을 거둔 듯하였으나 결정적인 순

간에 외부 체제의 난폭한 간여로 결국 좌절된다. 고등학교를 졸업하고 그와 그들은 헤어졌으며, '그'와 '나' 사이에도 결별 또는 분리가 준비된다.

한 번의 쓰라린 실연을 경험하고, '그'는 전주역 대합실에서 집어던진 오십원짜리 동전의 지시에 따라 "거북선의 바다"를 향해 떠난다. '그'가 등진 "숫자로 촘촘히 교직된 대도시"로 향하는 것은 소설가 '나'의 몫으로 남는다. 그 둘은 이후 만나지 못한다. 그는 여수항의 바다 속 가라앉은 거북선의 근처에 굴껍질이 붙어 있는 책상을 차지했으며, 소설가는 서울 근교에 마련한 책상에서 수십 권의 소설을 썼다.

물론 '그'는 '나'이며, 젊은 시절의 소설가 자신이다. 그러나 '나'인 박범신은 그 두 사람 사이에 어떤 통시적 동일성도 설정하지 않는다. 그들 사이에는 인격적 일관성이 없으며, 어떤 발전과정이나 성장관계도 성립하지 않는다. 나는 성장했거나 퇴영한 형식의 그가 아니다. 그들은 우리가 상상할 수 있는 한 가장 먼 곳에 각기 자기 책상을 두고 있다. 그들 사이에는 변증법이 없다. 이는 '나'인 소설가가 처음부터 의도했던 바가 아닐 것이며, 그 자신이 그 점을 잘 알고 있다. 소설가는 실제로 이렇게 쓰기까지 한다 : "쓰면 쓸수록 그가 오히려 내 몸 안으로 들어오고, 그래서 마침내 우리는 사랑으로 감히 한 몸이 될 줄 알았는데, 결과는 오히려 반대로 나타나고 있으니, 그를 사랑하는 나로선 정말 마음이 아프다. 어째서 그에 대해 구체적으로 보려 하면 할수록 그는 나로부터 더욱 멀리 분리되는가."(291~292쪽) '후일담 또는 사족'이라는 제목이 붙은 한 단장은 이 질문에 대한 일단의 해답이 될 수도 있을 것이다. 소설가는 여기서 고등학교 시절 '그'의 언저리에서 타락의 길을 밟던 모범생 친구들의 뒷소식을 두 가지 형식으로 정리한다. 그 하나에서는, '그'가 매독에 걸렸고, 누가 누구를 임신시켰으며, 누구는 창녀에게 사랑을 고백했고, 누구는 폐병에 걸렸다는 진단을 받았다고 전한다. 이 '후일담'에 뒤이은 또하나의 '사족'은, 누구는 부동산 컨설팅을 운영중이고, 여학생 누구는 유명한 목사의 부인이자 전도사이며, 누구는 엔지니어링 사장이 되고, 다른 누구는 현재 국회의원 출마를 준비하고 있다는 식이다. 뒤의 형식이 삶에 대한 젊은 날의 공포와 저항을 끝내는 벗어나야 할 방황과 미망으로만 여기고 있다면, 앞의 형식은 젊은 몸부림과 성스런 위악을, 그리고 거기서 빚어진 상처를 영원히 끝나지 않을 절대적 체험으로 간주한다. 젊음은 삶의 한 단계에 불과한 것이 아니라 오히려 삶의 열정을 담보하는 인식의 근원이다. 그의 젊은 몸부림은 수십 권의 책을 쓰고 세상의 물정을 알 만큼 알고 있는 쉰여섯 살의 소설가가 되기 위한 것이 아니었다. 근원을 디딤돌로 밟고 설 수는 없음을 소설가는 비통하게 알고 있다.

소설가가 더럽혀진 제 가면의 책상 아래 굴껍질이 붙어 있는 제 깨끗한 책상을 오롯이 간직해두려 할 때 두 사람의 분리는 필연적이지만, 그러나 슬프다. 몸부림치면서 바로설 수는 없는 것이며, 방황하면서 제 길을 갈 수는 없는 것일까. 소설가는 '그'가 거북선의 바다를 향하고 '나'가 서울로 떠난 이후,—두 사람이 이미 분리된 이후— 잠시 동안 남행과 북행의 도정을 그리면서 그 합치점을 모색하고 있는 것처럼 보인다. 그가 여수항의 어두운 골목길을 더듬으며 다방과 여인숙의 심부름꾼으로 몸을 붙이고 "통절한 산화를 꿈꾸고 있을 때", 나는 서울의 가장 비천한 거처에 몸을 붙이고 버스 계수원에서 "인사동의 오래된 낡은 여관"의 허드렛일꾼으로 "수평이동"한다. "나는 고향의 슬픈 한밤 / 해보다도 밝게 타는 별이 되리라", 그가 임화의 시 한 구절을 공책에 옮겨 적었다는 죄로 사찰당국의 취조를 받을 때, 나는 방화를 꿈꾸며 "아무도 몰래, 광기의 세계를 전광석화 넘나들며" 불을 지르고 싶어한다. 그들은 똑같은 고통 속에서 허덕이며 똑같은 방식으로 혁명을 꿈꾼다. 그러나 그들을 만나게 하는 모든 조건은 또한 그들을 한없는 피로감과 권태감 속에서 시달리게 한다.

두 사람이 다시 고향으로 돌아갔을 때 그들이 다시 만나기는 하나, 한 사람은 살해당하는 사람으로, 다른 한 사람은 살해하는 사람으로 그럴 뿐이다. '나'의 몸을 실은 기차가 고향집 근처에서 '그'의 몸을 으깨고 지나갔다. 나는 그를 죽임으로써 그 분리작업에 결정적인 순간을 기입한다. 자신의 가장 사랑스럽고 빛나는 부분, 그러나 이 세상과 함께 증오해야 할 부분, 바로 제 급소인 부분을 이끌고 이 "세계로의 비겁한 편입"을 시도한다는 것은 너무 위험한 일이다. 승산 없는 전쟁을 위해 제 처자식을 죽이고 떠나는 장군에 관해 말해야 하나. 이 비유는 어쩔 수 없는데, 제 뇌수와 간을 빼어 냉동처리하고 일시 투항한 장군은 아직 없었기 때문이다. 소설가가 이 살해에 대해 미필적고의를 운운하는 것은 그 일시적 투항이 영원한 투항으로 되었다고 생각하기 때문이다. 한 번 제 몸에서 분리된 뇌수와 간을 어디에 다시 붙일 수 있을 것인가. 그러나 소설가가 자신의 더러운 책상 밑에 따로 떼어 숨겨놓은 깨끗한 책상은 저 냉동처리된 존재에 속하며, 거기에서 연유한다고 말하지 않을 수 없다. 소설가가 제 책상에 앉아 글을 쓸 때, '그'도 제 굴껍질의 책상에서 글을 쓴다.

그로선 정말 놀랍고 끔찍한 경험이 아닐 수 없다. 그는 통영에 이르러서야 어느 정도 공포감에서 벗어나 거제도를 남북으로 가로질러 걷는다. 여름은 급격히 침몰했고, 해금강에 도착했을 때, 그는 어느새 억새풀 씨가 껍질을 벗어던지고 햇빛에 제 몸을 쬐고 있는 걸 본다.(284쪽)

자살의 유혹과 살해의 위험을 동시에 느끼는 자가 도망길에서 느린 계절 감각에도 불구하고 자연의 세부에 날카롭게 던지는 시선, 그것을 그리는 말의 리듬과 가슴을 후비는 서정은 저 먼 책상의 것이 아닐 수 없다.

소설가는 이 이야기를, 또는 이 고찰을 내내 현재형으로 쓴다. 이 현재형은 시간의 덮개 아래 숨겨진 기억을 비극적인 회상력이 현재에 끌어올려, 그것이 끝난 이야기일 수 없다는 회한을 거기 불어넣고 있기 때문일까. 먼 책상에서 온 에피파니의 전언이 그 숭고한 주제적 아름다움에 무시간적 권위를 바쳐야 한다고 주장하기 때문일까. 또다른 이유는? 결국 같은 이야기가 될지 모르겠으나, 이 소설의 현재형은 무엇보다도 그와 나 사이의 분리의 전략에 속한다. 저 결정적인 분리의 순간에도 불구하고, 그는 나로부터 단 한 번에 떨어져나가지 않는다. 소설가는 내내 비루한 세월 속을 걸어왔고, 분노는 이룩되지 않는 혁명의 좌절에 직면했으며, 그때마다 소설가는 제 순결한 혼을 분리하여 책상 아래 깊은 곳에 묻는다. '그'가 현재 속에 떠오르는 순간은 또 한번의 분리를 요청하는 순간이다. 그러나 거꾸로도 말해야 한다. '그'가 현재 속에 떠올라 소설가에게 분리를 요청하기만 하는 것이 아니라, 소설가가 '그'의 젊은 갈망에 끝없는 순결을 요청할 때도 '그'는 오염된 시간의 흐름 위에 분리된 현재를 만든다. 단 한 차례도 포기되지 않는 이 소설의 현재형은 이 지속되는 분리작업의 현재성이다. 소설은 '그'가 낡은 소읍 강경의 자기 마을에서 이리로 가는 통학열차를 타기 위해 녹슨 함석대문을 열고 집을 나서 철길을 걸어가는 첫 정경을 마지막 대목에서 글자 하나 다르지 않게 다시 반복한다. 그는 이렇게 현재의 나에게서 분리되기 위해 현재의 나에게 거듭하여 걸어온다. 그가 나를 만나기 직전 분리되는 순간에 "사랑스런 휴식 상태에 있는 대담성"이 그 숨은 칼날을 현재에 들이민다.

박범신의 『더러운 책상』은 우리네 지난 60년대의 정신사에서 그 핵심의 하나를 드러내고 있다는 점에서도 높은 가치가 있다. 열여섯 살의, 열아홉 살의 '그'가 살았던 60년대의 한 중간은 우리 풍속과 문화의 한 근원이다. 전쟁의 상처가 아직 가시지 않았고, 사람이 그 운명의 주인이 될 수 있다는 4·19의 밝은 계시가 거센 반동으로 가뭇한 기억으로 숨은 정황 아래, 자신을 첫 한글세대라 믿는 젊음은 글자와 사물이 오묘하게 만나는 지점에서 맹렬한 '근대'가 자신의 몸 속으로 뚫고 들어오는 체험을 얻었다. 동아출판사판 정음사판 을 유문화사판 『세계문학전집』, 신구문화사판 『전후세계문학전집』이 발간되었다. 겉으로는 어리둥절하고 속으로는 들끓는 열정들은 내리닫이 2단으로 조판된 8포인트 활자들을 밤 열 시면 꺼지는 전깃불과 석유등잔불 아래서 밤을 새워 읽었다. 필연의 의지에 따라서만 일거수와 일투족이 이루어져야 한 다고 확신하는 정신들이 밝고도 그윽한 활자의 거울에 제 얼 굴을 비춰보았다. 그때는 또한 헌병들이 미니스커트를 입은 여자들의 미니스커트를 찢고, 선생이 바리캉을 들고 학생의 머리를 미는 야만의 시대였다. 자유의지가 여기 있고 길은 막 혀 있다. 문학청년들은 하나같이 실존주의자였는데, 유행하 는 사조에 편승했기 때문만은 아니었다. 시대는 혼탁할 뿐이 어서 오직 자신을 흙탕물 위에 흘러가는 맑은 기포라고 믿었 고, 벽은 어둡고 두터울 뿐이어서 오직 자신을 그 벽에 뚫린 작은 구멍이라고 생각했다. 그들은 악마와 도형수를 연습함 으로써 근대인이 되었다. 그러나 근대라는 표현에도 불구하 고, 그 경험은 역사적이라기보다 인류학적인 성질이 강해서, 아득함에 전폭적으로 기대었던 열정은 부침하는 역사의 뒤편에 전설의 섬처럼 갇혀버리기도 했다. 그러나 갇혀버렸기에 오히려 원형이 되어 우리 정신사의 고비마다 강한 얼굴을 내밀고 뒤돌아선다.

그러나 역사의 원형은 개인사의 한이다. 아득한 60년대에서 걸어나오는 '그'가 '나'를 만나기 직전에 분리되기를 반복하는 이 기막힌 정황을 두고, 보냄이 살림이라고 말하기는 쉽지만, 이미 높은 길 낮은 길을 다 걸어온 소설가가 이런 종교적 언설에서 위안을 얻지는 못할 것이다. 그래서 이 해설을 쓰는 나는 소설가에게 엉뚱한 말을 하고 싶다. 열아홉 살의 그가 쉰여섯 살의 당신에 대해 말할 기회를 주라고, 당신이 믿는 것처럼 그가 당신을 모르지는 않을 것이라고, 그는 이미 당신을 존경할 준비가 되어 있다고. 그리고 사족을 달고 싶다. 굴껍질의 책상이 당신의 책상을 지키는 것이 아니라, 당신의 책상에서 굴 껍질의 책상이 기원한다고.

작가의 말

나는 작가보다 예인(藝人)이라 불릴 때가 훨씬 좋다. 이 소설은 예인이라 불리고 싶은 내게 아주 특별하다. 내가 평생 가장 사랑했고, 평생 가장 증오했던, 그의 젊은 목숨에 대한 가감 없는 기록이기 때문이다. 그는 죽었지만 죽지 않는다. 결코 늙지 않는 짐승이 그에게 깃들여 있으므로. 우주에서 늑대들이 울부짖는 소리를 예민하게 수신하면서, 그 끔찍한 상처의 내벽을 따라, 오늘도 그는 영원으로 가려고 화류항(花柳港) 젖은 길을 끝없이 흐른다. 불과 열여섯 살의 그가 너무도 또렷이 보았던 것처럼 세계는 지금 광기에 휩싸여 있다. 부디 그의 비명 소리에 귀 기울여주길. 당신의 내부에 숨어 있는 늙지 않는 짐승의 울부짖음에 귀 기울여주길.

2003년 4월
봄빛 가득한 뜰에서 박범신

박범신

중앙일보 신춘문예에 단편 「여름의 잔해」가 당선되어 등단했다. 소설집 『토끼와 잠수함』 『흰 소가 끄는 수레』 『향기로운 우물 이야기』 『빈방』, 장편소설 『죽음보다 깊은 잠』 『풀잎처럼 눕다』 『불의 나라』 『침묵의 집』 『외등』 『나마스테』 『주름』 『촐라체』 『엔돌핀 프로젝트』 『고산자』 『은교』, 산문집 『젊은 사슴에 관한 은유』 『사람으로 아름답게 사는 일』 『남자들, 쓸쓸하다』 『비우니 향기롭다』 『카일라스 가는 길』 『맘먹은 대로 살아요』 등이 있다. 대한민국문학상, 원광문학상, 김동리문학상, 만해문학상, 한무숙문학상, 대산문학상 등을 수상했다.

문학동네 장편소설
더러운 책상
ⓒ 박범신 2003

1판 1쇄 │ 2003년 4월 15일
1판 9쇄 │ 2012년 6월 20일

지은이 박범신
펴낸이 강병선
책임편집 김현정 조연주 이상술
마케팅 장으뜸 서유경 정소영 │ 온라인 마케팅 이상혁 장선아
제작 안정숙 서동관 임현식 │ 제작처 한영문화사(인쇄) 우진제책(제본)

펴낸곳 (주)문학동네
출판등록 1993년 10월 22일 제406-2003-000045호
주소 413-756 경기도 파주시 문발동 파주출판도시 513-8
전자우편 editor@munhak.com │ 대표전화 031)955-8888 │ 팩스 031)955-8855
문의전화 031) 955-8890(마케팅) 031) 955-8864(편집)
문학동네카페 http://cafe.naver.com/mhdn

ISBN 89-8281-660-7 03810

www.munhak.com